積乱雲の彼方に

愛知一中予科練総決起事件の記録

江藤千秋

法政大学出版局

はじめに

昭和十八年（一九四三年）七月五日という日を、私は鮮烈に記憶している。この日、私たちの母校すなわち愛知県第一中学校（現愛知県立旭丘高等学校）で、ある事件が起こった。〝愛知一中予科練総決起〟とよばれる一件であり、異常な雰囲気のなかで異常な事態が展開され、十代なかばの少年五人が戦没し、幾人かが心身に深い傷を負うという結果を生じた。

戦没者のうちには、神風特別攻撃隊員として沖縄の空に散った者もいれば、重傷を負って復員し、両脚切断の大手術ののちもさらに〝戦後の戦い〟を闘って逝った者もいる。戦傷を受けて復員し、社会復帰が遅れた者も少なくない一方、志願しなかったことが心の枷《かせ》となって、戦後三〇余年を経たいまも、精神的打撃から立ち直れない者さえいる。

戦後一一年を経た昭和三十一年（一九五六年）から一四年間、私は、母校に化学教師として在職した。生徒指導や新しい化学教育の開拓に多忙の日々を送っているさなかにも、あの七月五日の事件とそれが描いた波紋とは、私の脳裡を離れなかった。とりわけ、十六歳、十七歳という年齢で空戦に散った友人たちのことを忘れるわけにはいかなかった。

ある日、私は、この事件に関する記録はないものかと思いつき、かなりの日数を費やして、母校の図書館はもとより倉庫や物置などをくまなく探してみた。学籍簿以外には、ほとんど何も見つからなかった。その学籍簿さえ、欠落箇所が多く完全なものとはいえなかった。どうやら、関係資料すべてが、終戦のとき焼却され処分されたらしい。私は驚き、私自身の手でこの異常な事件とその結末とを解明して記録しなければなるまいと考えた。

事件がなぜ、どのようにして起こったかを知ることが、まず必要だった。母校には、事件当時に教師だった人が何人かいたが、はじめのうちは、口をとじて何も語ろうとしなかった。暗中を模索する思いで、私は、腰を据えて取り組むことにした。予科練(この場合、正確には海軍甲種飛行予科練習生)入隊者はもちろん、志願者、非志願者を問わず、本人またはその家族に電話し、手紙を書き、また、面接に出かけて〃証言〃を記録する一方、可能な限り〃資料〃を掘り起こした。

私の仕事が進むにつれて、いいかえると時間がたつにつれて、母校在職の元一中教師たちも事件の内容について証言してくれるようになり、戦後退職した元一中教師やその遺族の人びとからも重要な情報を得ることができた。とくに、戦没した犬飼成二君や汀朋平《すさきともひら》君の日記など、貴重な資料が手に入ったことは、この作業を進める上でたいへん役に立った。

私自身の〃鮮烈な〃記憶から出発し、幾多の貴重な証言と価値ある資料とによって、事件当時の状況をなるべく克明に復元するとともに、事件関係者たちの動きを、私は、追跡した。教育活動という繁忙な日々のなかで、文字通り寸暇を見つけながら、私は、戦没した友人たちの鎮魂の碑《いしぶみ》を刻む思いで、書き綴った。その間に永い歳月が流れた。

本稿を書きあげて読み返したとき、私の瞼の裡には、はるかな雲の彼方に消えていった学友たちの姿が浮かんだ。この記録を書き残そうという仕事に私を駆りたてたものは何だったのかと、私は改めて自問した。毎日新聞の元記者新名丈夫氏が、自著のなかで「太平洋戦争の後半、主力は少年となった。予科練である」と書き、「少年を、このような戦いに狩立てた責任はいったいだれにあるのか」とつづけていることが思い出された。それは、私の心底にある何かを代弁するもののようだった。

戦争を知らない世代が日本の全人口の過半数を占め、戦争体験の風化という声を耳にするいまこそ、この本を世に出す意味があると思われる。証言や資料提供など、さまざまな形で協力して頂いた人びとに感謝し、本書を公刊するに当たって尽力してくださった法政大学出版局の平川俊彦君に謝意を表するとともに、戦没した友人たちの冥福を祈りつつ、序言に代える。

なお、引用した資料や文献のなかには、読みやすくするため、旧漢字を当用漢字や仮名に改めた箇所がある。ご了承頂きたい。

一九八一年春

江藤千秋

目次

I　一旦緩急アレハ

太平洋の戦い

電撃作戦の展開

昭和十六年（一九四一年）。

十二月八日、月曜日である。晴れた冬の空を、〝伊吹おろし〟とよばれる強い西風が吹き渡っていた。私たち全校生徒一二〇〇余人が押し並ぶここ愛知一中（愛知県第一中学校）の校庭では、ラジオの放送がスピーカーから流れるごとに、拍手と歓声とが沸いていた。

「帝国海軍は、本八日未明ハワイ方面の米国艦隊並びに航空兵力に対し決死的大空襲を敢行せり」の放送に、私たちは歓呼した。シンガポール、グアムなどの爆撃も伝えられ、「わが軍は、本八日未明戦闘状態に入るや機を失せず香港の攻撃を開始せり」「わが軍は、陸海緊密なる協同の下に、本八日早朝マレー半島方面の奇襲上陸作戦を敢行し、着々戦果を拡張中なり」などと、アナウンサーが大本営陸海軍部の発表文を繰り返し読みあげ、そのたびに私たちはさかんな拍手を送った。「天佑ヲ保有シ万世一系ノ皇祚ヲ践メル大日本帝国天皇ハ昭ニ忠誠勇武ナル爾有衆ニ示ス。朕茲ニ米国及英国ニ対シテ戦ヲ宣ス」という『宣戦の詔勅』も、私たちは、このとき、この校庭で聴いた。

この日の早朝、ラジオの臨時ニュースが、私たちの耳を鋭く刺した。「帝国陸海軍は、本八日未明西太平洋において米英軍と戦闘状態に入れり」という大本営発表を伝える放送である。大戦の突発と知って驚いたものの、詳細が不明なだけに不安があった。それが、こうして日本軍の戦果を耳にし、『宣戦の詔勅』を聴くうちに、消えた。

当時、私はこの学校の一年生であり、〃伊吹おろし〃が校庭に砂塵を巻きあげていたことは覚えているが、心の高ぶりのせいか、風の冷たさは記憶にない。

日本軍の〃電撃作戦〃は広範囲にわたった。開戦当日、米太平洋艦隊はハワイで全滅し、二日後、英東洋艦隊主力がマレー沖に沈んだ。年内に香港、グアム、ウェーク、正月にマニラが陥落し、二月なかばにはシンガポールが落ちて、〃昭南〃と、日本名に改称された。オランダ領東インド（現インドネシア）に進んだ日本軍は、セレベス、スマトラ、ボルネオ、ジャワを征服し、その際の落下傘部隊の活躍が〃空の神兵〃と讃えられた。わが潜水艦による米本土砲撃、海軍航空隊のオーストラリア空襲、そしてジャワ沖での米英蘭連合国艦隊に対する圧勝も伝えられた。ニューギニア、ソロモンへの上陸、ビルマ制圧、バターン攻略と〃電撃作戦〃がつづく間に、海軍の機動部隊は、太平洋から一転してインド洋に向かい、東アジア水域の英海空軍兵力を一掃した。

「今年も村へやつて来た燕にちよつと聞きたいな。南の海に堂々と白波けたて進み行く、正しく強い日本の軍艦いつぱい見たらうと」（『今年の燕』詞・安藤一郎）などと、子ども向けの歌が放送され、「つひに日本が大東亜を取りかへした」「大東亜のもろもろの民よ、共にきけ。ああ、シンガポールがつひに落ちた」（高村光太郎）と、詩人はうたった。シンガポール陥落は、とくに当局を得意がらせ、大人には清酒、子どもにはゴムマリなどが特配された。各地で戦勝祝賀会が開かれ、日本中が沸き立った。

校舎の玄関に、大きな地図が掲げられて、日本軍が占領したおもな都市や島には日章旗、日本軍が攻撃した敵の拠点には砲弾や爆弾のマークが記入されていた。とりわけ私たちの目を引いたのは、マレー、シンガポール、北ボルネオが、日本本土と同じ赤色に塗られていたことである。奇異な感じに打たれながらも、「さすがにわが大日本」と、私たちはその地図の前で拳を挙げた。〝大東亜の新秩序〟はすでに建設され、〝八紘一宇の大理想〟はまさに実現するかに見えた。

「八紘一宇」

この前年、日中事変が泥沼にのめりこんでいた昭和十五年（一九四〇年）の夏、日本の指導層は、武力行使をも辞さない南進政策を策定し、行き詰まった局面を打開しようとした。

その年の七月二十二日、大本営政府連絡会議は、南方すなわち東南アジアに対し「好機ヲ捕捉シ武力ヲ行使ス」と決め、二十六日、第二次近衛内閣は、「八紘ヲ一宇トスル肇国《チヨウコク》ノ大精神ニ基キ」「大東亜ノ新秩序ヲ建設」することを根本とする『基本国策要綱』を決定した。そのなかでは、「国家総力発揮ノ国防国家体制ヲ基底トシ、国是遂行ニ遺憾ナキ軍備ヲ充実ス」という〝高度国防国家建設〟の方針とともに、「国体ノ本義ニ透徹スル教学ノ刷新ト相俟チ、自我功利ノ思想ヲ排シ、国家奉仕ノ観念ヲ第一義トスル国民道徳ヲ確立ス」ることなど、〝国内体制刷新〟の方向が示された。〝八紘一宇〟を旗印として、ここに、全面戦争へのレールが敷かれたといえる。以後、〝八紘一宇〟は、標語となり流行語となって、教室や街頭にあふれた。

〝八紘一宇〟という言葉は、大和を平定して橿原に都を定めた神武天皇が、「掩八紘而為宇《あめのしたをおおいていえとなさむこと》、不亦可乎《またよからずや》」（『日本書紀』）と述べたという伝承にその源がある。「歴代の天皇は皇祖の神裔であらせられ、皇祖と天皇とは御親子の関係にあらせられる。而して天皇と臣民との関係は、義は君臣にして情は父子である。神と君、君と臣とはまさに一体」（文部省『臣民の道』）と、私たちは教わった。こうした神話に由来する古代日本の家族国家観を国際的な場に拡大し、帝国日本の膨脹政策を取り繕う上で、〝八紘一宇〟は絶好の合言葉となった。

Kという上級生が、「これを読め」と、私たち下級生に『昭和風雲録』（満田巌）という本を勧めたことがある。その本には、諸小国は次第に消滅して、独伊、ソ連、米英、日本の四大ブロック国家時代が訪れ、それらがさらに天皇の威光のもとに統一されることは「八紘一宇の詔《みことのり》に仰ぐも明らかである」とあり、「紀伊の大和は日本の大和となり、やがて世界の大和となつて、人類終極の理想たる大和世界国家が形成される日も遠くない」と予言されていた。

Kは、また、杉本五郎中佐の遺書『大義』を、私たちに何度も読んで聞かせた。「釈尊もキリストも孔子もソクラテスも、天皇の赤子《せきし》なり。八紘一宇顕現の機関的存在なり。世界を救ふて天皇国となすこと、実に皇民の大使命なり」という箇所になると、いつもKの声は高くなった。

抽象的な表現や粉飾的な言辞は使わず、率直に〝本音〟が語られる場合もあった。国語担当のA教諭が、「日本は蚤のキンタマよりも小さいほどだから、他国の領土を奪って大きくならねばならぬ」と、教室で生徒たちに説いたのは、その一例である。「太郎よ、おまへはよい子ども。丈夫で大きく、強くなれ。おまへが大きくなるころは、日本も大きくなつてゐる」（『子を頌ふ』詞・城左門）と、ラジオで子ども向けに放送された歌は、そのもう一つの例である。どちらも、私たちは素直に聴いた。天皇が〝神〟であり、日本が〝神国〟である以上、天皇の威光に従わず、日本の意志に逆らう敵は、容赦なく打ちのめせばよいと考えたからである。

こうして私たちは、神国思想から来た一種の選民意識を植えつけられ、国際的な弱肉強食のダーウィニズムともいうべきものを、自然の道理と信ずるようになっていた。だから、開戦と同時に大陸や太平洋の島々に進撃する日本軍の姿に、無邪気な拍手を送った。校内に掲げられた大地図の至るところに日の丸や爆弾のマークが記されていくのを、素朴に喜んだ。

戦局の急転回

昭和十七年(一九四二年)。

四月十八日。剣道の時間に負傷して学校を休み、自宅の二階で寝ていた私は、聞き慣れない飛行機の爆音と高射砲の砲声らしい音とを耳にし、起きて窓外を見た。暗い色の双発機一機が、晴れた空を頭上低く横切り、ほどなく市の東北部に黒い爆煙が上がった。常用の近眼鏡をはずしていたこのときの私には、飛行機の標識も見えず、もとより事態の意味などは理解できなかったが、ドゥリットル中佐指揮下の米陸軍機ノースアメリカンB25十数機が、空母ホーネットを発進して、東京、名古屋、神戸を襲ったのち、中国大陸へ飛び去ったものと、後日知らされた。市東北部の爆煙が、名古屋城東端の陸軍馬糧庫などの被弾によるものだったことも噂されたが、損害は軽微らしく、やがてこの小規模な空襲が日本の運命に意外な大影響をもたらすとは、私たちのだれも予想しなかった。

ドゥリットル空襲による被害自体は軽微だったが、日本軍の支配水域深く空母を侵入させて、奇襲飛行隊を放った米軍の戦略と戦意とには、侮りがたいものがあった。こうした本土への東方からの脅威を排除するため、日本軍は、ミッドウェー島を攻略して東方防衛圏を広げ、同時に米空母を誘い出して撃滅しようとした。六月五日のミッドウェー海戦がそれである。その〝戦果〟は、同時に実施されたアリューシャン攻略の〝勝報〟と抱き合わせて発表された。その〝戦果〟とは、「敵空母二隻撃沈、わが空母一隻沈没、一隻大破」というのであり、「帝国海軍は〝刺し違え戦法〟によって敵の虎の子の空母の誘出撃沈に成功した」と、海軍報道部長平出英夫大佐は放送した。容易ならぬ海戦だったと想像されたが、より声高に宣伝されたアリューシャンのアッツ、キスカ両島占領という〝勝報〟、つまり日付変更線の東側に日章旗を立てたというニュースだけで、私たちは満足した。

ところが、〝虎の子〟の空母を沈められたのはわが軍であり、主力空母四隻を飛行機二八五機とともに失って総退却したというのが真相だった。ミッドウェー敗戦の傷は深く、このとき以後、日本海軍が米海軍に対して積極作戦に出ることは不可能となった。開戦以来とどまるところを知らなかった日本軍の進撃は、ここに阻止され、戦争の主導権は敵の手に移った。

八月七日、米軍は、ソロモン諸島のガダルカナル島に上陸して日本軍の飛行場を奪い、本格的な反攻に着手した。以後、半年の間、この島をめぐって激しい争奪戦がつづいた。三回にわたる日本陸軍の総攻撃はすべて失敗し、投入した兵力の三分の二に相当する二万一一〇〇余の将兵を、二四隻の艦艇、八九三機の飛行機とともに失いながら、ガダルカナルの星条旗は、ついに降ろせなかった。

昭和十八年（一九四三年）。

二月七日、日本軍は、半ば飢餓状態で生き残った将兵約一万一〇〇〇を、高速の駆逐艦二二隻によってガダルカナル島から脱出させた。当局は、これを、「ガダルカナル挺身隊は使命を果たして他に転進した」と公表し、中学二年生の私たちでさえ、「転進って退却のことじゃないか」と苦笑した。〃無敵海軍〃はミッドウェーに敗れ、さらにソロモンで傷つき、〃無敵陸軍〃の栄光はガダルカナルの土にまみれた。日本軍にとってとくに深刻だったのは、航空兵力の大きな損失であり、戦争の前途に暗影を投げかけた。戦局は、加速度的に悪化した。米軍はソロモン列島線を北上して日本の心臓部に迫ろうとする姿勢を示し、豪軍はニューギニアの日本軍を次第に圧迫した。英印軍はビルマ奪回を企図し、中国大陸でも激戦が続いた。当局の強弁にもかかわらず、戦局が急転回し始めたことは、私たちの目にも明らかだった。

兵営化する学園

昭和十八年（一九四三年）は、日本の敗勢へと戦局が急傾斜すると同時に、学園の戦時色が急激に深まった年である。

皇民錬成

すでに昭和十六年（一九四一年）四月、ドイツの国民学校《フォルクス・シューレ》にならって、小学校は国民学校と改められ、「皇国ノ道ニ則リテ普通教育ヲ施シ国民ノ基礎的錬成ヲ為ス」（『国民学校令』第一条）という〃皇民錬成〃の教育路線が敷かれていた。これを受けて、この年一月二十一日、それまでの中学校令、高等女学校令、実業学校令に代わる新制の『中等学校令』が公布された。この学制改革の最大の眼目は、国民学校と同様、「皇国の道に則る国民錬成」を教育の目的として明示した点にあるが、さらに、修業年限を五年から四年に短縮し、外国語を一、二年必修、三年以上は選択とするなど、教育内容を戦時の要請に応じた方向に改めることも、ねらいとされた。

「皇国ノ道」とは、明治二十三年（一八九〇年）の『教育に関する勅語』にいう「斯《コ》ノ道」つまり「天壌無窮ノ皇運ヲ扶翼」するために全心身を捧げる〝臣民の道〟であり、「一旦緩急アレハ義勇公ニ奉」ずる覚悟をもつことだった。修業年限の短縮は、戦局悪化という「一旦緩急」の事態に狼狽した当局が、私たち少年を一日も早く「義勇公ニ奉」じさせようとしたための措置にほかならない。

三月二日、『中学校規程』が、『高等女学校規程』『実業学校規程』とともに公布された。その第一条・第一項に、「教育の全般にわたりて皇国の道を修練せしめ、国体に対する信念を深め、至誠尽忠の精神に徹せしむべし」と記されているのは、〝皇民錬成〟路線を再確認したものであり、この線に沿って、「修文練武」「協同と勤労」などが強調された。

『中学校規程』の第二条には、「中学校においては、教科および修練を課すべし」とある。「教科」は国民科、理数科、体錬科、芸能科、実業科、外国語科よりなり、「修練」は「行的修練を中心」とするものと規定された。具体的なカリキュラムは、別表の通りである。

全教科の中核的存在となった国民科では、〝皇民〟としての道徳の体得および〝皇国〟を中心とする世界観の把握が求められ、「国民精神を涵養し、皇国の使命を自覚せしめ」ることが要旨とされた。

教科		1年	2年	3年	4年
国民科	修　身	1	1	2	2
	国　語	5	5	5	5
	歴史・地理	3	3	3	3
理数科	数　学	4	4	4	5
	物象・生物	4	4	6	5
体錬科	教　練	3	3	3	3
	体操・武道	4	4	3	3
芸能科	音　楽	1	1	3	3
	書　道	1	1		
	図画・工作	2	2		
実業科				(4)	(4)
外国語科		4	4	(4)	(4)
修　練		3	3	3	3
毎週授業総時数		35	35	36	36

〔注〕 実業科および外国語科は，第3学年以上にありては，そのいずれかを選択履習せしむべし．

理数科では、「合理創造の精神」を養い「国運発展の実を挙ぐるの資質」を育てること、体錬科では「国防能力の向上」、芸能科では「国民的情操」の培養、そして外国語科では「国民的自覚に資する」ことが、それぞれ目標とされた。どの教科も、〃皇民錬成〃をめざして方向づけられたのである。

　精神主義偏重の方針が貫かれたため、教科間には、非現実的なアンバランスが生じた。たとえば、科学戦の時代というのに、理数科は国民科の従属的立場に置かれた。確かに、私たちが教わった物象（物理・化学）は、ひどく貧しい内容のものでしかなかった。前年の三月、日本理化学協会の総会で、文部省の倉林源四郎督学官が「新課程の物象からは欧米色を抹殺せよ」と講演した。そのとき、東京府立第七高等女学校（現東京都立小松原高等学校）の戸河里長康教諭が「リトマスを紫蘇の葉で代用させる程度ならともかく、物理・化学の教材から欧米的なものを、どのように一掃できるのか」と反論した、という例がある。また、敵を知り己れを知ることが戦勝の要件のはずだが、英語は〝敵性〟語として軽視された。「国防能力の向上」を直接担当する体錬科の教師たちの姿勢が高くなった反面、英語教師たちが、校内で、身を縮めて暮らすようになった事実は、私たち生徒もはっきり感じとることができた。

良兵教育の鼓吹

『中学校規程』に盛られた新しいカリキュラムに、軍当局は明らかに不満足だった。『中学校規程』が出されて二週間後の三月十六日、陸軍省兵務局長那須義雄少将は、兵務部長会議の席上、「教育には〝良兵教育〟と〝良民教育〟との二面があるが、戦時では〝良兵教育〟を重点にして、許す限り教練の時間数を多くし、修練など正科以外の時間もこれにあて、〝良民教育〟のうち迂遠なものは削除して直接戦闘力の向上をはかれ」と述べ、さらに、学校教練では、『陸海軍人に賜りたる勅諭』に基づいて「至誠尽忠の精神を固鋳し、長上への厳格な敬礼、命令事項の確実な履行など服従精神を涵養せよ」と力説した。『中学校規程』に示された体錬科の「国防能力の向上」が、ここでクローズ・アップされ、同時に「修練」が中学校の生活で大きな比重を占めることになる。

前にも引用した『臣民の道』は、開戦直前の昭和十六年（一九四一年）七月に文部省が刊行したもので、日中事変直前の昭和十二年（一九三七年）五月にやはり文部省から発行された『国体の本義』とともに、道徳教育のサブ・テキストとしてよく用いられた。そのなかには、「皇国民たるものは国体の本義に徹し、不断の修練により臣民の道を日常生活の上に具現することに努めねばならぬ」とあり、「修練を重んずるは我が国古来の風であり、我が教学の特色である。教と学とが道に帰一するの機を

修練の実施時	日常行ふ修練 毎日定時に行ふ修練 学年中随時行ふ修練
修練の組　織	学級別組織 全校組織 学年別組織 部班別組織

修練または行《ぎょう》といふ。武士道の如きは、特に年少の時より日夜錬磨を重ねることによつて、その神髄を発揮し得た」と、〃行〃としての「修練」の意義が説かれている。

　それが、二年後の『中学校規程』で、「修練は行的修練を中心とし、教育を実践的・総合的に発展せしめ、教科とあはせ一体として尽忠報国の精神を発揚し、献身奉公の実践力を涵養するを以て要旨とす」と定められ、その実施時および組織についても具体的に決まった。一見、今日の学級活動・生徒会活動といった特別教育活動および学校行事などに似ているが、生徒の自主性・自発性を認めず、精神主義の〃行〃を第一義とし、しかも〃良兵教育〃のおもな部分を担った点で、決定的に異なっている。

　那須少将が〃良兵教育〃の徹底を提唱した直後、『戦時学徒体育訓練実施要綱』という文部省通達が出た。体育訓練種目として次のように規定されたが、それらは体錬科の教科内容であると同時に、「修練」の実際の中味を意味した。

〔戦技訓練種目〕　行軍、戦場運動、銃剣道、射撃

〔基礎訓練種目〕　体操、陸上運動、剣道、柔道、相撲、闘球、水泳

〔特技訓練種目〕　海洋、航空、機甲、馬事

当時、この愛知一中の国防部長吉村三笠教諭は、「本校はこの通達に先立ち体育訓練の戦時的切換

を断行し、いつでも第一線の精兵たり得る心身の条件の具備を期した。いま、文部省の発表を見て、本校の採用した種目まで当局の要望するところに合致してゐるのを知り、思はず微笑せざるを得ない」（愛知一中報国団『団報』昭18・4）と自讃した。昭和十六年六月、従来の校友会組織は鍛錬部・国防部などからなる報国団に改編されたが、この年の春には、さらに戦時向きの組織へと再編されていた。この学校は、時代の流れを先取りしようとすることが多かったが、このときも、〃良兵教育〃をいち早く実施段階に移して、文部省の指示に先んじた。

服従精神の強要　吉村教諭が、「むしろ国家がわが校の教育方針を採用し、全国至るところに本校のごとき全校皆勤・年中無休の課外訓練が行はれるやうになつた事実に、大きな誇りさへ感じた」（前掲『団報』）と胸を張った愛知一中の報国団は、次のように編成されていた。

〔鍛錬部〕　柔道班、剣道班、相撲班、体操班
〔国防部〕　教練班（射撃・銃剣道）、海洋班（端艇）、水泳班、滑空班、陸上戦技班
〔学芸部〕　科学班、芸術班、講演班、図書班、園芸班
〔生活部〕　隣保班、指導班

この機構中、学芸部に実質はなく、生活部の隣保班も名のみだった。私たち全生徒は、学校側の指定する鍛錬部または国防部のいずれかの班に所属し、一日の休みもない猛訓練を課された。

野球、庭球、籠球、排球など外来球技の運動部は、〃敵性〃スポーツとして廃止され、弓道部も「直接戦闘力の向上」に役立たないという理由で解散させられた。この年のはじめ、愛知県の県政調査会

が、「米英的運動競技を学園をはじめ全県下から徹底的に排除する」と決議し、ただちに県下の各校に野球試合の禁止を命じたのがその発端であり、「この問題がかつて野球王国を以て全国を風靡した愛知県から点火されたことは意義が深い」（昭和十九年版『朝日年鑑』）などと、評価された。当時体錬科担当の岡部久義教諭は、戦後になってから、「外来球技の廃止は、〃敵性〃スポーツだからというよりは、皮革不足のためだった」と証言し、当時の記録にも「資材の払底、用具の入手難」（前掲『朝日年鑑』）によるとあり、これが〃本音〃らしいが、実際には、『戦時学徒体育訓練実施要綱』の通達以後、〃闘球〃と名を改めたラグビー以外のすべての球技は、学園から姿を消した。

ともあれ、すべてのスポーツは〃決戦体制〃下に置かれた。剣道の試合は一本勝負で、袴の代わりにズボン、巻脚絆（ゲートル）の姿となり、柔道の試合では攻撃が重視され、最初からの寝技は認められなくなった。剣道はもとより、柔道でも、実戦本位に屋外試合が奨励され、この学校の柔道班も、〃本音〃は畳不足のため（『愛知一中柔道部史』）、〃建前〃は敢闘精神育成のため、元ゴルフ場の芝生などで練習した。そのほか、体操、教練、海洋、陸上戦技などの諸班が拡充または新設されたが、どの班も、国防的な色彩が濃厚だった。

本来、この学校は、〃知育・徳育・体育〃の三位一体を金看板としていた。これから出たスパルタ式訓練の伝統に、〃良兵教育〃という戦時の要請が加わり、日々の訓練は苛烈をきわめた。

入学以来、私が所属していた体操班では、「航空兵や落下傘兵の基礎訓練にもなる」ということから、鉄棒、跳び箱、徒手体操などで、毎日激しい訓練が行われた。炎天下に、焼けつく鉄棒に何時間

愛知一中の正門

もしがみつき、みぞれの降りしきる冬の日、上半身は裸で素足のまま何キロメートルも走った。苦痛や不平を一言でももらせば、即座に上級生たちの鉄拳を浴び、跳び箱が跳べないとか、走るのが遅いといった程度の理由で殴り倒された。

上級生たちは、事あるごとに、「下級のものは上官の命を承ること実はただちに朕が命を承る義なりと心得よ」という『軍人勅諭』の教えを引用した。〝良兵〟の必須条件としての「服従精神」が、このように強要される一方、「錬磨に錬磨を重ねる」という「行的修練」の意義が過度に強調されて、上級生たちの〝下士官〟的サディズムは一層甚だしくなり、体操班のみならず、どの班の生活にも、軍隊の内務班に似た重苦しい空気があった。

「一旦緩急アレハ」

三月二十二日、愛知県の公立および私立中等学校の入試が実施された。ペーパー・テストはなく、〝決戦試問〟と銘うった口頭試問だけだった。たとえば、愛知一中では、「大東亜戦争で最も必要な鉱物資源は何か。それはどこで採れるか。(世界地図を示して) それはどのあたりか」などが問われたが、明倫中学校(現愛知県立明和高等学校)の場合には、「今日よりはかへりみなくて大君《おほきみ》のしこの御楯と出で立つわれは」の歌が示され、「この歌の意味をいえ。この歌をよんで、きみはどんな覚悟をしたか」という問題が出た。これらの例に見られるように、一般に国防または〝大東亜共栄圏〟に関する問いや、戦時における国民の覚悟をたずねる設問がめだった。戦時における国民の覚悟とは、「大君」すなわち天皇のために潔く死ぬ喜びに徹することであり、子どもにさえ、この種の覚悟が求められたのである。

学校行事として、天皇を中心とするいくつかの儀式があった。たとえば、天長節(四月二十九日)、明治節(十一月三日)、新年(一月一日)および紀元節(二月十一日)の祝賀の儀式は、厳密に次の順序によるものと定められていた。

一、〝御真影〟(天皇・皇后の写真)の覆いをとる。このとき、参列者一同、上体を前に傾けて敬粛の意を表する。

二、〝御真影〟に対して最敬礼する。

三、国歌をうたう。

四、学校長が『教育に関する勅語』を奉読する。参列者は、奉読が始まると同時に、上体を前に傾けて拝聴し、終わったとき、敬礼して、ゆっくりもとの姿勢にもどる。

五、学校長が訓話を行う。

六、当日の儀式用唱歌をうたう。
七、〃御真影〃に覆いをする。このとき、参列者一同、上体を前に傾けて敬粛の意を表する。
（文部省制定『礼法要項』による）

〃御真影〃と『教育勅語』とを舞台装置に組みこんだ〃儀式〃には、一種の呪術的効果があった。幼いときから、この種の〃儀式〃に慣らされると、天皇の神聖、国体の尊厳、それに〃皇民〃として生まれた喜びを、ごく自然に信じられるようになる。論理的に納得できる以前に、肉体的な反復訓練を通して、天皇への信仰が、子どもたちの心理機構のなかに定着するのである。私たちにとって、天皇は疑いもなく〃神〃それ自体であり、この〃神〃のためなら喜んで死ねると思いこむようになっていた。それどころか、こうして天皇という〃神〃に生命を捧げることは、いわゆる〃死〃ではなく、永遠の生命を得ることであり、それを「悠久の大義に生きる」というのだとさえ、教えられていた。戦火が〃神州〃日本の本土に迫り、「天皇危し」（高村光太郎）とあれば、「一旦緩急」の際の覚悟を、「常住坐臥」のものにする心の用意はあった。

久しい間にわたる伝統的な教育政策の成果として、こうした基盤ができていた。この基盤の上に、当局が学園の兵営化・軍需工場化を進めようとすることは、さほど困難ではなかった。明治五年（一八七二年）の『学制』が、富国強兵策の一環として民衆への教育普及を構想して以来、日本の教育政策は、常に国家目的に奉仕してきた。義務教育年限延長の提案ですら、近代戦に備えて兵士や労働者の素質を向上させるのが目的だと、説明されたこの国である。しかも、軍部政権が教育を支配し、教育

校門を出て行進する武装した愛知一中生

政策すべてが国防という視点から貫かれていたこの時代である。

すでに、運動場にはグライダーが飛び、銃剣道の気合いやラッパの音があふれ、カーキ色（当時、国防色とよばれた）の制服と戦闘帽とに身を固めた生徒たちが、三八式歩兵銃をかついで駆け回っている。これは、もはや学園の風景というよりは兵営のそれに近い。

大空への誘い

空襲緊迫の声

この年の三月、敵空軍による日本本土空襲の危険性が、声高に叫ばれ始めた。空からの敵の脅威を強調して私たち国民の危機感を煽り、臨戦意識をよび起こそうとするところに、当局者の意図はあった。

「大陸から今にも来襲、備へよボーイングB17の爆撃圏」（『毎日』昭18・3・25）という新聞記事は、本土空襲の第一の可能性を指摘するものだった。ルーズベルト米大統領が、二月十二日のリンカーン・デーに記者会見し、「われわれは太平洋上に点在する島々を、一つ一つ奪回する暇を費やそうとは思わない。中国大陸から日本軍を駆逐するため、中国の上空、またもちろん日本の上空においても、われわれはある重要な計画をもっている」と述べたことが、その根拠とされた。

「捨身、敵空母の襲撃。覚悟せよ！　今度こそ本格的大爆撃」（『毎日』昭18・3・26）の報道は、前年四月十八日のドゥリットル空襲を私たちに想起させ、米空母群の奇襲という形による本土空襲の第二の可能性を警告するものだった。真珠湾やミッドウェーの戦訓から、空母の戦略的価値を学びとった米軍は、空母の大量建造に力を入れ、この一年間に、航空機一〇万機とともに空母八〇隻を完成する予定とも伝えられていた。

「実戦さながらの防空演習」「自信は満々大型焼夷弾訓練」（『朝日』昭18・3）などの記事が連日新聞紙上に現われ、「まだまだ不徹底、採点された東京の防空服装」（『朝日』昭18・3・11）と国民の自戒を促し、防空に総力を結集せよとよびかけた。国民学校児童にも、この種の覚悟は要求され、三月末の中等学校入試の口頭試問では、「焼夷弾の種類をあげよ」（名古屋女子商、現市邨学園高等学校）、「四月十八日には何を思い出すか」（愛知商、現愛知県立愛知商業高等学校）、「米国は日本をどうしようとしているか」（愛知県一高女、現愛知県立明和高等学校）といった出題例が見られた。

「敵の空襲目前！　不逞の息吹きそこに聞こゆ。皇土の護りはいいか」（『毎日』昭18・4・4）、「米機来襲は必至。防空整備強化せよ」（『朝日』昭18・4・16）と、四月に入るとともに、空襲の脅威を訴える声は、さらに高くなる。『朝日新聞』（東京版）に例をとると、三月中に約五〇だった防空関係の記事が、四月には一〇〇余に倍増する。「空の要塞千台配置、米、北を狙ひ必死」（『朝日』昭18・4・28）のニュースは、〃空の要塞《エア・フォートレス》〃とよばれる堅牢な重爆撃機ボーイングB17が北方から本土を襲うという第三の可能性を、私たちに教えた。

　こうして、西は中国大陸の基地から、東は太平洋上の空母群から、そして北はアラスカ基地からと、さまざまな形での空襲の公算が論じられたが、地図を一見しただけで、南北に弓なりに長く伸びる日本列島は、腹背の多くの弱点を敵にさらしているかのように、私たちには思われた。しかも、ガダルカナル以後、急ピッチに進展する米軍の攻勢には、島伝いに南から日本本土に迫ろうとする形勢もうかがわれる。中部太平洋の島々が敵に奪われ、そこに米空軍の長距離爆撃機の基地が設定されれば、それは、本土空襲の第四の可能性を意味する。

　やがて一年後、マリアナの決戦に敗れて、サイパン、グアムが敵の手に落ち、日本本土は、〃超空《スーパー・》の要塞《フォートレス》〃の名で威力を誇ったボーイングB29の爆撃圏に入り、この第四の戦略が日本の死命を制するに至るのだが、この年の春現在、当局者は、日本軍がガダルカナルから「転進」する間に「ニューギニア島およびソロモン群島に戦略的根拠を設定」（『大本営発表』昭18・2・9）した結果、こうした米軍の企図は完封されたと説明していた。しかし、事実として、太平洋の戦局、とりわけ南太平洋での航空戦の戦況は、日増しに息苦しさを増してきた。戦火は、早晩、日本本土に迫るだろうと予見された。

激化する航空戦

日本本土空襲の脅威が叫ばれる一方では、ソロモンなど各戦線での激闘が、しきりに伝えられた。「帝国海軍部隊は、三月十日ソロモン群島の我航空基地に来襲せる約六十機の敵機中、その十一機を地上砲火により撃墜せり」(『大本営発表』昭18・3・13)、「帝国海軍航空部隊は、四月一日ソロモン群島ルッセル島方面に進撃、敵戦闘機群を捕捉し、その四十七機を撃墜せり。我方の損害自爆及び未帰還九機」(同前、昭18・4・3)、「帝国海軍航空部隊は、四月七日大挙ソロモン群島フロリダ島方面の敵艦船を攻撃せり」(同前、昭18・4・9)などの発表がつづいた。

五月下旬、二つの事件が私たちに衝撃を与えた。ひとつは連合艦隊司令長官山本五十六提督が「前線に於て全般作戦指導中、敵と交戦、飛行機上にて壮烈なる戦死を遂げたり」(同前、昭18・5・21)という公表であり、もうひとつはアッツ島を守備する山崎保代陸軍大佐以下二六〇〇余の将兵が、兵力一万二〇〇〇の上陸米軍を相手に半月間戦ったのち、「全員玉砕せるものと認む」(同前、昭18・5・30)と発表されたことである。前者は、南方戦線での航空戦における日本軍の苦境を物語り、後者は、北方戦線の制空権・制海権が日本軍の手を離れた事実を示した。また、前者は、日本海軍の勝利と栄光とを象徴する巨大な存在が失われた点で、戦争の見通しを暗くし、後者は、一兵士から最高指揮官に至るまで弾雨のなかで死との対決を強いられるこの戦いの厳しさが、やがて私たちの身辺をも訪れるだろうと予想させた。

「帝国海軍航空部隊は、六月五日ショートランド島に来襲せる敵機群を邀撃《ようげき》、その二十機を撃墜、五機を撃破せり。我方未帰還三機」(同前、昭18・6・7)、「帝国海軍航空部隊は、六月七日戦闘機の大編

太平洋戦争の運命を担った零式艦上戦闘機

隊を以てルッセル島上空に進撃、敵機群と激烈なる空戦を交へ、その四十九機を撃墜せり。我方未帰還六機」（同前、昭18・6・9）と、ソロモンをめぐる航空攻防戦のニュースがつづいた。二五対三とか、四九対六などという戦果の発表には、機材の損耗だけを語って人命の損失には言及しない非情さがある。私たちも、スポーツ試合のスコアを耳にするときと同じ受けとり方で、それを聴いた。〝海軍航空部隊〟の戦勝は、いわば〝ひいきチーム〟の勝ち試合なのである。

「帝国海軍航空部隊は、六月十六日戦爆連合の大編隊を以てガダルカナル島ルンガ沖敵輸送船団を強襲せり。本日までに判明せる戦果、左の如し。輸送船大型四隻撃沈、同中型二隻撃沈、同小型一隻撃沈、同大型一隻中破、駆逐艦一隻撃沈、飛行機三十機以上撃墜。我方の損害未帰還二十機。〈註〉本戦闘をルンガ沖航空戦と呼称す」（同前、昭18・6・18）と、またしても軍艦マーチ入りで放送されたが、米海軍のニミッツ提督は、当時の戦闘について、「日本の新しい急速訓練による搭乗員の練度の不充分なことは、二四機の爆撃機と七〇機の零戦が六月なかばアイアンボトム水道内の米輸送船を攻撃したとき、はっきり示された。連合軍はわずか六機を失っただけで、日本軍攻撃機は一機を残し、他の全部が撃墜された」（『ニミッツの太平洋海戦史』）と書いている。神秘的とよばれた零戦の威力も、曲技的とすらいわれたその搭乗員の技量もすべて過去のものとなり、大本営が〃虚報〃を繰り返している間に、太平洋の覇権は、確実に米軍の手へと移っていた。

「南太平洋の航空撃滅戦」などと鳴り物入りで宣伝されたものの、その実、〃撃滅〃されていったのはわが航空隊であり、〃大戦果〃を伝えるラジオの軍艦マーチは、わが海軍の弔鐘にほかならなかったが、真相を知らない私たちは、例の〃スポーツ試合のスコア〃を聴いて、〃ひいきチーム〃の連戦連勝に気をよくしていた。

当局の焦慮

こうした状況のなかで、五月七日夜のラジオは、『御民われの自覚へ』と題する小泉親彦厚相の講演につづき、『前線へ送る夕』の番組で、双葉山、羽左衛門、米若、市丸、上原謙らの声を電波に乗せた。力士も芸能人も、戦力に寄与しなければならない時代だった。この番組が終わると、午後八時から海軍省軍務局員高瀬五郎中佐の放送があった。『学生諸君よ、航空隊に来たれ』という演題である。

前年八月以来、敵が圧倒的に優勢な空軍によって、わが軍をソロモン、ニューギニア方面から圧迫しようと企図しているのに対し、わが海軍航空隊が反撃、至る所で敵に有効な打撃を与えていると述べたのち、中佐は、米国が空軍の増強にいかに心を砕いているかについて語った。

「飛行機搭乗員の養成に対する米国の最近の努力はなみなみでない。米海軍は、飛行候補生として一般学生を多数採用し、急激に膨脹した搭乗要員にあてている。米海軍航空隊員の八〇パーセントは一般学生出身である。ハイスクール卒業者で十八歳以上二十六歳未満の者、大学二年以上修了の者は在学のままで試験を実施して海軍予備要員に採用し、飛行候補生とする。アイオワ、ノースカロライナなどの諸大学で一二週間の教育訓練、予備航空隊で六週間の初等教育、さらに海軍航空隊で三〇週間の中間教育を行ったのち、予備海軍少尉に任命し、実施部隊に配属して前線に送り出している」

参考のために書き添えると、当時、アメリカでは、学徒出身の航空搭乗員十数万人を、この年のうちに養成する予定と伝えられていた。

中佐は、予備学生出身の日本海軍搭乗員の敢闘ぶりを賞揚したのち、この放送を次のようにしめくくった。

「米国の学生ですら空の決戦に加わっている実情を思えば、日本の学生諸君も彼らに劣らず空への挺身に奮起して頂きたいと念ぜざるをえない」

同じ日、新たに陸軍航空総監兼陸軍航空本部長に就任した安田武雄中将が、記者団との初会見の席上で、青少年の大空への決起を求めて発言した。

中将は、「いまは熟慮逡巡しているときではなく、果敢断行のときである」と語りはじめ、「航空機生産や搭乗員養成について米軍当局のいう天文学的数量を無視してはならないが、恐れる必要もない。量を制するだけの量を確保すればよい」と説き、「名刀は名人が使ってこそ名刀たりうる。敵も名刀をつくりうるかも知れないが、名人のいないところに名刀はない。われわれの自信は、ここにある」と、わが搭乗員の質的優位を誇った。そして、その名人を青少年たちに期待しようというのである。

「愛国青少年は、大空への希望に燃えて、烈々たる祖国愛にたぎっている。問題は、名人を錬成する道を確立する努力にある。こんな美談がある。中学二年生で頭もよく体も頑健な少年が、少年飛行兵を志願したいと父親に申し出た。父親は〃少年飛行兵は下士官になる学校に入学するのだ。お前なら将校になる予科士官学校に入学できるから、将校になって偉くなれ〃といって、少年の申し出を許さなかった。少年は〃将来の出世なんて考えていません。今日の時局を考えれば、一日も早く御奉公したいのです。士官学校を卒業するまでには日がかかりますが、少年飛行兵ならすぐ一人前になれます〃と幼い決意を披瀝して、父親を説得したという。今回、少年飛行兵の年齢を一年引き下げたのも、祖国愛に燃える少年らに道を開くためである」

二、三日前に、陸軍は少年飛行兵、少年戦車兵などの志願年齢を一年下げ、満十四歳以上にしたばかりだった。大学・高専の学生だけでなく、義務教育を終えたばかりのローティーンたちにも、死の戦場への道を行けと、軍当局者は声を張りあげたのである。

空の勇士となれ

期せずして同じ五月七日、陸海軍両当局者から、青少年たちを空の戦場に誘う声があがったが、日を追って、この種の宣伝は活発になった。

海軍の高瀬中佐の放送に刺激されて、五月十一日には、陸軍航空本部員の内田中佐が、『アメリカ本土を衝くもの』と題し、若者たちによびかけた。大相撲夏場所二日目の録音放送のあと、午後七時三十分からだった。

「ハワイ駐在の米軍医が〃自分は二年間にわたってハワイ在住の米人と日本人との航空搭乗員適性を比較したが、あらゆる点で日本人が優れているのに非常な恐怖を感じた〃と証言した。日本は、この戦争を独力で遂行するに足る資源を確保し、飛行機増産の計画は着々と実現しているが、この計画に応じて航空戦士の大量養成が急務となる。飛行機の操縦に日本男子ほど適しているものはない。全国青少年の有資格者は、すべて予科士官学校または少年飛行兵学校を志願するくらいでなければ、米英に快勝することはできない。予科士官学校の志願者で航空に選抜されれば、航空士官学校を経て将校になり、全世界の空の決戦に参加することができる。日本男児の本懐これに過ぎるものがあろうか。大東亜戦争の決勝点〝アメリカ本土を衝くもの〟は、航空部隊であり諸君である」

陸軍は、航空機搭乗員の人的資源開拓の点で、海軍に立ち遅れている。海軍の飛行予備学生に相当する陸軍特別操縦見習士官の制度は、この年の七月五日、そして海軍の甲種飛行予科練習生に当たる陸軍特別幹部候補生の制度は、それよりあとの十二月十五日に公布される。したがって、五月十一日というこの時点での陸軍からの青少年たちに対するよびかけは、予科士官学校および少年飛行兵への誘いとなるほかはなかった。

それにしても、陸軍と海軍との対立相剋には目に余るものがあった。軍需資材のみならず、航空要員の充足についても、はげしい競争が見られた。人的資源の争奪という形の争いである。

この陸軍の放送に対抗して、五月二十四日夕には、海軍航空本部の清水洋中佐が、『航空搭乗員の養成は急務なり』と訴えた。これも、ラジオ聴取率の高い午後七時半からの時間帯だった。

「いまや、一億国民は一心同体、一本の槍となって米英の鉄壁を打ち破らねばならず、航空兵力は、その槍の鉾先の、さらにその切先である。この切先に青少年を送るのが、銃後国民の務めでなければならない。いまの少年は大東亜戦争をやり抜くために生まれ出て来たものであり、その責任は重大であるとともに、実に光栄であるといわねばならぬ。いまの少年たちは、一日も早く勇士となって、米英撃滅の第一先鋒に立つ熱情に燃えている。家庭の人びとや学校の先生たちも、一人でも多く、一日も早く、少年たちが空の勇士となって米英撃滅の第一線に立ち、これら少年たちの手で大東亜戦争を完遂させるように導いて頂きたい」

五月七日には、海軍が大学・高専の学生に「航空隊に来たれ」とよびかけたのに対し、陸軍はローティーンの少年たちに「少年飛行兵への道を歩め」と勧めた。今度は、陸軍が「すべての青少年は予科士官学校または少年飛行兵学校を志願せよ」と叫ぶ一方で、海軍が「少年たちすべてを空の勇士として送り出せ」と訴えたのである。なかでも、清水海軍中佐の発言のなかで、聴取者を驚かせた発言は、「いまの少年は大東亜戦争を戦い抜くために生まれ出て来たものだ」という言葉だった。当局者は、いまや公然と少年たちの血を求め、その細い腕に戦争遂行の責任を期待しようとする。戦局の悪化は、当局者をこれほどにまで焦慮させるようになっていた。

陣鼓連打

六月一日、高橋三吉海軍大将が東京帝国大学（現東京大学）で『故山本五十六元帥を偲びて』と題して講演し、「わが海軍は山本元帥の死によって微動だにするものではない」と胸を張りながらも、「学生諸君、いつ召されても、いつでも征ける心構えだけはしっかりと備えて勉学にいそしんで頂きたい」と結ぶ。

六月六日、〝帝都愛国学生連盟〟と称する学生団体が、青山会館で「山本元帥景仰正気昂揚頑敵撃砕学生大会」を開き、慶応、明治、法政、日本、専修、中央の各大学、興亜専門学校（現亜細亜大学）など都下一〇〇〇名の学生たちが〃憂国〃の弁をふるい、その席上、海軍航空本部教育部の三木森彦少将が「航空戦力の増強こそ元帥の遺訓に応える現下の急務」と、学生たちの発憤を促す。「スチムソンは〃戦争のためには学校教育を犠牲にすることもやむをえない〃と主張、ホプキンスは〃戦時においては弾丸は学校の卒業証書よりも大切だ〃とまで断言している。とくに米当局が重視しているのは学生搭乗員の養成だが、かれら敵学徒兵の多くは、断乎とした精神力をもって戦っている」と述べたあと、「光栄あるわが帝国の歴史を保持するものは学生諸君である。諸君を光栄の海の荒鷲として迎える日を元帥の霊前に深く祈念する」と、少将は学生たちに決起を求める。

六月九日夜には、寺井義守海軍中佐が『アメリカ青年に負けるな』と放送し、「日米学徒が空の決戦場で相見える日が来た」と述べる。翌六月十日には、官公私立大学長会議で岡部長景文相が「飛行機の大量生産とその搭乗員の養成とは焦眉の課題である。飛行機の精密性とその戦闘の知能性から見て、その操縦整備には高等教育を受けた者が最も適当といえる」とし、文教の最高責任者として、学徒の航空戦への奮起を強く要望する。

六月中旬になると、航空研究所とか逓信省航空局といった機関も、「学生の奮起は国民全般に大きな影響を及ぼす」「学生は心身とも航空搭乗員に最適」などの談話を発表する。大東亜民族航空増強連盟が〃航空兵百倍化運動〃を提唱し、全国の国民学校をはじめ、中等・高専・大学の各校に〃航空決戦挺身血盟書〃を配布する。全国大学教授連盟が、学園から空に多くの志願者を送るため「教授が中心となって学生をこの方向に指導鞭撻する」ことを申し合わせる。
軍から官界、学界へと「学徒を空へ」の宣伝活動が広がる。新聞も、高い調子になる。
「燃やせ決戦の大空に、君ら若人の情熱」（『朝日』昭18・6・19）
「征け〃学徒海鷲〃への道は広いぞ、躊はず空の必勝戦へ」（『朝日』昭18・6・21）
学園にも、嵐が起こる。
栃木師範学校（現宇都宮大学教育学部）では、男子部の本橋伝治部長が二十六日全校生を校庭に集め、「本校卒業生は一人残らず海鷲となり、米英機を一機でも多く落としてから教壇に立て。自爆したら英魂となって教壇に立ち帰れ」と訓示する。
「追へよ、先輩の翼を、学生荒鷲に実る数々の武勲」（『朝日』昭18・7・2）
「学生よ、空に征け、先輩荒鷲におくれ取るな」（『朝日』昭18・7・2）
「空だ、男の死場所」（『朝日』昭18・7・3）
と、新聞が、これに呼応する。
当局は、母親教育にも力を入れる。
「増田正吾海軍中佐〃御婦人方は飛行機を非常に恐がつてをられるやうに聞きますが、たいへん時代遅れと申しあげるほかに言葉はありません〃
大野義高海軍少佐〃私の預つてゐる予科練に、誰に勧められて入隊したかと尋ねますと、ほとんど全部が私の意志だと答へます。それでは誰が一番先に反対したかと尋ねると、お母さんにお姉さんと答へる者が多かつた〟

航空婦人会結城益子女史〝昔から人にはつき合つてみよ、馬には乗つてみよと申しますが、私もほんの数十分間ながら飛行機に乗せて頂いて以来、飛行機が好きになりました。ところで、航空隊には一人息子や長男の方が多いやうにうかがひますが〟

増田中佐〝私も長男ですよ〟

大野少佐〝さういえば練習生にも一人息子が多い〟

増田中佐〝飛行機の操縦なんて難しいものではありません。自転車に乗るのと同じことですよ〟

――」

この座談会記事の見出しには、「多い独り子や長男、〝危い〟は時代遅れ、さながら空行く自転車」(『毎日』昭18・7・3)とある。

七月五日、大学・高専生から陸軍特別操縦見習士官を採用する新制度が発表される。陸軍も航空要員の人的市場を大学・高専にまで求めはじめたのだが、これと競い合うように海軍航空本部の三木森彦少将が、海軍飛行予備学生の徴募について談話を発表する。

「予備学生の試験については、普通の体格なら必ず合格します。学科試験も、日本精神を試験する程度の口頭試問と数学的常識をみるための試問が行はれるくらいのものです。だいたい裸眼で片眼〇・八、両眼で一・〇あれば、一番問題になる視力も合格、多少の色弱も問題になりません。

昨年の数学の常識問題も簡単なものでした。一例ですが、本艦が一直線に進んでいるとき、左舷に四十五度の角度を以て進行してゐる一商船を認めた。十分間ののちも、この商船は同様四十五度の角度の位置にあつた。本艦とこの商船とは衝突するか……」(『毎日』昭18・7・3)

体格、視力、学力の試験基準をこれほどにまで下げて、当局者は学徒たちを航空隊に吸い上げようとする。戦時の粗製濫造は、最も精密な条件を必要とする航空搭乗員という人の面にまで及んだのであり、それも、陸海軍が争ってローティーンから大学・高専生に至るまでの広い範囲に手を伸ばすのである。

II　昭和十八年七月五日

時局講演会

校長の講演

霧雨が朝から降っていた。

三〇〇平方メートルほどの柔道場に、私たち七〇〇余人の生徒が、学年ごと、クラスごとに並んで坐っている。肩と肩とで押し合い、その人いきれでひどい蒸し暑さだ。

「帝国の自存自衛とアジアの自由解放とのためにわが皇軍が立ち上がって以来、すでに一年半になります。帝国陸海軍がひとたび聖戦の火ぶたを切るや、開戦三日間にして敵米英の主力艦隊を撃滅、半年を出ずして大東亜の敵侵略拠点のすべてを奪取したのであります。まことにわが皇軍の勇猛たるや天下に比類なく、その武勲は世界の戦史を飾るものに相違ありませぬ」

単調な演説である。月並みな辞句の羅列である。いくらかうんざりしながら、私たちは、この小柄な講演者の口もとの動きを見つめていた。

「帝国を締めつけていたABCD包囲陣は分断され、アジア解放の聖業は着々と進んでおります。インド独立運動の闘士チャンドラ・ボース氏が昭南市に現われ、抗英独立の闘争に決起したことは、昨日来の報道によって諸君も承知しておられるでありましょう。日満華の団結はいよいよ固く、ビルマやフィリピンもほどなく独立の栄誉を獲得して大東亜共栄圏の戦う一員になるであろうことは必至で

現旭丘高校にいまも残る元愛知一中柔道場（朝日新聞社提供）

あります。久しきにわたるアングロサクソンの暴虐なる支配に対して敢然と自由解放の戦いを進めんとするアジア十億の民衆、その先頭にわが帝国は立っているのであります。これこそ八紘一宇のわが大理想の顕現と申さねばなりませぬ」

ドイツに亡命していたインドの独立運動家スバス・チャンドラ・ボースが潜水艦でヨーロッパを脱出し、東京に着いたことは、かねてから噂されていた。そのボースが、日本軍に占領されて〝昭南市〟と改称されたシンガポールに姿を現わし、自由インド臨時政府の樹立を宣言、全世界のインド人に「イギリス人を追い出し祖国に自由を取りもどせ」とよびかけた。「血には血を、剣には剣を」と息まく彼の叫びは、〝八紘一宇〟の聖戦を強調する日本の指導者を得意がらせた。

この日の朝刊の第一面が、昭南でのインド独立連盟の大会の光景とか「血と汗とで自由を購へ、今こそ独立の好機」（『朝日』昭18・7・5）という東条英機首相の挨拶などで埋まっていたことを、私たちは知っていたが、とくに深い関心を抱いたわけではなかった。満州事変以来十数年、「興亜の聖業」だの「八紘一宇の大理想」などという言葉や、それに関連したニュースに、私たちは食傷気味だった。

「ところが、神をおそれぬ敵アメリカは、巨大な生産力に物をいわせ、圧倒的な物量をもって反撃を開始しました。北はアリューシャンから南はソロモンに至る全戦線にわたって、無数の飛行機、艦船を投入し、わが方に決戦を挑んで来ました。昨年夏から半年間に及んだガダルカナルの死闘に始まり、本年五月には山本五十六元帥の戦死およびアッツ島守備隊の玉砕が伝えられ、南太平洋の各地では、いまなお血みどろの戦闘が続行されております。たとえば、この一両日、レンドバ島の攻防をめぐって日米両軍の間に激戦が展開されていることは、周知の通りであります」

講演者は、ここ愛知県第一中学校の野山忠幹校長、聴衆の七〇〇余人は、この中学校の三年生以上の全生徒である。そのなかに、当時三年生の私もいた。十四歳だった。

校舎は開戦二年前の昭和十四年(一九三九年)に竣工したものだが、体育館兼用の講堂はコンクリートの礎石が置かれただけで、未完成だった。戦争の勃発と戦局の緊迫とのため、その建設は無期延期となり、儀式や集会は、グラウンドか柔道場・剣道場で行われることになっていた。

このときの気温は二三・二度、湿度九一パーセントと名古屋地方気象台には記録されているが、五〇〇人程度の収容力すらないこの柔道場に、七〇〇余人が詰めこまれている。制服の襟もとや背に汗がにじみ、汗ばんだ肩やひじが隣の級友のそれと押し合う。生理的な不快感が私たちの神経を弛緩させ、魅力に乏しい校長の演説が場内に倦怠の空気を醸し出したとしても、やむをえないことだったと思われる。

「物質の国アメリカ、神をおそれぬ鬼畜米英の野望は、ぜひ粉砕せねばなりませぬ。わが神州には三千年の歴史があり、わが民族には日本精神があります。われら国民一億が必勝の信念をもって一丸となり、堂々の歩武を進める限り、決して敗るるものではありませぬ。今次大戦では〝銃後〟という概念は存在せぬといわれております。至るところ戦場、国民すべて戦闘員という気概をもって醜敵と戦い抜き、もって陛下の大御心を安んじ奉らねばなりませぬ」

「陛下」とか「天皇」という語を耳にしたら、即座に胸をそらせ姿勢を正すように、私たちは教育されていた。一瞬、七〇〇余人は、居住まいを正したが、もとより形だけのことで、鋭い緊張が場内に流れたわけではない。

校長の話は、新聞やラジオで見聞する政府当局者や大本営報道部員の談話などと同様、紋切り型の言葉の連鎖でしかない。日本は神州であり、米英は鬼畜である。日本軍は正義であり、敵軍は邪悪である。これを原点として、あらゆる論理が展開される。たとえば、「帝国の自存自衛とアジアの自由解放とのために」とか、「わが神州には悠久三千年の歴史が」などと聞くだけでも、あくびが出ようというものである。

十代なかばという年齢は、初夏の窓外にあふれる若葉のように新鮮な言葉を、いつも求める。暑苦しい柔道場のなかには、やはり退屈と倦怠とだけがあった。

ペーパー・プレーン　昭和十八年（一九四三年）七月五日、月曜日である。この学校の内外を揺るがせ、何人かの生徒たちの生命を奪い、多くの人びとの心に傷あとを残すに至る事件が、新しい週とともに始まろうとしていた。

授業開始に先立って、私たちに学校側からの伝達があった。「三年生以上は、第一、二限の授業をやめ、時局講演を聴く。朝礼終了後、ただちに柔道場に集合せよ」というのである。私たちがこうして柔道場にひしめき合っているのは、そのためだった。

時局講演会を聴かされる機会は、少なくなかった。

この年四月二十六日の校務日誌に、「鷲津中将謹話（米辻中佐帯同）」とある。この学校の卒業生である鷲津鉛平陸軍中将が母校を訪れ、後輩たちに時局談を試みたのだが、四年戊組の犬飼成二は、その日の日記に「鷲津中将来校、米の個人主義について話さる」と簡単に書き残している。また、五月十九日の校務日誌に「第一、二限、三年生以上閲兵分列式挙行。午後、軍事講演、名古屋地方海軍人事部長清宮《せいみや》大佐殿」とあるのに対し、犬飼成二の当日の日記には、「若いときであるのがうれしい。ひとたび老いたときに私たちは現在の喜びに浸ることができるだらうか。恋！　恋！　愛！　愛！」としか記されていない。

講演者がどんなに熱弁を振るっても、聴衆である私たちの受けとめ方は、こんな程度に冷淡だった。

朝礼では、事あるごとに、校長が時局解説や軍事講話に時間をさいた。その話には、こんな例がある。

愛知県海部郡出身の貝沼という軍曹が、ガダルカナルの敵キャンプに単身忍びこみ、睡眠中の米兵多数を銃剣で刺殺し、食糧などを奪って帰ったという武勇談である。殺害・強奪の手法を、校長は詳細に語った。大砲で敵艦を撃ち、機銃で敵機を墜とす話と、刃物で敵兵の肉体を直接刺す話とでは、聴く者の印象が違う。飢えた島でのジャングル戦闘ともなれば、さらに陰惨さが加わる。平時の常識を超えた戦争の論理に慣らされていた私たちも、この校長の話にはたじろいだ。

広い校庭に整列している全校生徒に、「ここだけの話ですよ」と前置きして、ある噂話を校長が紹介したことがある。「内密の情報によりますと、開戦の日ハワイの真珠湾を攻撃したわが特殊潜航艇の一隻が敵の手に落ちたそうであります。当然、この潜航艇の秘密は敵に漏洩していると思われますが、これほどのことで動揺する帝国海軍ではありませぬ。より精巧なる潜航艇を建造して戦線に送り出すことでありましょう」と、彼は語った。戦後、「捕虜第一号」として有名になった酒巻和男少尉の一件をめぐる挿話だが、戦時の日本国内では、もちろん極秘とされていた。校庭いっぱいに並んでいる千数百人に、「ここだけの話ですよ。聞き流してください」と、声を殺して繰り返すところに、一種のおかしさがあった。

話は、講演のことにもどる。校長は場内を見回した。視線が合うと、私たちは眼を逸らせた。熱心な聴衆ではなかったからである。

「わが空軍は精強であります。過日、鷲津将軍も申されました通り、数の上でわが方が優勢ならば、数分間で敵全機を墜としてわが方は全機帰還いたします。敵味方同数ならば、十数分ののち敵の大部分を墜としながら一部分は逃がし、わが方も若干の損害を受けます。敵の方が多ければ、交戦数十分に及び、かなりの敵機を撃墜しつつも過半数は逃がし、わが損失も敵の一割以上に達します。事実、敵は〝日本機一機に対して三機以上でなければ戦うな〟と指令しているほどでありますが、何しろ数を頼んで押して来ます」

これも、〝無敵荒鷲〟のおとぎ話で育てられた私たちには、耳新しい話題ではない。

「一方で、敵は〝日本の飛行機はペーパー・プレーンだ〟と申しておる。日本機は、一発の弾丸で紙のように燃え墜ちると申しておる。ゆえに日本空軍恐るるに足らずと、敵はこのように宣伝しているのであります。思うに、科学技術の第一流をもって自負する敵米国が、有色人種に劣ってはなるまいという虚栄から、日本空軍弱しと国内宣伝することにより、空軍志願者の募集を容易ならしめんとするのでありましょう。一歩を譲り、わが飛行機がペーパー・プレーンであると仮定すれば、そうした脆弱なる飛行機に対して三倍以上の兵力がなければ戦わない敵は、問わず語らずのうちにわが飛行家の抜群の技術と闘魂とを認めておることになりましょう」

朝や夕、名古屋の街の電車通りを、ジュラルミンの翼や機体を引いてのろのろと行く牛車の列が見られた。名古屋市南端の港区大江町の三菱航空機工場で造られた戦闘機を、岐阜県各務原の軍飛行場に運ぶ光景だった。時速数百キロメートルの飛行機を時速二キロメートル余りの牛車で一昼夜もかけて飛行場に運ぶところに、戦争の現代化に追いつけない日本の苦悩が見受けられたはずだが、私たちはさほど意に介しなかった。ただ、牛車の上できしむ軽金属製の小さな飛行機が丈夫そうに見えなかったことは事実である。

とはいえ、幼いころから私たちは、〝無敵空軍〟の伝説を繰り返し聴かされて育った。中国大陸要部への渡洋爆撃、ノモンハンでのソ連空軍に対する圧勝、ハワイ・マレー沖での米英海軍主力の撃滅など、一方的な報道だけを与えられていた私たちには、〝無敵荒鷲〟の先入感が強く植えつけられていた。不敗のはずの〝日の丸〟の翼が、紙を破るように敵弾に引き裂かれ、マッチで火をつけた紙片のように燃え墜ちるとは、想像しかねた。校長の話は、意外なことと思えた。

敵愾心への点火

私たちは、ようやく校長の話に耳を傾け始めた。

「ペーパー・プレーンと敵がよぶにせよ、日本精神に燃え立つわが空軍は精強であります。一〇倍以上にも及ぶ敵飛行兵力に対し、肉を斬らせて骨を断たんとするわが攻撃精神の発露が、時に火だるまとなって敵に体当たりする阿修羅の姿となり、敵に根拠のない雑言を吐かせるのでありましょう。しかも、補給常ならざるわが空軍と、無限に近い補給力をもつ敵空軍とが、かりに一〇〇対一〇〇という同等の機数で戦うとすれば、第一回はわが圧勝に終わりましょうが、いくたびか戦闘を重ねるにつれて兵力差は開き、五〇対一〇〇となり、二五対一〇〇となって、ついには〇対一〇〇になるかも知れないのであります」

校長は、わが飛行機のもろさやその損耗率の高さを積極的には否定せず、航空戦での敵の優位も認めている。率直な話には、耳を傾けやすい。

「ガダルカナルの苦闘は、そうした事情によるものでした。わが補給はつづかず敵に制空権を譲り、わが地上軍は血みどろの戦いを余儀なくされたのであります。ガダルカナルの孤島に散った一万六七三四名のわが将兵の血は、無数の飛行機の傘に守られて限りなく増強される敵の鉄火によるものでした。血を吐く思いで、祖国の空に増援の翼を待ち望みつつ、わが将兵は敵戦車の下敷きになって散ったのであります。

このような鉄と血との戦いが、いまなお、太平洋の全戦線でつづいております。私が、このように申しておるこの瞬間にも、たった一機、たった一人の飛行家が足りないために、わが忠勇なる将兵が、祖国日本の空を仰ぎながら倒れて行くのであります」

校長は、「話が少し横道にそれますが」と前置きしたのち、ガダルカナルでの戦闘後、米軍がわが重傷兵を砂浜に並べ、戦車でひき殺したとか、米国に抑留されている日本人がどんなに虐待されているかについて語った。

私たちの胸の奥に敵愾心がチロリと炎をあげ、敵への憎しみが少しずつ燃えひろがった。ひとつの無秩序な集団を戦闘的な組織につくり変えるには、敵に対する憎悪の感情に点火すればよく、校長のあげた例は、この意味で効果的だった。

「南方戦線で鉄に対する血の戦いを戦い抜いておられるわが将兵には、感謝のほかはありませぬ。しかしながら、敵が物量をもって襲い来るなら、われも物量によって応じ、わが将兵の尊い血が流されるなら、敵にも相応の出血を強要せねばなりませぬ。無限の鉄火に血と肉とをもって立ち向かうわが将兵に、近代的兵器を存分に与えれば、まさに無敵であり、一挙に勝利を収めうることでしょう」

校長の声は、熱を帯びてきた。

「精強なる兵器、とくに決戦兵器と称される飛行機を、一機でも多く一秒でも早く製作する必要は当然ですが、より肝要なのは人、すなわち飛行家であります。兵器や飛行機は、資材と工場とがあり諸条件が許せば短時日に製作しうるものの、飛行家の養成には年月を要し、器材と違って簡単にできるものではありませぬ」

明治前半に育った校長の言葉には、時に古めかしさがあった。「飛行家」などという時代がかった言葉が、校長の口から出たのは、そのためである。

「敵米国は、飛行機の年産一〇万機以上と称しております。わが国内には、これを架空の天文学的数字として一笑に付する意見もありますが、敵の生産力は軽視できず、必ずしも誇大な数字とはいい切れませぬ。しかも、敵米国は、学徒を大量に動員し、太平洋の航空決戦に対処しようとしております。報道によれば、敵米空軍の飛行機搭乗員の八割五分は徴募学徒であり、その年間養成数は、二〇万人に近いとのことであります。加うるに、それら学徒出身の敵飛行家は、フットボールの試合に出る気安さで空中戦闘に臨み、意外に猪突猛進的な迫力でわが空軍に挑戦しつつあると聞いております」

この時局講演会の目的や校長の意図は、私たちにもわかってきた。

「空を制する者が海を制し、陸を制し、戦いを決するのであります。ガダルカナル、アッツ、そして山本元帥の死、すべて敵制空権下での悲劇でした。しかも、そうした場面に登場した敵の主力が学徒出身の飛行家を中核とする米空軍であったことを考えるとき、わが日本の学徒諸君の赴くべき道は明らかであります」

鬼畜アメリカの学生すらペンを操縦桿に代えて戦っているのに、神国日本の学徒が安閑としていてよいはずはない。ソロモンやアッツの英霊にも申しわけなかろう。この説明の仕方は、ここ数ヵ月来、新聞やラジオが熱狂的によびかけていたのと、同じ調子だった。「アッツ島を忘れるな」「山本元帥に続け」と一方が叫べば、「大空こそ男の死場所」「学徒らよ、空へ征け」と他方が訴える。

一向に反応がないことに、軍当局はしびれを切らし、各中等学校に海軍甲種飛行予科練習生の志願者を割り当てた。

二週間ほど前から、職員室前の廊下に、この甲飛生募集のポスターが掲示されていた。精悍な戦闘機が翼をひろげた図柄を背景にして「海軍飛行兵徴募」の大文字が踊り、その傍に徴募の要項が記されていた。才能に恵まれながら、家庭的には苦しい条件のもとで通学していた五年戊組の加藤忠義は、このポスターとともに東亜同文書院大学予科の県費派遣学生の募集ポスターも見た。「学資がなくても、この中国の上海《シャンハイ》にある学校へは進学できる可能性がある」と考えた。その反面、甲飛生のポスターの印象はすぐに薄れた。

甲飛生急募

私たちは、加藤忠義と同様、甲飛生募集のポスターに関心をもたなかった。

学級担任の教師たちの多くは、毎日のように「甲飛へ征け」といい、学校当局自体も、朝礼のたびに甲飛生応募を勧めた。しかし、私たちは、軍当局の宣伝に対するのと同じ冷淡さで、教師たちの声を聞き流した。

私たちのこの反応の仕方には、理由があった。昭和五十五年（一九八〇年）現在、高校への進学率は同一年齢層の九四パーセント、大学への進学率でさえ三八パーセントに達するが、旧制中等学校（中学校・高等女学校・実業学校）への進学率は二五パーセントに過ぎなかった。なかでも、当時の中学生のもっていた一種の自負心は、今日の中学生と同日の談ではなかったように思われる。まして、当時の愛知一中は、全国でも抜群の上級学校合格率を誇り、この昭和十八年春（一九四三年）には全国一の記録すら残している。明治三年（一八七〇年）の創立以来、数多くの高官、政治家、財界人、学者、軍人などが輩出し、この学校への入学そのものが、すでに各界への登龍門とみなされていた。兵・下士官という下積みの甲飛生への道に、生徒たちのほとんどが食指を動かさなかったのも、自然だった。

だが、国家危急の際に、個人的な動機で人生の道を選択しようとしたり、自分本位の立身出世の夢を描くことは、許しがたいことと責めらるべきかも知れない。

「祖国が盛衰の岐路に立っているとき、わが校の存在理由はいずこにありましょうか。諸君の先輩諸氏が一流の上級学校に進み、各界において幾多の業績をあげていることは事実であります。しかしながら、諸君が戦時下に赴くべき道は平和な時代に歩みうる道と異なるはずであります。個人的な立身とか名利のごときを顧慮していてはならないのであります。

いまこそ、天皇陛下のおんために一身を捧げ奉り、悠久の歴史のなかに生きること、天皇陛下に帰一し奉ることにより、わが日本精神、したがってわが校の伝統精神たる〝忠〟を、身をもって実践せねばならないのであります」

校長の話は、核心に近づいた。

「海軍甲飛生急募に関する当局の要請については、かねてから先生がたの説明と慫慂とがあった通りであります。実情を申せば、これまでの志願者はわずかに一三名、当局より本校に割り当てられた人数の約四分の一に過ぎませぬ。

古来、わが国においては、国家の大事に際して、つねに挙国一致、国難を打開して来ました。ことに純忠至誠の熱血に燃える青年の奮起によって国難を克服し、国勢の発展をもたらしたことは、歴史の実証するところであります。襲い来る敵を撃破し、祖国に栄光あらしめる者は、青年諸君以外にありませぬ。

天皇陛下のおんため、国家のため、愛知一中の名誉のため、諸君の発憤を期待してやまないものであります」

ペーパー・プレーンに乗って一〇倍以上の敵と戦えというのは、「死ね」というのと、ほとんど同義である。「悠久の歴史のなかに生きよ」とか「天皇に帰一し奉れ」という抽象的な表現もまた「死ね」というのと同じ意味である。

これまでにも、殉国の行為とか大義のための死といったことを、私たちはしばしば聴かされてきたが、遠い世界のこととしか受けとめていなかった。死を〝無〟以外の、もしくはそれ以上のものとは考えたこともなかったというほうが、より正直かも知れない。

もちろん、戦局緊迫の状況は理解しているし、戦時学徒としての使命観も自覚しているが、生まれて十数年、人生体験は浅く、死生の問題を真剣に考える機会もなかった私たちである。校長の話に、祖国への義務感、敵に対する憎悪、戦わねばならぬという意気ごみを刺激された一方で、自分の置かれた立場に一種の当惑を感じたのは、私ひとりではなかったと思われる。

「学園生活すなわち軍隊生活」「校舎は兵営であり、学徒は兵である」などと、しきりに強調され、軍国教育一色に画一化された教育環境のなかでも、七〇〇余人には七〇〇余人の世界がある。士官として軍務に服したい者、医学を学んで社会に奉仕したい者、文学一筋に生き抜こうという者など、未熟ながらひとりひとりが、自分と国家との関係や自分の未来像を、自分なりに考えていた。航空兵として死地に突撃することだけが、私たちに許されるただひとつの道なのだと、学校の最高責任者から指摘されれば、とまどいするほかはない。

峻烈な問題提起ののち、校長は私たちの敬礼を受けて壇を降りた。場内は、わずかにざわめいた。

配属将校の登場

今枝鐘三郎陸軍少尉が登壇した。この学校の配属将校である。少尉はまず、海軍甲種飛行予科練習生とその募集要項について、手にした資料を見ながら説明した。

「甲飛生は、少年飛行兵と混同されやすいが、四年前に創設されたばかりで歴史が新しく、制度も違う。下士官になるまでに、少年飛行兵は三年かかるが、甲飛生は一年半ですむ。早く入隊すれば二十歳ぐらいで少尉に任官でき、さらに士官として進級することも可能である」

入隊後のこととの具体的説明が、これにつづいた。

「練習航空隊に入隊すると二等飛行兵になり、そこで二年半の教育を受ける。はじめの一年半は軍人精神の鍛錬と一般軍事学の授業とにあてられる。あとの一年は航空幹部に必須の学術と技術とを学ぶ。半年後に飛行兵長となり、後期教程中には二等飛行兵曹になるというように進級も早い。艦隊所属の艦船または航空隊で実地訓練を受けて上等飛行兵曹に進み、また練習航空隊の選修学生として一年間、高等の学術、技術を修得すれば、准士官になれる。以後、尉官、佐官として累進しうる道も開けている」〔筆者注・実際には大幅に修業期間短縮〕

淡々とした口調の説明のなかに、従来の少年飛行兵との違いを強調し、航空幹部という表現を用い、士官としても累進しうると念を押すところに、表現上の苦心が見られた。

封建的風土に住む少年たちは、〝階級〟に敏感である。兵・下士官よりは士官にと、誰もが望んだ。ささやかにせよ〝出世〟の可能性を約束することが、死地に誘うときにさえ好餌となった。常識的には少年飛行兵と同義語と思われる予科練の語を避け、甲飛生または甲飛という語が意識的に使われたふしもある。

「年齢制限は、大正十二年十二月三日から昭和三年十二月二日までに生まれた者、したがって本年十二月一日現在、満十五歳以上二十歳未満の者となっている」

とすれば、四、五年生の全員と三年生の大部分とが、年齢の上では有資格者になる。

「身体検査の規格は、昨年度までに比べて大きく緩められた。たとえば、昨年度に規格よりも三センチメートル身長不足のため合格できなかった者も、今年度は合格できるはずである。視力の基準も、これまで一・二以上とされていたのが、一・〇と改められ、片眼が〇・八でも両眼で一・〇であれば合格し、多少の色弱も大丈夫である。つまり、通常の体格、普通の視力をもつ者なら、誰でも応募することができる」

この時点で、三、四、五年生は、それぞれ十四歳、十五歳、十六歳程度だった。軍が要求した甲飛体格基準を、昭和五十年度『文部省学校保健統計調査報告書』に見られる最近の同年齢層の体格平均と比較した表を、次に示しておく。

昭和18年度甲飛体格基準（A）と昭和50年度全国男子平均（B）との比較

		身長	体重	胸囲
		cm	kg	cm
14歳	A	145.0	37.0	69.0
	B	162.2	51.0	79.2
15歳	A	149.0	40.0	72.0
	B	166.1	55.4	82.2
16歳	A	152.0	43.0	75.0
	B	168.8	59.2	83.9

体格基準の大幅な切り下げは当局の焦慮の現われといえるが、視力の制限緩和には疑念がある。瞬時に勝敗の決する空戦では、より早く敵機を発見して先制の一撃を加えるのに十分な視力が、第一に必要とされる。海軍当局は、このとき、すでに〝質より量を〟の思想に傾き、弾丸代わりの消耗品的な搭乗員速成の着想をもっていたといえる。戦争末期の特攻戦術の制度化が、早くも萌芽を見せていたとみなすこともできよう。

「八月六、七日、名古屋市内の数ヵ所で第一次試験が行われ、九月上旬、呉鎮守府指定の海軍航空隊で第二次試験が実施される。第一次試験の学科は、中学校三年修了程度を基準とし、数学は代数と平面幾何、物象は物理と無機化学、地歴は日本および外国地理と日本史、そして国語と漢文である。なお、昨年度まで課されていた英語は、今年度以降廃止される」

このころの予科練の試験問題が高水準でないことは、よく知られていた。海軍予備学生の採用試験でさえ、前述のように平易な内容の出題だった。

「学科試験の問題は至って平易であり、ほとんど心配無用といってよい」

今枝少尉のこの補足こそ、無用だった。三年生はともかく、高専・大学予科や陸軍士官学校・海軍兵学校など上級諸学校を受験するつもりでいる四、五年生の多くは、「三年修了程度で、しかも平易な問題とは」と、心底に引っかかるものを覚えた。

甲飛募集要項の解説を終えた今枝少尉は、話頭を転じた。

「航空戦が祖国の運命を左右しようとしている。本来、学徒の本分は、学問によって国家有為の人物になることにあるが、国破れては山河も学問もありえない。いまや、諸君の学徒としての本分は、航空戦に参加して国に殉ずるほかにない。わが祖国は、諸君に若い血を捧げるようにと要請している」

少尉の目の輝きが増し、声が荒くなった。

神州日本　「光輝ある悠久の歴史、世界に冠たる神州日本、それを守るために、立ちあがってもらいたい。挙校一致、国難に立ち向かう決意を固めてほしい。本校の一先輩として、とくにこのことを諸君に訴える」

少尉は、「光輝ある悠久の歴史」について語った。

二六〇〇余年前、神武天皇は、九州から大和に進攻した際、孔舎衛坂《くさかのさか》の会戦で敗退し、皇兄五瀬命《いつせのみこと》を失い、熊野への南方迂回の航海中、稲飯命《いなひのみこと》と三毛入野命《みけいりぬのみこと》の二皇兄を失うという苦難を重ねた。しかし、八咫烏《やたのからす》が現われて金色の鵄が舞い降りる〃天祐〃があり、天皇の「撃ちてしやまむ」の歌に鼓舞された久米の子らの奮戦によって、最終的な勝利を得たと伝えられる。いわゆる東征神話である。

少尉によれば、この物語は歴史的事実であり、天皇の威光と天の助けとのもとに、忠誠なわが〃臣民〃が決死敢闘の末、いつも国難を克服してきた神国日本の勝ち戦の原型《プロトタイプ》であるという。前後二回にわたる元寇も、日清・日露の戦争も、このパターン通りに悪戦苦闘ののち日本の勝利に終わったのであり、今次大戦も例外ではないというのが、少尉の所論である。

「まさに有史以来、国難のたびに発揮された神国日本の真髄は、御稜威のもとに万民こぞって〃撃ちてしやまむ〃の誠忠を、一死もって貫くにあった。この尊厳なる神国日本なればこそ、きわめて困難なる戦いにも、ことごとく大勝利を収めえたのである」

神話と歴史との混同として、この話を笑うことはできない。小学校以来、歴史の授業で私たちが教えられてきたことも、少尉の話と五十歩百歩だった。

当時の教科書傍用の歴史年表には、神武天皇百二十七歳、孝昭天皇百十四歳、孝安天皇百三十七歳などとある。「昔の天皇は、なぜそんなに長命だったのですか」という一生徒の素朴な質問に、教師は鉄拳で答えた。また、ある理科教師がこの生徒と同様の疑念を洩らしたとき、同僚の歴史教師は「そのような疑問をもつこと自体が不忠なのです」と、白い眼をむいたという。

「敵米英は、科学の力をもってわれを圧殺せんとし、陸海空に物量の猛威を振るいつつわが神聖なる国土に迫らんとしている。南北太平洋の諸戦線における激闘は、まさに巨賊長髄彦《ながすねひこ》に対する神武の皇軍の戦いを想起させる。一中生諸君も、すべからく君臣の大義に徹し、神国日本の真髄に帰一し奉り、全国青年学徒にさきがけて、ただちに国家の危急に馳せ参ぜよ。わが国の興亡は、諸君の熱誠にかかっていると知れ」

左手に軍刀の柄を握り、右拳を振るいながらの熱弁である。「肇国《ちょうこく》の理想」「惟神《かむながら》の道」「君臣の大義」などという言葉をちりばめ、激越な口調に煽られて、少尉の講演には、宗教的な雰囲気に近いものさえ感じられた。

「しかるに、当局の要請に対して甲飛志願者は意外に少ない。本校の面目いずこにありや。神州日本守護のため、一切の私情を断って一刻も早く殉国の道を志せ。すべてを君国に捧げて航空挺身の尖兵となれ。日本精神の精華を太平洋上に飾れ。そして、一中健児の気概を天下に示せ。不肖今枝も、諸君とともに必ず決戦場に立つ」

自分の死を、納得のいく何ものかと関連づけられれば、怯惰な魂ですら、死地に身を投じようと決断しうるだろうが、「神国日本の真髄」とか「君臣の大義」などといった曖昧な原理に説得力はない。にもかかわらず、少尉の話に、私たちの心は揺らいだ。

この日から一年後、今枝少尉はサイパン島で玉砕する。名古屋で編成された第四十三師団、いわゆる誉《ほまれ》兵団である。未訓練の応召兵が多く、小銃の扱い方さえ知らない者もいる部隊である。昭和十九年（一九四四年）五月十九日サイパン港に着き、六月十五日には兵力比四対一、火力比一二対一という圧倒的に有力な敵を迎え撃つ。少尉の所属する第百三十五連隊第三大隊は島の北部に展開し、サイパン島攻防の終盤戦に加わる。七月四日、連隊旗が〝奉焼〟され、翌七月五日、「サイパン守備部隊ハ先ニ訓示セル所ニ随ヒ明後七日米鬼ヲ索メテ攻勢ニ前進シ一人克ク十人ヲ斃シ以テ玉砕セントス」の守備軍司令官の命令が発せられる。「暗号書類其ノ他ノ機密書類ハ遺憾ナク処置セリ。将来ノ作戦ニ制空権ナキ所勝利ナシ。航空機ノ増産活躍ヲ望ミテ止マス」と、本土宛の電報も打たれる。六日、「今ヤ止マルモ死、進ムモ死、生死須ラクソノ時ヲ得テ帝国男児ノ真骨頂アリ。今米軍ニ一撃ヲ加ヘ、太平洋ノ防波堤トシテサイパン島ニ骨ヲ埋メントス」と、守備軍の最高指揮官南雲忠一海軍中将が訓示する。七日午前三時、約三〇〇〇の残存将兵が、棒の先に銃剣をつけ、石を握って突撃する。九日、米遠征軍ターナー司令官が、サイパン島占領を布告する。そのころ、今枝少尉の魂は、この地上にない。

少尉が、こうした一年後の自分の運命を予見していたかどうかは別として、少なくとも死を覚悟していることは確かと受けとれた。死を決意した青年将校の直情的な語りかけは、素直に私たちの胸にしみた。神話を下敷とする戦争観や死生観に魅力はなかったが、少尉の憂国の思いは、異様に輝くその目と、鮮やかに紅潮した両頬とに現われ、じかに私たちの心に響いた。

十代なかばの少年たちの心理機構に熱狂をよび起こすのに、整然とした論理や華麗な表現は不要である。そのヒロイズムを刺激する語句を織りこみ、未開人の音楽にも似た激しい抑揚とリズムとで語りかければ足りた。少尉の講演は、巧まずしてそのような効果を示した。

叱咤する教師たち

ノモンハンの戦闘に参加し、近ごろ大陸の戦線から帰還した安東巌教諭が壇に立った。国漢科担当の教師だが、予備役の陸軍大尉なので、私たちは彼を安東大尉とよんでいた。

安東教諭は、ノモンハンの凄惨な戦闘について語った。

四年前の昭和十四年（一九三九年）五月から九月にかけ、モンゴル国境のノモンハンで、国境紛争に端を発する日ソ両軍の大規模な武力衝突があった。

九七式戦闘機を主力とする陸軍航空隊の善戦はめざましく、一二六〇機のソ連機を撃墜破したと公表され、歩兵や砲兵など地上部隊の敢闘ぶりも報道された。ガソリンを詰めたサイダー壜でソ連戦車群に立ち向かう日本軍の〝闘魂〟は好個の宣伝材料となり、草原一帯に無数のソ連戦車が炎上している光景は、少年雑誌の口絵にもなった。

しかし、街では、ノモンハンでの帝国陸軍の大敗北がひそかに噂された。ソ連軍が敷設したピアノ線の網に引っかかり動きのとれなくなった日本軍の戦車は、ソ連軍の集中射撃を浴びて壊滅したという。わが野戦重砲の弾丸は敵陣に届かず、敵長距離砲の射程はわが軍の陣地深くにまで及んだという。わが砲兵が一発撃てば、数十発、数百発の敵弾が注いだという。銃剣と火炎壜とだけに頼る日本歩兵を、ソ連軍は爆撃機群と戦車群とによって粉砕したという。総じて機械化兵力に乏しい日本軍と重装備のソ連機甲軍との戦闘は、肉弾をもって鉄火に挑む原始と近代との戦いであり、日本軍の被害は莫大だったと、人びとは噂した。この風聞は、もともと日本人の意識下にあった恐露《ラッソフォービア》の感情をさらに強め、至るところで「ノモンハンの敗戦」が囁かれた。

安東教諭は、「ノモンハンの生き残り」ともよばれていた。屍山血河の戦場から生還した教諭は、寡黙で控え目だった。しわがれた低い口調で、教諭は、空軍の支援を欠いた地上作戦が、風雨のとき雨衣の用意なしに外出するのと異ならないことを指摘し、南方の現戦況がノモンハン以上に厳しいと説いて、私たちの発奮を求めた。

「制空権のない地上軍に対する敵の空陸からの攻撃は残虐をきわめる。それは、一方的な殺戮としかいいようがない。ソ連空軍に対してわが航空隊は、絶大な強さを見せた。敵の大編隊が、わずかな数のわが戦闘機にたちまち撃墜される場面を、毎日眼前に見た。だが、わが補給力は敵に劣る。わが航空隊が姿を見せないことも、時にはある」

教諭は、私たちの顔を入念に見た。

「そんな場合、わが頭上を敵機は奔放に乱舞する。友軍機の到来を雲間に待ち望みながら、敵の銃砲火とキャタピラの音とのなかに、将兵は斃れていった」

ノモンハン戦に参加した歩兵第七十一連隊の戦闘詳報にいう。「朝来、敵砲火ノ集中火ヲ受ク。通信網モ切断セラレ連絡不能トナル。十時頃重砲射撃ニ連繋シテ敵爆撃機九機猛爆ス。各種砲ニヨル射撃間断ナク、我カ陣地全体ハ砲烟ト砂塵トニ掩ハレ咫尺《シセキ》モ弁セス。然モ此ノ間敵機約八十機飛来シ銃爆撃ヲ加ヘ来レリ。空陸呼応シテノ総攻撃開始サル。……敵戦車ハ火炎ヲ放射シツツ猛進シ来リ、内三台ハ陣内ニ進入セリ……」

同様のことを、教諭は語った。その話には現実味があり、血のにおいさえ感じられた。

「私には大陸戦線の将兵の苦労が忘れられない。諸君にこの思いがわかるだろうか。私は南方戦線のわが軍の辛苦をいつも偲んでいる。諸君は、これをどう考えるのか。前線から〝一機でも多く〟と航空隊の増援を願う叫びが聞こえるというのに、諸君は一向に注意を払わない。甲飛志願者の各校割当てという非常措置がとられた動機、その背後にある帝国陸海軍の苦悩、そういったことを諸君は考えてみようともしない。私は、まことに残念に思う」

教諭は、私たちひとりひとりを見据えるようにして、語りつづけた。その視線に、私たちはたじろぎ、なかには涙ぐむ者さえいた。

「多くはいうまい。諸君の若い命を戦力として国に捧げること、この学園をあげて戦場に向かうこと、その覚悟を固めてほしいだけだ」

戦場では部下を大切にし、学校では生徒たちに慕われていた安東教諭である。戦争が終わって、再度の応召から復員したのち、同僚や上司の慰留にもかかわらず、戦時教育の責任を感じ、教壇への復帰を頑として承知しなかった彼である。その一言一句は、私たちの肺腑をえぐった。

つづいて、指導班長の波多野市郎教諭が、壇上に柔道六段の巨軀を現わした。修身、公民および柔道の担当であり、五年甲組のクラス担任でもある。

「率直にいおう。諸君は、どこかで間違っておる。この国家非常のときに、当然とるべき行動を諸君はとっておらん」

教諭の叱責には慣れていて、時には苦笑、悪くすると冷笑で応じかねない私たちだが、このときは、ひるんだ。

「一中生は、口には立派な道徳を唱え、精緻な理論を述べるが、いざ実践となると全くだめだ。諸君は、戦局切迫の現況を百も承知のはずだ。承知していながら、甲飛急募という国家緊急の要請に応じようとしない。これこそ一中生の伝統的欠陥の現われといわねばならん。口に愛国を論じるのなら、それを行動においても示さねばならん。反省を求める」

頭上に雷鳴を唐突に聞くような驚きで、私たちは教諭の声を聴いた。

場内には、異常に熱を含んだ空気が醸し出された。午前十時過ぎ、時局講演会は終わった。胸にこみあげる何ものかに耐えながら、私たちは、柔道場の外に出た。

総決起大会

五年甲組と指導班

指導班とよばれる組織があった。各運動部のキャプテンやマネージャーをしている上級生たちによって構成され、全校生徒の風紀を生徒側で自律的に規制し、校風を自主的に守り育てさせようという目的で設けられたものといわれた。

ここにいう運動部とは、慣用的な呼称であり、平時にいうそれとは、形の上でも実質の上でも、かなり性格が異なっていた。〝決戦体制〟下の校友会組織は、前にも述べたように報国団に改組され、全生徒は、そのなかの鍛錬部または国防部に属する各班に所属し、連日訓練を重ねた。

どの班も、表面的には学校側の干渉は少なく、上級生による鉄のような規律に統制され、上級、下級の区別は軍隊の階級上の差別そのままだった。各班の幹部生徒によって編成され、しかも学校側からお墨付きを与えられている指導班が、全校生徒に対し強い統制力をもっていたのは自明のことといえる。班長は五年甲組の担任波多野市郎教諭、生徒側の委員長は五年乙組の榊原正一、副委員長は五年甲組の金森太郎だった。委員長は、一般の生徒から普通は〝団長〟とよばれていた。

「指導班員、颯爽として任につく。決戦下の学園に棹さす者の任は、重かつ大である。自律的精神、自啓、自発の良習は、生徒相互の切磋琢磨に俟つところが多い。真に生徒の風紀を維持し、振作し、校風の昂揚に任ずるは、いひ易くして行ひ難い。新任の組長、組係とともに、その真面目の発揮を祈るや切である」

指導班発足当時の愛知一中報国団『団報』(昭18・4)の記事である。そのなかに「自律的精神」とか「自発の良習」とあるが、実は、上から喚起され、縦の系統で巧妙に操作されたものでしかなかった。その意味で、指導班の性格や役割には、郷土防衛の自律的組織とされていた警防団を連想させるところがある。

こうした立場の指導班が、ここでひとつの役割を演ずる。班員のいく人かが、学校側に申し入れた。

「しばらく待ってください」

指導班員が、三年生以上の各教室を回り、クラスごとに甲飛の問題を話し合うことになった。

どの教室にも、昂奮と緊迫感とがあった。

「自分は間違っていたらしい」という反省とも悔恨ともつかぬ思いが、多くの者の胸のなかにはあった。一方、「これは大変なことになりそうだ」と予感して、不安に身を固くしている者もいた。

どのクラスでも、「潔く君国のために散ろう」といった勇ましい意見が大勢を占めた。「航空兵として戦場に出ることだけが唯一の報国の道だろうか」という疑問を口にする者もいたが、そうした声は低くて力弱く、威勢のよい殉国論に、たちまち打ち消された。

その間に、五年甲組の教室では、新しい事態が進行していた。

「わが校の真価は、上級学校入試や対外試合のときにだけ発揮されればよいというものではあるまい。甲飛割り当て数に志願者数が遠く及ばないなどとは、たいへんな恥辱だ。学校側からこんなに強く声をかけられるまで、傍観者のような立場にいたとは恥しい。この学校でぼくらが学んできたのは、一朝有事のときに、国家のために役立つためのはずだ。いま、そのときが来た」

激しい意見が出た。

「上級学校への進学しか考えないのは、国家よりも自己を優先する考え方だ」

「おれは、利己主義者といわれたくない。卑怯者でありたくはない」

「いや、いっそのこと、このクラスが率先して全員志願しようではないか」

このような空気のなかでは冷静に議論することはできないと、かなり抵抗感を覚えた者もいたし、「何かおかしい」と、事態の動きに疑念を抱く者もいたが、反対意見を率直に述べることのできる状況ではない。

先刻来、激越な口調で信念と決意とのほどを披瀝していた金森太郎が叫んだ。

「甲飛へ征く者は、立て」

大部分の者は迷うことなく、一部分の者はいくらかのためらいとともに、とにかく全員が立った。

これは、五年甲組四一名の総意ということになり、クラス代表の久田迪夫がこの決定を学校当局に伝えた。

五年甲組の決議を契機として、指導班員と五年甲組の一部の生徒とが、活発に動いた。「生徒大会を開きたい」というその申し入れを、学校側は快く許した。彼らは四方に散って、三年生以上の教室ごとに指示を流した。

「甲飛問題について生徒大会を開く。全員ただちに柔道場に集合せよ」

意見続出
愛知一中の昭和十八年度『校務日誌』に、次の数行がある。

「七月五日　　第一、二限、甲種飛行予科練習生勧奨ニ関シ三年以上ニ校長ノ訓話アリ
(於柔道場)

第三、四限、生徒意見発表会（三年以上）」
三、四、五年生が、ふたたび柔道場に集まった。午前十時三十分である。
「甲飛志願のことについて、校長先生をはじめ諸先生から反省を求められ、生徒として慚愧に耐えない。そこで、改めてわれわれ一中生の赴くべき道がどこにあるかを話し合いたい」

五年乙組の榊原正一が、壇上に立ってよびかける。気魄に溢れた彼の声が、場内に響きわたる。

戦後の昭和二十五年(一九五〇年)、久しく結核を病んでいた彼を、友人の沢田秀三が見舞ったときのことである。

「おれは腸結核で、治る見こみはない。治るかも知れぬと思うと迷いが生じるが、治らぬと思えばさっぱりする」

と、この友人に微笑を見せた彼は、翌日死んだ。死を眼前にしながら微笑を忘れなかった彼は、航空挺身への決死の覚悟を迫られたこのときも、やはり動じなかった。大手をひろげて運命の前に立ちはだかろうとした。

「われわれは誤っていた。少なくともおれ自身は大きな誤りを冒していた。自分ひとりの人生だけを考えていて、国家の将来については何も考えていなかったと、指弾されてもやむをえない。いままで、自分の分に応じた人生設計をもっていた。それが、究極的には天皇陛下のおんため、祖国のためになると自負していたが、先生がたのお話を聴き、自分なりに反省してみると、自分の考え方がまったく誤っていることに気づいた。祖国の当面している困難にただちに立ち向かうこと、それがおれにとっての第一義の責務だったのだ」

雄弁家として知られる彼だが、所詮十代の少年である。高ぶっていく自分の感情を抑えるすべを知らない。

「国家なくして個人はありえない。個人的な打算を捨て切れないでいた自分、国家の危急を眼前にしながら、おのれの人生を後生大事にしていた自分、そうした自分を恥じる。罪深く、恥知らずなほど臆病で卑怯だった自分を恥じる。この罪を赦されんがために、おれは……」

彼は絶句し、涙を拭った。

「おれは、すべての夢を捨てる。あらゆる人生設計を一擲する。個人的な夢や人生に意味はない。すべてを、いまただちに大君と祖国とのために捧げる決意を固めたい」

大きく肩で呼吸しながら、拳を振るい、咽喉が裂けるほどに叫ぶ彼の演説は、絶叫で綴った詩のように聞こえた。

五年生のひとりが壇に立った。指導班員のひとりである。

「敵アメリカの学徒はすでに決起し、星のマークの翼でソロモン空域に現われ、わが軍を悩ませている。神州学徒のぼくらが、賊徒ヤンキー学生よりも、愛国心や勇敢さにおいて後れをとってよいだろうか」

彼の語りかけ方は、静かだった。

「ぼくらの起つべきときが来た。敵の学生搭乗員と雌雄を決するときが来た。しかし、口でだけなら何でもいえる。問題は実行だ。前任の配属将校栗田朝一郎中佐殿は、よく〝一中健児なら、やりゃできる、やれ〟といわれた。〝やりゃできる〟だけでなく、必ず〝やれ〟と付け加えられた。国難打開のための空への決死行、これは〝やりゃできる〟だけではすまされない。〝やれ〟——いかにも、現在のぼくらに最も必要なことは、ただちに行動を起こすことだ」

なるほど「やりゃできる、やれ」か、栗田中佐のこの口癖の言葉は、こんなとき、こんなふうに利用できるものかと、加藤忠義は思った。柔道場の正面に小さな神棚があり、その横に時局標語の張紙があるのを、彼は見つめた。彼の内部で、いくらか迷いのあった甲飛志願のことが、はっきりした決意となって固まり始めたのは、このときだった。

背の高い一生徒が立った。五年甲組で活発に意見を述べていたうちのひとりである。

「ぼくは死を恐れていた。でなければ、死など遠い無縁のものとしか考えていなかった。しかし、いまでは至純至高の愛国的行為として選ぶ限り、死は恐怖の対象どころか、たぐいまれな美しいものと知った。死は無縁の遠い存在どころか、ぼくら個々の死が祖国の栄光と密接に関連していることも知った。気がつくのが遅すぎたかも知れないが、気づかずに過ごせば、もっと悪い結果になる。その意味で、ぼくは、この会合を貴い機会に恵まれたことと感謝したい」

語調を強めて、彼はつづけた。

「もともと天皇陛下に頂いた体なのだ。それをお返しするときが来た。みんな、個人的なもの一切を捨てて起ちあがるときが来た。

昂然と眉をあげて死を見つめよう。死のふところに飛びこもう。死から目を逸らすことなく、即刻行動を起こそう。死をまっすぐに見つめようとせず、行動をためらうことは、卑怯な振舞いと知ることだ。ぼくらは勇者でありたい。

ぼくらのクラス五年甲組では、総員四一名、ことごとく甲飛を志願する。いうまでもなく、ぼくは真先に志願するつもりだ。みんなも続いてほしい」

殉国の名でよばれる限り死は美しいという彼の主張には説得力があった。場内の空気は、しだいに熱くなっていった。

熱気溢れる

五年生たちが、争って壇上へ駆け寄る。そのひとりが、低い声で語りかけた。

「ぼくは、将来の地位や名声、それに生命など、眼中にないつもりだった。大君の〝醜《しこ》の御楯〟として五尺の体をなげうつことに微塵の悔いもないつもりだった。それで、海軍兵学校の試験も受けた。一人前の海軍士官として、存分に働きたいと願っていた。

けれど、ぼくの考えは正しくなかったらしい。正直にいって、ぼくは小さな名誉欲にとらわれていた。〝七つボタン〟よりは〝短剣〟に憧れていたらしい。兵・下士官よりは士官に、甲飛よりは海兵へという身勝手で俗っぽい考えが、まったくなかったとはいい切れないのだ。

ところが、ぼくは目覚めた。一日も早く前線へ出られる道を選ぶべきだった。海兵よりは甲飛への道を踏むべきだった。〝短剣〟に憧れるのは笑止千万なことと、ぼくはもっと早く知るべきだった。

皇国に生まれて十余年、学徒としての道が、いま眼前に開けた思いがする。何もいらない。何も欲しくない。すべてを君国に捧げ、悔いのない短い人生を終わりたいと思う」

当時の多くの少年たちは、江田島の生活に憧れていた。皇国の守護に任ずる無敵海軍を担う紅顔の海軍兵学校生徒の短剣姿は、当時の少年たちの胸を踊らせた。だが、彼は「短剣に憧れるのは笑止千万」といい切った。それは、エリート校の生徒の胸にひそむ何ものかを、鋭くえぐる言葉だった。

眼鏡をかけた生徒が、壇上に現われた。やはり五年生である。

「おれは近視だ。だから、航空兵には向かないと思いこんで、甲飛のことなど念頭にも浮ばなかったが、いまは考えを改めた。

ひとつには、おれが近視になったのは、自分自身の不注意、不摂生の結果であり、そのこと自体が不忠の行いではなかったかという自省だ。きみたちは、こうしたおれの不忠を許してくれるだろうか。もうひとつは、検査の日までの約一ヵ月間、近視を克服するために死力を尽してみようという決心だ。みんなに後れをとることなく、ぜひ甲飛に合格しようという覚悟なのだ。きみたちは、こうしたおれの決意を笑わないでくれるだろうか」

場内には、「自分は近視だから征けそうにないが」と居たたまれぬ思いの者、「近視だが、征かねばなるまい」と矛盾した気持ちをもて余している者などがいたが、この発言は、彼らの中途半端な気持ちに、ひとつの区切りを与えた。と同時に、「おれは近視だから征かなくてもよかろう」と傍観者的に事態の推移を眺めていた者の胆を冷やした。私自身も近視だったが、これで明らかな決断に到達することができた。

眼鏡をはずし、涙を拭いながら壇を降りていく発言者に、さまざまな思いをこめた視線が集まり、場内には嗚咽の声がひろがった。

「何をいまさら決意だの覚悟だのといっているのか」と、すでに志願を決めていた三年丁組の加藤泊美は、冷やかにこの日の事態の推移を眺めていたが、このとき、彼の決意はふたたび新鮮なものになった。それは、「母校の連中すべてが自分と行動をともにしてくれる」という連帯の喜びによるものであり、「眼の悪い連中までも」と、彼の目もうるんだ。

生徒たちに混じって、幾人かの教師も感想や意見を述べた。

「若い諸君が、地位も名誉もいらぬ、眼中には国家しかないと、維新の志士のように叫ぶのを聞いていて、教師である私自身が教えられた思いがする。できることなら、私も飛行機に乗って戦場に赴きたい」

国防部長で体錬科担当の吉村三笠教諭である。同じ体錬科の岡部久義教諭も立つ。

「自分は予備陸軍中尉の軍籍にある。遠からず召集されると思うが、自分が大陸か南方のどこか地上で戦っているときには、いつも諸君が上空から支援していてくれるだろうと想像したい」

さらに、英語担当の片山五郎教諭が登壇する。

「事に臨んで、美しく憂国の至情の燃えあがるのを、はじめて眼前に見て、私は深い感動を覚えました。祖国日本の置かれた状況を考えるとき、私どものもつべき覚悟、とるべき行動は明白です。私自身も飛行機に乗って戦いたい。けれど、それは許されないことですから、せめていつの日にか剣をとって決戦場に挺身したい。まさに〝武士道とは死ぬことと見つけたり〟です。敵の弾丸が飛んで来たら、それに飛びつく覚悟で戦うところに、わが一中魂の真価はあると思います。

賢明なる諸君は、私以上に時局の重大性を認識されたはずです。躊躇することなく、決然たる態度に出られることを期待します。

瓦として永らえるよりは、玉となって砕けましょう。薔薇の花として咲き残り醜い花びらをさらすよりは、潔い桜の花となって散りましょう。君国のために潔い死を選ぶこと、これこそ日本精神と一中精神とを、最も端的に最も美しく具現するすばらしい行為であると、私は確信いたします」

米英両国と死闘の月日を重ね、敵を〝鬼畜〟および〝暗愚魯〟と蔑み、都市の歩道に星条旗やユニオンジャックを大書して通行人たちに踏ませた当時の日本である。片仮名を混じえた芸能人の名や飲食店の屋号も遠慮させられ、音楽も米英人作曲のものは忌避されるし、この年の春には一切の欧米式スポーツは廃止されている。"King's Crown Readers"という英語の教科書に〝王冠敵国語読本〟と墨書したカバーをしている生徒もいる。こうした状況下での英語担当教師の発言だった。

少年たちの豪語

教師たちの発言は、場内の昂奮を高める上で、有効に触媒として作用した。なかでも、片山五郎教諭の「私自身も飛行機に乗って戦いたい」という決意の表明は、私たちの胸を熱くした。「けれど、それは許されないことですから、せめていつの日にか」という用意された遁辞も、一瞬耳に絡んで、すぐに消えた。「華やかな薔薇として生き残るよりは、潔い桜の花の散りようを選ぼう」との提案は、死の美化によって死への恐怖を忘れさせ、醜い生よりも美しい死を選択することに憧れをさえ抱かせた。

四年生も立った。

「人生五〇年といわれて来ました。近ごろは人生二五年と聞きます。しかし、ぼくらの人生は二〇年、いや一八年でも結構ではありませんか。普通の人の一生を一八年に圧縮して生きる。これは随分豪勢な人生を送ることになります。かえって、ありがたいことです。

個人的な利害打算だけで何かの夢を追って暮らす生活に、自分たちは縁がありません。陛下のおんため、この短い人生を灼熱の炎となって生きたいのです。それも、一兵卒として死ねばいい。指揮官になりたい人は、一中以外の学校から出ればいいのです」

短い人生を、最も密度濃く、最も温度高く生きたいと、彼はいった。個人的な行動の原理をすべて排するともいった。訥とした彼の語りかけのなかには、気負いがなく、それだけになみなみならぬ決意のほどが見受けられた。この発言に、ひとりの五年生が応じた。

「わが祖国が興廃の瀬戸際にあるとき、おれたちは局外者のような顔をして、机に向かっていることはできない。歴史を学ぶよりは、歴史を創るときだ。おれは勉強をやめる。甲飛へ行く。火の玉となって太平洋を飛ぶ。みんなも続け。わが校の生徒である限り、すべて航空決死兵になるのだ。勉強したければ、ほかの学校に転校するがいい」

この怒号に近い演説に、だれもが衝撃を受けた。学校という場で、「おれは勉強をやめる」「勉強したければ他校へ転校せよ」などという言葉が公然と吐かれたことも、事態の深刻さを物語るものと一般には受けとられ、一様に感動を呼んだ。

こうした場合、集団の昂奮は、それ自体の発熱によって、さらに過熱され加速されて、急速に発火点へと近づいていく。もはや理性の制動がかからないことと、反対意見を圧殺する非寛容さとが、こうした状況の特徴である。だれもこの勢いをとめることはできず、だれもこの流れに逆らうことはできない。

「祖国がぼくらの血を欲するのなら、一切の我執や未練を捨てて、潔く死にたい」

「皇国に生を享けたことの意味が、やっとわかった。それは陛下のおんために死ぬ喜びだった」

「大君のおんために大空に散る。これほど崇高な死、これほど崇高な生はない」

世の中を知らず、何のために生きるのかといった基本的な問題すら考えたこともない十代の少年たちの間で、こんなにも安易に死という言葉がやりとりされた。少年たちは、自分たちの言葉に酔った。酔ってさらに強い言葉を口にした。強い言葉は、場内の雰囲気のなかで増幅され、一層激しい言葉を生んだ。

「すめらみくに」といい「おおきみ」といい、古代日本の言葉である。古代人の素朴な感情と近代的な飛行機という精密機械との差は無限に近い。が、この当時、日本国家を動かしていた原理は、まさしく古代の信仰と近代技術との奇妙な融合の所産だった。少年たちの激情は古代人もしくは原始人のそれであり、かれらの受けている教育の内容の大半は近代科学の成果である。この矛盾が、こうしたとき火を噴こうとしていた。

誰もが泣いた。涙を拭おうともせず、頰を伝い、畳の上に滴り浸みこんでいくのに任せた。意見を述べるつもりで壇に登りながら泣き崩れ、そのまま壇上から降りた四年生もいた。多くの教師たちも、ハンカチーフを取り出して涙を拭っていた。

「ぼくらの手で祖国を救う。ぼくらの血で新しい日本の歴史を綴る」

「われわれの本分は、雲を血に染めて散ることだ」

「おれたちの屍で祖国守護の万里の長城を築こう」

「われら神州の学徒ついに起つ。これを聞いて敵は怯えるだろう」

真の勇者は大言壮語しないことを、確かな覚悟をもつ者は饒舌でないことを、私たちは忘れていた。けれど、昨日まではとるにも足らない存在でしかなかった少年たちが、いまは国運を双肩に担おうとする頼もしい存在になっている。死をも何をも恐れない勇士になっている。死についてほとんど考えてみることのなかった少年たちが、いきなり最も愛国的な死を選択しようと決意したのである。このとき、少年たちが倨傲に豪語したとしても、やむをえないことだったかも知れない。

そんなとき、私の脳裡を鳥の影のように、ふと横切った疑念がある。自分の操縦する飛行機が、敵の濃密な弾幕のなかで被弾し、炎に包まれて洋上に墜ちて行く光景とか、煙の尾を引いて敵艦の舷側に突入して行くさまを瞼のうちに描いて、「雲を血に染めて散る」とか「おれたちの屍で万里の長城を築く」といっても、自分たちの屍は、実際にはどうなるのかと訝しんだのである。

「海行かば水漬く屍、山行かば草むす屍、大君の辺にこそ死なめ、かへりみはせじ」という歌の歌詞とメロディーとが私の耳の奥に響き、「雲を血に染めて」という新しい死の様式が、一種の美として私の心をとらえた。

総決起の瞬間

愛知一中報国団機関誌『学林』第一一九号（昭19・3）には、このときの思いを詠んだ歌のいくつかがある。

「いざわれら小なる自己をなげすてて
　大なる自己に永久に生きなむ
五年乙組　安立宏三」

「大空に御楯となりて散らむこそ
　大和男子のほまれなりけれ
五年甲組　大沢　恂」

「いざ征かむ醜の御楯といさぎよく
　散るぞうれしきあこがれの空
三年甲組　伊藤文雄」

「すめらぎの御楯とならん男児われ
　南の空の雲を血に染め
三年丁組　青木訓治」

天皇は、祖国の栄光そのものであり、民族の運命それ自体であった。天皇の「御楯」となって、大空の雲を血に染めて散る死は、小さな自己という存在を、より大きな何ものかのなかに生かす喜びのように思われた。

「君がため醜の御楯と北辺に
　砕けし勇士にわれら続かむ

「軍神の心を継ぎて雲染むる
屍と散らん若人われら
三年丁組　横井恭一郎」
五年甲組　笠根壮介」

潔く美しい死の典型があった。この日も教師たちがしきりに口にした南方航空戦での山本提督の戦死と、北洋の孤島アッツ守備の山崎部隊の玉砕とが、それである。

「累卵の危機にある祖国の運命を、拱手傍観していたのは誤りだった。母校の名声が損われようとしているのを坐視していたのも罪深いことだった。日本人として、一中生として、いま、われらのなすべきことはただひとつだ」

ふたたび壇上に現われた金森太郎の発言である。頬を赤くし声をからしての絶叫だった。

発火点は近かった。

「先刻からの諸君の意見を聴き、場内のようすを見ていると、ここにいる全員が重大な決意を固めたものと思われる。すでに五甲は総員志願を申し合わせているが、事は五甲だけの問題ではない。ここまで来たからには、諸君の決意もはっきりしているはずだ」

ほんの短い間、静寂があった。

その静寂を破って、誰かが叫んだ。

「征く者は、立て」

全員が立ちあがった。眼の悪い者も、体格のよくない者も、制限年齢未満の者も、ひとり残らず立った。溢れる涙を拭おうともせずに、七〇〇余人すべてが立った。

「われわれは、この生徒大会の名において、わが校の有資格者全員が、甲飛への志願、大空への挺身を決意したことを、決議し宣言しよう」

前記の『学林』第一一九号に、片山五郎教諭は次のように書いている。

「昭和十八年七月五日、この日こそ我が愛知一中が学徒われの自覚の下に、空軍に総志願した日である。滾々として尽きざる愛国の血は迸り、烈々の意気は柔道場に溢れ、この時ほど愛知一中全体が美しく輝いた時はなかつたと思ふ」

過熱状態でのことである。柔道場に満ちる嗚咽と慟哭とのなかで、七〇〇余人が畳を蹴って立ちあがる瞬時のざわめきもあり、「征く者は、立て」というよびかけが誰の声だったかは、ついにわからない。

ともあれ、熱し切った空気は、発火点に達した。

ふたたび、『学林』に残るこの瞬間の少年たちの心情をうたった歌を見よう。

「伝統にうち築かれし一中に
　今ぞ来れる偉なる一瞬
五年甲組　梶田哲弘」

「南海に君が御楯と砕けんと

愛知一中の快擧

全四、五年生　空へ志願

蹶起、山口を除く[illegible]全[illegible]

たつた一人の眼の悪い生徒を除いた四年生以上の全生徒と三年生も受驗出來る有資格者は全部のこらず約五百六十余名の上級生が斷つて大空志願「小癪な敵の米兵に負けるものか」と猛り立つ純情を日の丸の旗にのせて雄々しくも蒼空の決戰場へ飛び立たうとする學園——創立六十五年、東海に傳統を誇る愛知縣第一中學校では五日午前十時より同校講堂で時局講演會を開き、野山校長はじめノモンハンの勇士安藤大尉（同校配屬將校）らが「いまこそ學園に蹶起して戰場へ赴く決意をかためねばならぬ」と熱叫、[illegible]生を[illegible]つたところ生徒側を代表して生徒[illegible]數名が「生徒の意向を聽いて見るからしばらく待つて貰ひたい」と引續いて校内生徒大會を開き、上級生を中心に協議した結果、まづ五年生甲組四十一名が「國家の征くところは[illegible]」と感激に一人は全力を擧げて父兄を説得することの基本方針を決定、六日午後二時から緊急父兄會を開いて懇談することになつた

野山校長談　教官生活をはじめて卅五年けふのやうな感激ははじめてです、生徒も泣いた、私も泣きました、アメリカの生徒に負けてたまるかといふ氣概で全く學園は火の玉です、これは若いもの丶昂はずみな言葉からでないことはかねてからの生徒の態度などによつてよくわかります、學校としても生徒の希望を達成させるためあらゆる努力を拂ふつもりです」

五年生甲組生徒班長久田[illegible]君の話　一高校その他への進學希望者も全部それらの夢をすてゝたゞ大空の決戰場へ行く決意をしま

て永へにわが家の守りとせらよ、今や大海原を制覇しつゝみゆく、元氣益々旺盛なり、組の街長も元氣に滿ちて士氣[illegible]、吹けば[illegible]く概あり實に[illegible]なり

十二月二十九日　[illegible]

サノ[illegible]

◇

軍用機獻納

二千三百九圓四十六錢　大阪市港區市岡濱通三　田中機械製作所産業報國會

千圓　[illegible]　太田光男

千圓　[illegible]　浮田五[illegible]

千圓　同北區[illegible]　吉木正[illegible]

千圓　同北區[illegible]　白井岩[illegible]

[illegible]社　笹治四十治

伝える昭和18年7月6日の新聞記事（朝日新聞社提供）

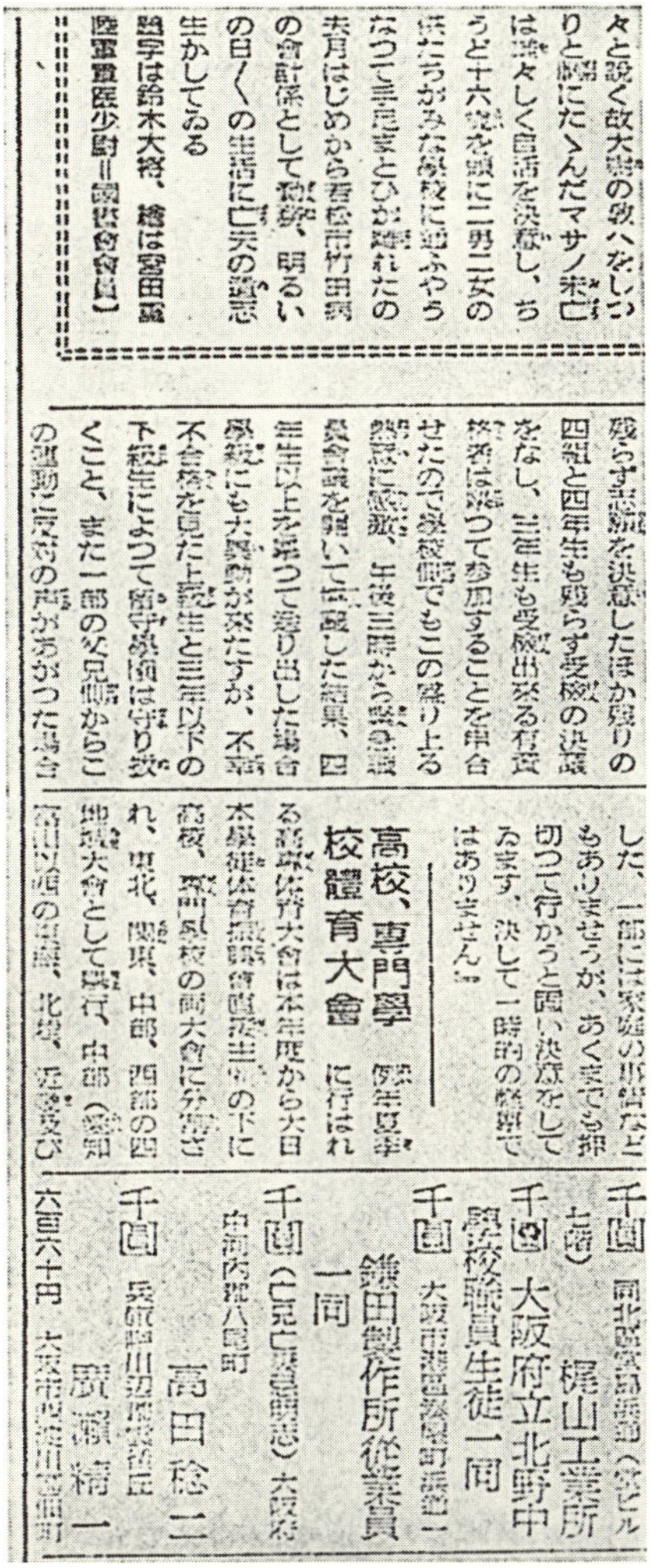

々と說く故大尉の敎へなしつ
りと胸にたゝんだマサノ未亡
は涙々しく自活を決意し、ち
うど十六歳を頭に二男二女の
供たちがみな學校に通ふやう
なつて手足まとひが離れたの
去月はじめから若松市竹田病
の會計係として就職、明るい
の日々の生活に亡夫の遺志
生かしてゐる
題字は鈴木大將、繪は宮田重
陸軍軍醫少尉＝國民會會員】

殘らず志願を決意したほか殘りの
四組と四年生も殘らず受檢の決議
をなし、三年生も受檢出來る有資
格者は揃つて參加することを申合
せたので學校側でもこの盛り上る
熱意に感激、午後三時から緊急職
員會議を開いて協議した結果、四
年生以上を揃つて送り出した場合
學校にも大變動が來たすが、不
不合格を見た上級生と三年以下の
下級生によつて留守學園は守り拔
くこと、また一部の父兄側からこ
の運動に反對の声があがつた場合

した、一部には家庭の事情など
もありませうが、あく迄でも押
切つて行かうと固い決意をして
ゐます、決して一時的の昂奮で
はありません」

高校、專門學校體育大會

例年夏季に行はれる高專校体育大會は本年度から大日本學徒体育振興會直接主催の下に高校、專門學校の兩大會に分離され、東北、關東、中部、西部の四地域大會として擧行、中部（愛知

千圓　同北區
千圓　大阪府立北野中學校職員生徒一同
千圓　鐘田製作所從業員一同
千圓　高田稔二
千圓　辰瀨精一
六百六十圓

愛知一中予科練総決起を

思ひ定めし今日の嬉しさ
四年乙組　田中　稔」
「吾も亦大君の子なり今日を期し
空の防人希ふよろこび
三年丁組　横井恭一郎」

片山教諭のいう「愛知一中全体が美しく輝いた時」が、この一瞬だった。戦後、彼は、当時を回想

して、「若い連中が体で自ら時局の緊迫を知った。国家の危急を体で直観したのだ。大人や軍部のしていることに、彼らは不安を感じたのだろう」と私に述べている。

「われも征く空の御楯と勇み立ち
男児の幸をしみじみと知る
五年丁組　安井　脩」

「若人よわれらに続けいざ征かん
生くべき道は決戦の空
五年丁組　町井　晃」

最も美しい死を最も美しく死ぬことへの陶酔が、そこにはあった。全国の学徒に先駆けて、その美しい死を与えられるはずの空の決戦場に赴こうとする誇りが、さらにその陶酔を深めた。

波多野市郎教諭が、ハンカチーフで顔を拭いながら登壇した。

「ありがとう、ありがとう。さすがは一中生だ。起ちあがるべきときには必ず起つ。祖国危しとあれば、ただちに決起する。この全一中生の快挙は、永久に歴史に残るに違いない。よくやってくれた。ありがとう、ありがとう」

あとは言葉にならない。たくましい肩に波うたせて教諭は号泣する。「これこそ一中生の伝統的欠陥」ときめつけた直後に「さすがは一中生」と賞讃する現金さを笑う者もいない。教諭の泣き崩れる姿に、私たちはさらに涙を流した。『学林』に、次の歌がある。

「君の為今ぞ征かんと誓ひつつ
　壇上壇下暫しうるほふ
五年丁組　安井　脩」

少年の決意

家庭での紛糾

狭く薄暗いコンクリートの階段を降りて、私たちは、柔道場の外に出た。屋外は霧雨である。熱い頬に外気が快く、また爽かな疲労感があった。校舎本館への通路、校舎内の廊下を、私たちは沈黙がちに歩いた。通路や廊下で出会う一、二年生たちは、上級生の異様に輝く眼に、怯えて固い敬礼をした。

教室にもどっても、私たちの多くは沈黙がちだった。遠くない将来、このなかの何人かは、太平洋の空に散っていることだろう。それは、栄光に包まれた死であり、決して消耗品のように生命を捨てることではないはずである。いつもの悪童たちが、この日ばかりは憂国の学徒であり、殉国の志士だった。

「甲飛問題について、緊急職員会議を開くことになった。その結果によっては急いで伝達しなくてはならない場合もありうるので、そのまま教室で待機せよ」

私たちの三年丁組の教室に、担任の遠藤修平教諭が現われて早口に告げた。歴史の担当だったが、戦争を讃美したり軍事問題を論じたりすることもなく、いつも静かに教壇に立ち、思いやりの深い教師だった。この穏かな教師は、心のなかで、甲飛総決起のことを痛ましい一事件としか思わなかったという。簡潔に伝達し終わって出ていく遠藤教諭を、起立して敬礼しつつ見送った私たちは、席に着いて弁当箱を開いた。遅い昼食である。

衝撃的な数時間だった。その直後の脱力感もあって、誰もが黙々とアルマイトの箱を抱えこんでいる。かつてない体験のあとの異常な空気のなかで、食欲だけが正常に見える。それに気づいて、私は微苦笑を誘われたが、冒瀆的なことのように思われ、深刻な表情にもどって箸を動かした。午後三時に近かった。

窓外では、プラタナスの葉を濡らして、霧雨が降っていた。

緊急職員会議の結論は、とりあえず「明六日、臨時父兄会を開催する」ということだった。

私たちは、時局講演会と生徒大会との熱い空気を家庭にもち帰った。

「甲飛を志願したい」というわが子の申し出に、ほとんどの父母は顔いろを変えた。感動深かった数時間の出来事を憑かれたように語り、戦局の危急や民族の運命を熱っぽく説く少年たちである。幼いとしか思っていなかったわが子の思いがけず大人びた語調に驚き、その一途な思いつめように、親たちはあわてた。

「学業を捨てて航空兵になりたい」と、彼らはいう。それは、勇壮な軍国美談に違いないが、自分の子のこととなれば、話は別である。一例をあげると、「レンドバ島で敵艦船十四隻撃沈破、敵機七十七機以上を撃墜、わが方三十一機未帰還」という二、三日前の報道に拍手した父母たちも、わが子の航空兵志願を聴いたこの日、発表文の末尾に付け加えられていた「三十一機未帰還」の文字を思い出して、胸を痛めた。肉親も加わっての戦闘ともなれば、七七対三一の比は、バスケットボール試合のスコアなどとは違った響きをもつ。戦火が直接自分の身に及べば、もはや戦争はスポーツではない。

わが肉体の分身であり、久しく同じ屋根の下に同じ生活感情をもって暮らして来たわが子への愛と、祖国とか天皇という抽象的な存在への思いとの間には、あまりにもへだたりがある。家族愛から祖国愛にまで同心円を拡げた瞬間、無限大に近い半径の拡大という量の変化が、決定的な質の変化となる。親子愛とか家族愛は、本能的なもので理屈抜きだが、祖国愛や天皇への忠誠は、いわば教育の効果である。公には忠君愛国を口にする父母たちにとって、わが子を死地に送るかどうかのぎりぎりの状況では、祖国も天皇も、ひどく観念的なものでしかなくなる。

徴兵適齢に達してのことなら、諦めることもできる。国民皆兵という軍国のさだめとして、息子を戦いの場に送り出すことを、天災にも等しいことと受けとれる。

また、せめて士官への道であれば、家門の名誉とみなしうる時代だったし、兵・下士官よりは死との距離がいくらか大きいことに、親としてひそかに安心感を覚えることもできる。

ところが、わが子の願いは、学業なかばの十代の幼さで、最も致死率の高い航空戦の場へ、一兵卒の身分で進もうとするところにある。親たちは狼狽し、昂奮し切った息子たちとの間で、激論が闘わされた。

〃甲飛〃という言葉を初めて耳にし、古新聞の束を取り出して、それらしい解説記事を探したり、知り合いの家へ相談に出かけたりする親もいた。「いったい学校では何が起こったのか」と、首を傾けるだけの親もいた。多くの家庭で口論がつづき、混乱が生じた。

親子の口論

四年戊組の犬飼成二は、海洋班つまり以前の端艇《ボート》部の選手である。帰って鞄を放り出しながら、「ぼくは甲飛を受けるよ」と、彼はいった。祖母が「コウヒって何のこと」と尋ねると、彼は、この日に学校で聴いたこと、感じたこと、決心したことのすべてを語った。

「ひとりっ子のお前が軍隊へ行ってしまったら、どんなに淋しいことだろう」という母や祖母の反対も、女らしい愚痴としか、彼には聞こえなかった。彼の反論に、気弱な母親はただ涙ぐみ、とりわけ彼をかわいがっていた祖母は、泣きじゃくりながら「何とか思いとどまってくれないものか」とくどいたが、「全校総決起だから」と、彼は心を動かさなかった。残業で遅くなった父親が、勤め先の銀行から帰り、事情を聴いた上でいった。

「この時局だ。お国のために戦おうというのは結構なことだ。けれど、うちには、お前ひとりしか子どもがいない。思い直してくれればありがたい」

彼は、「ぼくは征く」と繰り返し、こうした父親の説得にも耳をかさなかった。

四年丁組の岡田巧も、海洋班の班員だった。小柄な彼は、中学校四年生といっても幼げに見えた。愉快な少年でかわいらしく、学校から帰ると、針仕事中の母親の背後にしのびより、「ワッ」ととび

右　甲飛生志願当時の岡田巧
左　軍刀を携え死地に赴こうとする岡田巧

ついたりした。その彼が、この日に限り深刻な表情で、甲飛を志願したいという。

「お前たちのように小さな子どもが兵隊に行くなどといわなくても、この戦争は長引くのだから、もっと勉強し、もっと成長してから征けばいいじゃないか」

二人しかない兄弟で、あと一年もすれば、兄の方も現役兵として徴集される。二人の息子をほとんど同時に軍隊にとられる恐れで、両親は顔を暗くしたが、彼は気にとめなかった。

「海洋班のキャプテンだから、誰よりも先に征かなければ、ぼくの責任感が許さない」

明るい笑顔で、彼は母親にいった。

「死んでも、ぼくらは神として祭られる。会いたくなったら、靖国神社へ来てくれればいい」

新聞やラジオで、よく見聞する言葉だが、自分の息子の口から聴くと、母親としては戦慄を覚えるほかはない。

かつてノモンハンの敗北が巷間に囁かれたように、当局が秘匿したミッドウェーの大敗も、ガダルカナルの惨敗も、街で噂されていた。「戦争は人殺しだ。農家の苦労を考えてもみよ」という投書や、「万朶の桜は散れども、一将の功となるのみ」の落書など、真実を衝く民衆の直観は、当局者の胆を冷やす風説として農山村や都市の一部に流れていた。

しかし、おおっぴらに日本軍の劣勢や弱点を口にし、戦争の見通しを悲観的に語れば、たちまち拘引される。隣人との会話、級友との雑談でさえ、この種の話題は危険だった。ある学者が「大本営は敵の損害を誇大に、わが損失を過少に発表している」と洩らし、懲役一年の刑を受けた例があり、私たちの中学校の三年生のひとりが「こんなつまらない戦争など早くやめたらいいのに」と呟いただけで、同級生たちに半死半生になるほどの鉄拳制裁を受けたこともある。

「息子を軍隊に送るのはいやだ」と思っていても、親たちは表立って反対の意志表示をすることはできない。「航空兵以外にも道はあるはずだ」「国に報いる道は一つとは限らない」というような口実が、精いっぱいである。「忠君愛国」「滅私奉公」という建前が厳として存在する世相のなかで、本音を公言できないもどかしさを、どの父母も痛いほどに感じた。

三年丁組の蒲《がま》勇美もひとり息子である。

「ぼくらの学校は、いつも先頭に立つことになっている」と力みながら、身体検査表をつくって、合

蒲勇美（右：甲飛生志願当時，左：沖縄海域出撃直前）

格基準値と自分の測定値とを書きこみ、基準に達している項目に丸印を記して彼はいう。

「大丈夫合格だ」

剣道班で体は鍛えてあり、学科成績もクラスで指折りである。彼の甲飛合格は疑いようがなく、母親は心が凍る思いだった。「時局がら本人に直接はいえないが、嬉しいことではない」と、父親も呟く。両親が乗り気でないらしいと判断した彼は、父親の印鑑をもち出し、両親の制止にも耳をかさず、自分で書類を整えた。

三年戊組の鈴木忠熙《ただひろ》の家では、家族会議が開かれた。柔道班の精鋭であり、学科も上位の成績である。両親たちは、「もう一年たってから、海兵か陸士を受験したらどうか」と勧めたが、彼は聴きいれなかった。

三年乙組の汀《すさき》朋平の場合も同様である。中学三年生で柔道三段であり、この学校の柔道班の全国制覇の夢を彼らに託していたと、当時の柔道班長祖父江（旧姓谷口）武教諭は、『愛知一中柔道部史』に記している。その体格と俊敏さとは、日本柔道界の一方の雄としての将来を期待させ、航空搭乗員としても優れた資質をもっているものと想像された。彼の甲飛合格も、当然のことといえた。クリスチャンの母親が、「自分から生命を捨てるのは誤っている」と説き、「思い直すように」と嘆願しても、彼の決心は変わらなかった。

雨の物干台に坐りこみ、「話し合いたいから、降りてきて」という母親の言葉を無視しつづけた者もいた。自分の部屋に閉じこもって、布団をかぶったまま寝こみ、食事どきになっても姿を現わさない者もいた。

「時代遅れのおやじたちが、おれのことを理解してくれるまではがんばる」という抵抗の姿勢だった。

Ⅲ　征く者・征かざる者

犬飼成二の日記

犬飼成二の日記が、戦中戦後の久しい歳月を経て、いまも残っている。

〔神よ〕

――昭和十八年七月五日　月曜日　朝雨　昼雨　夜雨

神様、私は今心から泣いて叫んでゐます。どんな神であってもいゝ、悪魔の神、呪ひの神、どんな神であらうと、私は「神様」と叫ばずにゐられません。咽びつつ泣きつつ渉るこの浮世はまことに離れ難い一大魅惑を持って居ます。けれど、欲、恋、名誉、地位、そんなものが私を支配してゐるのではありません。私は、もっとそれ以上の、超越した精神に支配されてゐます。日本人なら大和魂を奥底に燃え立たせてゐる。日本人なら誰しも持ってゐるものなのです。

神様、私は叫ばないでは居られません。私の一生を考へるとき、私のあらゆる経験について、不可思議な浮世を思はないでは居られません。神様、哀しい愛くるしい姿をした人の子をお導き下さいませ。人の子は、到底神様の御力にすがりつくより外になす術もありませんから。人間は、遂に信仰より手をたち切ることは出来ません。

若き友よ、若き友よ、汝は幸ひなるものよ。――

欄外に「能登に逢ひに行く(午後六時頃)」と付記されているだけで、この日に彼の学校で起こったことは、ほとんど何も記されていない。犬飼成二のこの日の日記を理解するには、日記の日付けを、かなり遡ってみなければならない。

〔説法〕

――昭和十八年四月七日　水曜日　朝晴　昼晴　夜曇

下級生をお説法した。考へて見るに、説法とは法を説くのである。即ち、精神の修養、人格の研磨をする機会なのである。其処に何等私情をさし挾むべきではない。お説法をして下級生のあら探したらしめてはならぬ。――

甲飛生志願当時の犬飼成二

――昭和十八年四月二十四日　土曜日　朝晴　昼晴　夜晴

五年生にお説法をやられた。あまりにも四年生の班員がおとなし過ぎると言ふのである。私は何の恥らう所もなく、素直に撲られて置いた。こんな小さな事は、人生、死より見たとき、どんなに細かなものであるだらう。

下級生のときは、唯恐怖でもって撲られた。然るに今日は、五年生をなめ切って打たれたので、少しも恐怖を感じなかった丈、痛く感じたのであらう。

一中の元校長のマラソン王日比野寛氏がいらっしゃって、約一時間十分の話（国体論・体育論）とマラソンの教示を受けた。本年七拾八才の高齢も何のその、老いて益々元気なりの感。

靖国神社の臨時大祭、天皇・皇后両陛下畏くも御親拝遊ばされたり。――

――昭和十八年五月三日　月曜日　朝曇　昼曇　夜曇

新入生の頬は紅くて、今そのものの喜びに浸ってゐる。街を歩いてゐても、自転車がパンクしても、叱られても、彼らは常に微笑してゐる。彼等の心は無垢である。汚れに染まらせぬやうに注意して指導して行かねばならない。私にも、彼等のやうなときがあった。この頃、私は昔の懐しかった生活が思ひ出されて、涙ぐむ。死が近づいたのかも知れない。

応援歌練習第三日。――

――昭和十八年五月六日　木曜日　朝晴　昼晴　夜晴

私たちは、頬や頭を打たれることに由って、制裁を加へられたと言ふ。私たちは、痛いと思ふより、どうして頬を打たれると痛いのかを考へねばならぬ。何故人間はそんな事をするのであらうか。

だが一面から見ると、苦しみに克つ上では、何らかの手段で苦しめさせるのも、酷いことではあるが、一方法である。人間は苦しむため生まれて来たのだから。

キリストの汝自身の敵を愛せよの言、切々として胸をうつものがある。わが敵、憎しみの権化のごとき人を愛せよと言ひ、実行するのは、全く困難なことに違ひない。だが、心眼を以て、敵を底の底から愛さねば……。

応援歌練習終る。——

班での〝お説法〟の場合、人格的に優れた上級生の統率力が行き届いている班の下級生たちは救われるが、そうでないときには、一種の残酷物語が展開される。温順であれば「元気がない」という口実で、活発であれば「生意気な」という理由で、鉄拳が浴びせられた。学科成績が下がれば「たるんどる」とされ、よい成績をとれば「班を怠けてガリ勉したのだ」という。撲る口実に、上級生たちはこと欠かなかった。班の室を「小屋」とよんだが、「小屋にはいれ」の命令で、下駄を脱ぎ眼鏡をはずし、頭を垂れて小屋に下級生たちははいる。下駄を脱ぎ眼鏡をはずすのは、撲られたときよろめいたり傷ついたりしないための用意である。一人ずつ上級生の前に呼び出され、個々の罪をあげられて、それに応じた数の鉄拳を浴びる。なかには、シャベルで撲られた者もいたし、鼓膜を破られた者もいた。撲る理由、制裁の動機、その多くは些細なことであり、上級生の気まぐれや腹の虫の居どころによることが多い。彼らは、自分の欲求不満や劣等感を解消する手段として、下級生たちを痛めつけた。

が、犬飼成二は、「お説法とは法を説くもの」と自戒しつつ下級生を制裁し、自分を撲る上級生に対しては「汝の敵を愛せよ」と歯を食いしばったが、「お説法」の非合理と非情さとに、彼の心は少なからず痛んだものと思われる。

新年度早々、「応援歌の練習」という年中行事のひとつが行われた。グラウンドの隅に並んで坐った四年生以下の全下級生を、五年生が囲み、各班の応援歌をうたわせる。すでに消滅した弁論部や野球部の歌をうたうことも無意味だし、入学以来何度もうたわせられて完全に覚えている三、四年生に何日間も応援歌を練習させる必要もない。「口の開き方が小さい」「声が小さい」「わき見をした」という程度のことで、下級生たちを列外に引きずり出し、袋叩きにする。ふだん上級生から睨まれている下級生、とりわけ一年下の四年生あたりが、このときとばかりに〝鉄の規律〟を味わわされる。絶対服従の上下関係を徹底させ、その被抑圧感を敵に対する闘志に転化させようとする日本軍隊の教育方法が、そのままこの学校の「自治的・自律的」と称する生徒組織のなかにもちこまれていた。重い三八式歩兵銃を手にしての長時間にわたる匍匐前進や銃剣突撃の訓練、そして炎暑でも厳寒でも頻繁に行われた長距離の行軍競走など、軍事教練も楽ではなかったが、それ以上に班の練習は厳しく、班や学校全体の『軍人勅諭』の思想に貫かれた日々の生活は、私たち下級生の身にこたえた。

校舎は兵営であり、良民でなく良兵を育てる場であるとされ、学芸とか技術などよりは闘魂を重くみる時代だった。その意味で、応援歌練習は、班の練習やお説法と同様、「行的修練」という軍部もしくは文部省当局の要請に一致するものといえた。こうした応援歌練習の数日間を、犬飼成二がどのような思いで過ごしたかは、五月六日のこの記事から明らかである。

「だが、心眼を以て、敵を底の底から愛さねば……」

この「敵」は、祖国の戦う相手の敵ではなく、同じ国の同じ学校の、しかも同じ班の上級生だった。

〔人間〕

――昭和十八年四月二十二日　木曜日　朝晴　昼晴　夜晴

私は狂ひさうな気がする。人間は何の為に生まれて来たのであらうか。現実には、余りに大きな悩みがある。現実には、余りに多くの心ならずもする虚偽の世界がある。私は一切を疑問として死ぬのかも知れない。〃未解決の死〃私は寂しい。私自身がいとほしく感じられる。

夜番の拍子木の音が聞える。あたりは、暗闇の中に静まって行く。祖母は「今日も有難く暮らさせて戴きました」と言ひつつ寝る。私は祈りを心でする。一日一日の苦しみの伴ふ浮世の生活。私は、もうこの傷ましさに頭がどうかしてゐる。

能登の所へ逢ひに行く。

軍援助作業。茶屋ヶ坂。○○○○地〔筆者注・高射砲陣地〕。――

――昭和十八年五月七日　金曜日　朝晴　昼晴　夜晴

自分の心は、どんな状態になってゐるのだらうか。私には、あらゆる矛盾、撞着がある。「お母さんに向かってこんな事を言ふべきではない」と思ひつつも、ひどいことを言ひ乍ら失敗ったと思ふ。何故か。私は、何とも言ひようのない取柄のない人間なのかも知れない。私に、人間としての価値充分ありとは、決して信ぜぬ。

私は、久しく心友能登にも逢ひに行かぬ。私にも都合があって行かれぬと言へば、それ迄だが、私の薄情さには、ほとほと呆れかへる許りである。

艇庫。——

——昭和十八年五月八日　土曜日　朝晴　昼晴　夜晴

弱虫で気が小さく、影でこそこそやって居り乍ら、上の人に阿諛い、女の人を見て見ぬ振りをする色気たっぷりの我輩。どこに人間の真面目さがあるのか。自分で自分を苦笑する珍現象が出てくるのも宜なる哉と思はれる。友思ひ、情深きやうに見えて薄情な、友を少しも思ひもしない、自分の快楽にだけ満足しようとする馬鹿者。人間の皮を被った獣は自分だ。都会は、時に私の如き人間をつくり出す。——

——昭和十八年五月二十五日　火曜日　朝雨　昼雨後曇　夜曇

何といじけた根性になった事だらう。自分自身ですら謙悪を感じる。物の無い時には無いのだといふ諦めと決心と忍耐とが必要なのだ。不自由と思ふから、いよいよ不自由らしく見えて来るのだ。

夕方、私は大相撲夏場所の録音に耳を傾けてゐた。父が帰った。今日は父が生菓子を持って帰ってくれることになってゐた。私は、心待ちにそれを呉れるのを待ってゐた。私の食ひしん坊は、早く食べたい、早く貰へと命令してゐる。私は、自分の此の心を叱り飛ばした。「馬鹿、お前の欲望のままに満足を与へてゐたら、お前は一体何者になって了ふと言ふんだ。落ち着け、自負を持て、誇りを抱け。日本人であり、人類の一人であることを……。人生といふ大問題、死といふ大問題を考へて見ると、菓子といふ茶飯事の瑣細な事なんか気にもとめることなんか出来ないじゃないか」

だが、私の薄弱な心が、どうしてこんな言葉で負かされよう。私は、父から与へられた二個の生菓子を犬のやうに食った。あさましい私の欲望よ！　お前は、それで恥しいとは思はぬのか。さう思ひながらも、二個とも食べてしまった。ああ、私の心の矛盾、優柔不断の私。私はそれを食った。ハハハ……。犬のやうに食った。私は、あの昔の無邪気であった時、一度でもそんな風にして食べた事があったか。私は、そぞろ幼い時が慕はしくなった。——

——昭和十八年六月十二日　土曜日　朝晴　昼晴　夜晴

ああ、我は四日間の作業で、何を覚えたか。言ひ表しえぬ猥雑な、いや人間の醜い本能のノンセンスを覚えた丈だ。荒みに荒んで、心はひとつの潤ひさへ持たぬやうに感じた。しかし、能登を思ふと、私は真実の世界に引き戻される様に感じ、眸のなかが熱くジーンとなった。能登よ、御身の生涯は、花あり実あり希望のあった若き年にぴちぴちはね得る一日一日であった。私は、もう欲といふ欲を制するのに精一杯の状態なんだ。神よ、この四日間の作業で与へられた醜き事ども、悉く捨て去り給へ。おお、我は浮世の欲に苦しめられねばならぬのか。——

犬飼成二は、人間本能の醜さを厭い、憎んでさえいた。「生菓子を犬のやうに食べた」自分を嫌悪し、「色気たっぷりの我輩」を自嘲的な口調で反省する。急激に成長していく肉体を、目ざめかかった自我が懸命に追いかけていく時期である。内省的な少年ほど、この年齢での悩みは深い。

物資の不足を精神主義で補おうとする教育は、「欲しがりません、勝つまでは」と、ストイックなまでの自制を子どもたちに求め、「泥水すすり草を嚙み」「十日も食べずにゐたとやら」（『父よあなたは強かった』詞・福田節）という戦線の将兵の苦闘を偲べと教えた。兵器の劣弱を「肉弾」で補わせ、補給力の欠除を「三日二夜を食もなく、雨降りしぶく鉄兜」(『討匪行』詞・八木沼丈夫)と、将兵の忍耐に責任転嫁した軍部は、幼少年のうちから、「肉弾」すなわち精兵・良兵という名の忍耐強く滅私的な兵士を錬成しようとしていた。

犬飼成二の場合、若者らしい理性と本能との葛藤に、神のごとく鉄のごとくでなければならない「神国日本」の少年としての自覚が加わり、饅頭二つを眼前にして「落ち着け、日本人としての自負を持て」と、自らを叱咤した。

ところが、四日間にわたる兵器廠の作業では、神国の民にふさわしくない人間の姿を、彼は見た。軍人や工員の猥雑な会話、教師たちのだらしなさと身勝手さとには、目にあまるものがあった。長時間の重労働のあとで与えられるアルマイト食器の飯は少なく、その配分をめぐって血眼になることもあった。うす暗い寮の夜、話題が本能的な方へと傾いたこともないわけではない。純粋な人間的成長だけを望んだ犬飼成二は、疲れ切って、動員先の兵器廠から帰った。

〔子ら〕

——昭和十八年四月二十八日　水曜日　朝曇　昼曇　夜曇

チカチカ灯の点る街々を、私は独りぶらぶらと歩く。何のあてもない、何の想ひもない。唯足を動かすのみである。眼に写る家々は、悉く幻だ。人々は、物語中の人々だ。私は、此れ等の人々に知られぬ魂の巡礼者なのだ。喫茶店より洩れて来る音楽の調べは、私の挽歌の様だ。

子等は道端で無心に遊ぶ。私にも、あんな日があったのだ。又、この子等も私と同じく、青年の過渡期に起こる色々な悩みを経験するだらう。しかし、今は、現在の喜びに全精神を溶かし、今を遊ぶ。何の苦しみも知らず、大人の世界を覗くことも知らず、今を楽しむ。

この子等に「お母ちゃま、僕、おかずは要らないから、塩むすびでいいから、僕、たべたい」などと言はせる様にするのは、誰の罪か!! 此の頃は、産業戦士などと一般人に叫びかけるのもよいが、可憐な小さき子等を忘れてはゐないだらうか。

私は静かに歩を進めた。その時代、その時代に生まれて来た運命の苦痛は何処にもあるものだ。友よ、私は、もう駄目な人間である。早く軍人となって戦死するのが、最上の死に方であらう。さもないと、私は野たれ死をするのに決ってゐる。

能登に逢ひに行く。

天長節の歌の練習をする。――

この日の正確に二年後、つまり昭和二十年（一九四五年）四月二十八日の夕、彼は、沖縄の空に散る。

――昭和十八年五月二日　日曜日　朝晴　昼晴　夜晴

夕方、「私の生活」といふ小学校時代の日記の様なものを、可愛い我が子の手元にあるが如く愛撫し乍ら、眺め読んだ。外には潑溂とした元気な子供が、無心に大声で喚いて遊び廻ってゐる。「私にもあんな時があったのだ。私にも、今を忘れ、過去を忘れ、未来を忘れて遊んだ日があったのだ。しかし、今は、もうそんなことはできぬ。暗い、憂鬱な陰が、私の前後にくっ付いてゐる。私は駄目な変人になってしまった」と、心で繰り返し言って見た。

艇庫。午前中のみ。——

人間の世界に倦んだ彼、新入生の紅い頬を羨む彼、路傍の子らの遊びに胸を衝かれる彼、自分の幼いころの記録をいとおしむように読む彼、こうした犬飼成二の、幼児のように純粋な魂の所在を求める心は、親友能登芳康の住む世界へと惹かれていく。

〔能登〕

——昭和十八年三月十日　水曜日　朝晴　昼晴　夜晴
昨夜といっても今日であるが、私は夢を見た。能登のかなしい夢である。

私は、教室で考査の調べをしてゐた。すると、私の前の方に屈んでぼーっと人がうずくまって居る。その顔を見て、びっくりした。能登である。彼の鼻が少し日に焼けてゐた。彼が言ふには、自分の住む所から近くにあるので焼けるんだと。私は彼の手をぐっと握った。彼はニッコリ笑った。たいへん私は幸福を感じた。もうあの世へ帰らぬと言って呉れたら猶更であったが。

彼は、黒板にあの世の学校の科目を二つ書いた。模糊として判然としなかった。初めのは五字で、後のは四字だと覚えてはゐるが。

私が「あの世でも苦しい事はあるのか」と訊くと、「苦しいこと？　あるよ。人生の第一歩の苦しみは、まず死じゃないか」と、彼は淋しさうに答へた。それから次第に彼の姿は薄くなって行った。

「さうか、苦しいこともあるのか」と私が言った時には、彼の姿は消えてしまってゐた。——

犬飼成二の親友、能登芳康は、この前年、昭和十七年十一月十九日に病死している。毎日のように犬飼成二が「能登に逢ひに行く」と記しているのは、能登の生家へ、その霊前に詣でに出かけていたことを意味する。

——昭和十八年四月十二日　月曜日　朝雨　昼曇　夜曇

こんな暮らし方では、私は修養できぬ。毎日の平凡な疲れと倦み、寝ることと食ふこと、勉強すること、どうして私は苦しまぬのだ。そりゃ、ボートで伸びてしまふ苦しみもある。けれど、それがどうしたと言ふのだ。

学校からの帰途、能登に逢ひに行った。声もなく泣く私に、香煙の燻れ、微かに鼻をつく。彼の母、深く礼を言はれにき。ああ、彼の母の悲しみ、我より幾万倍、幾億倍。ああ、人の母こそ……。——

——昭和十八年四月十四日　水曜日　朝晴　昼晴　夜晴

猛勉！　能登の名にかけて。私の名にかけて。一日を悔いなきやうに送らねばならぬ。徹夜せよ。徹夜するその間にも、神への祈りと神の授け給ふ憩ひとが必ずあるのだ。立派な人間完成に目標を定めて、我は進むのだ。

能登。私は、あの「散って甲斐ある命なりせば」の歌の精神に、一途前進するぞ。班の空気が何だ。学校の不愉快が何であらうぞ。私には、能登が影になってゐる。孤独であっても、決して面白くないことはない。私には、心友能登、否、兄弟の能登がついてゐる。——

——昭和十八年四月十九日　月曜日　朝雨　昼雨　夜晴時々曇

能登の命日である。班の練習後、彼に逢ひに行った。彼はいつもと少しも違はぬ顔だった。白い白い顔だった。少しけわしい所もあるにはあったが、清い年少文学者らしい顔である。友の母は、障子紙を張り替へて居られ、例の如く「すみません」と言はれた。私も、例の如く「いいえ、どう致しまして」と答へた。

線香を点けられた。蠟燭の芯のパチパチ燃える音がした。私は、じっと友の写真をみつめた。涙がほろほろと出た。淡い紫色の煙が写真を横ぎった。友は何とも言はない。口を固く結んだ儘、無表情に私を見てゐた。

能登よ、芳ちゃんよ。お前は、お前のお母さんの今の心がわかるか？　私の来る度に、お母さんはどう思はれてゐる事だらう。本当を言へば、私にもあのやうな子があった。神様の思し召しによって、私達の手を振りほどいて逝って了った。お母さんは、必ずこんな事を思はれて居るに違ひない。そして、どんなに自分の心を傷めてゐられる事であらう。どんなに苦しい心を抑へてゐられる事であらう。それを外観に現はさないやう勉めてゐる姿には、頭が下がる。

私は、何事にも苦しむがいい。私は手近な数学を学ぶ苦しみ、空腹の苦しみなどに耐へて行かう。悉くの苦しみは、俺を試練する苦しみだと喜んで、有体に受けいれよう。私は、楽しみを拒むかも知れない。けれど、苦痛は決して拒みはしない。

私の人間生活は、死ぬまで、運命の苦しみと一心同体、仲よく苦しんで行かう。勿論、友と共に。

ああ忘れ難きは、青春に別れし友。——
すさんだ四日間の生活を兵器廠で送り、疲れて帰った犬飼成二は、その翌日、さっそく能登に逢いに行く。

——昭和十八年六月十三日　日曜日　朝晴　昼曇後晴　夜晴

能登よ、日々煩悩に苦しめられる我が身を哀れと思へ。日々痴態を示す我がだらしなさを見つめよ。そして、辱しめよ。罵って呉れ。もう私は人間の皮を被ってゐるだけの動物だ。動物にさへ劣ってゐるかも知れぬ。馬鹿！　こう言ひ乍ら、未だ俺は人間の煩悩が忘れられぬ。欲望の高まるのを、如何ともし難い。

私は、こんな事を言ひつつ老年を迎へねばならないのか。能登、私は一切のものを憎悪する。ああ現実よ！　夢よ！　何といふ侘しい影だらう。しかも、快楽は私を慕はしめる。享楽は感覚の痴呆状態のどん底に私を追ひこむ。

私は若いといふのが取柄だけだ。若い、これ程、人間を力づけるものはない。しかし、遠からず来る灰色の老いが……。私は何だ!?　誰か!?　おお、教へて下さい。私の信仰する神!!

能登に逢ひに行く

風

窓よりいと爽かに入り来りて
線香の薫じぬ

四日間　荒みの生活を重ねし
我が身に
今や
初めての息吹きなり
　　潤ひなり

〔文学〕

現実の世界を蔑視し、人間を憎悪しながらも、犬飼成二は、この世に未練をもつ。前年の三月二十五日の日記に、次のように書いている。

「ああ文学。我は文学を好む。我は海軍士官を希望してゐる。しかし、内心では、文学を勉強したいと願ってゐる。我は、勇猛なる軍人には向かないと見える。内心は文学、希望は軍人。成長したら、きっと後世に名を残す程の偉大な教育者になりたいと、内心では願ってゐる」

ズウデルマンの『フラウ・ゾルゲ』に感銘して、「私も早くこんな文章を書きたいなあと幾度か思った」(昭18・3・24)り、デュマ・フィスの『椿姫』を読んで「哀恋の運命に嘆く人々は、皆美しい詩だ」(昭18・4・18)と嘆じたりしたことが、中学二年生の末ごろからの彼の日記に散見される。

この年五月二日の記事の末尾には、

「私は、高山樗牛を想ふ。日本主義を第一義として、ロマンチックな死を迎へた彼を想ふ。そして、頑張らねばならぬと決心した。わが日本の文芸の将来は……」

とあり、六月十二日のページには、勤労作業での人間臭い体験への批判につづいて、こう書かれている。

「自分は死を恐れる。夜の闇を凝視めつつ自分の存在を考へて居ると、一途に死を敬遠したくなる。何故、死は恐ろしいのか。何故、人間は儚い浮世に執着を持つのか。恋の為か、生の為か。あらず、死する故、世が恋ひしい。死する故、世に居りたい。だから、自分は死にたくない。自分の赤裸々の人生を、真情の迸る儘書きたい。芸術とまでは、言はぬ。私の心の潤ひ、私の心を満たす為に。私をより以上の人間にする為に。おお、能登よ」

文字どおり純粋な魂の住む能登芳康の世界への遠心力と、人間世界のはかなさ、醜さを赤裸に書きたいために死を恐れるという求心力とが、彼の心のなかに葛藤を生んでいた。

〔殉国〕

――昭和十八年五月二十六日　水曜日　朝晴　昼晴　夜晴後曇
私の心程おかしいものはない。私の魂に聖なる火を焚かせようとする如く、夕方が静かにやって来ると、私は若くして逝った能登を思ひ出す。ああ人間は孤独に苦しまねばならぬのか。
早く御国の為、大君の辺にこそ死んで見たい。死ぬ許りが御国の為に尽すのではないなんてそんな事を言ふ奴は馬鹿者である。自我を殺す、死なして了ふ。これがわが国伝統の戦ひなのである。腕が鳴る、腕が鳴る。私は日本に生まれたのを涙にむせんで感謝する。ああ美しき祖国よ。——

——昭和十八年六月二十四日　木曜日　朝晴　昼晴　夜晴

班では猛練習を行ふやうになった。即ち四コースの long と中央運河より大江川廻りである。へばること、へばること。口で言ひ尽くすことが出来ぬ。ああ、されど、私の心は、日々に荒んで行く許りだ。私の最も恐れるのは、此の事だ。ああ、私の心よ。

願はくば花の下にて春死なむ

その如月の望月のころ

私の願ひは、こんなものではない。もっと大きな、もっと小さな、無茶苦茶の死を望む。甚だしい矛盾の下で死にたい。芝居気なんか出さうにも出されぬ程、苦しんで苦しみ抜いて、唯独り、唯独り、死にたい。誰にも知られず、自分さへ死の迫るのを知らず、大自然をわが墳墓として。

徒らに自分の苦しみを、他の人に言ったとて、理解され得る筈がない。結局、自分一人で苦しんで行くのだ。そして、人の前では、ほほえみを忘れてはならぬ。——

——昭和十八年六月二十五日　金曜日　朝晴　昼曇　夜曇

帰宅八時。班にて疲れし体を引き摺りて。

人生、人生。私たちは、さう軽々しく呼ぶことの出来る身分だらうか。私達は、人生の解釈すら知らぬ。徒らに人生、人生と口にするだけだ。人生の熱愛者だとか、人生の現実を享楽するんだとか、もう嫌だよ。飽き飽きした。刺激のある一言が欲しい。人の知らぬ山奥にでも籠って大自然を相手に一生を——短いか長いかはわからぬ乍らも——過ごしたい。しかし、この世界歴史の大転換期に於て、この自己を犠牲にすることを考へねばならぬ時代に於て、かやうな想ひをする者、国賊にあらざるやである。私自身を犠牲にするのが、さう惜しいか。意気地なしの成二よ。——
葛藤を抱いたまま、「殉国」へと傾斜していく十五歳の少年の混乱した心理風景が、この日、昭和十八年（一九四三年）七月五日の彼の日記にうかがわれるのである。

総決起崩壊

明治人の骨格

「頭《かしら》ァなか！」

裂帛の号令は、団長すなわち指導班生徒委員長の榊原正一である。戦闘帽の野山忠幹校長が、挙手の礼で応ずる。居並ぶ教師たちも、すべて戦闘帽にゲートルの国民服姿という兵営化していく学園の朝礼である。

七月六日。小雨のなかで、いつものように始まった朝礼だが、総決起の感動から、まる一日も経っていない。しかも、朝の新聞では「愛知一中の快挙」という大見出しで大きく報道されていた。校庭にはいつもと違った空気が漂い、上級生たちは軒昂と肩を聳かし、下級生たちの面上にも誇らしげないろが漲っていた。

「昨日のわが愛知一中の甲飛総決起は、近来まれにみる壮挙でありました。伝統に輝く本校なればこその快挙であり、われら教職員一同、いたく感動しておる次第であります。幾千名の本校卒業生諸氏も、後輩諸君の純忠至誠の熱血迸しるを見て、快哉を叫んでおらるることでありましょう。南海に北洋に奮闘しておらるる皇軍将兵各位も、青年学徒の意気盛んなるを知って、大いに士気を鼓舞さるることでありましょう。そして、何よりも祖国防衛の第一線に倒れられました幾万のわが英霊は、かくてこそ神州は不滅ならんと喜んでおらるるに相違ありませぬ。重ねて、諸君の至情に心からの敬意を表するものであります」

日ごろ説教めいた話をする校長が、いまは台上で頭を垂れて生徒に礼をいう。

「全国学徒に先駆けての壮挙であります。伝統に培われた本校ならではの快挙であります。昨日の感激をいよいよ新たにして、わが校の名声にかけても、航空決戦の尖兵たらんとする決意を固めねばなりませぬ」

校長の話は、「わが校の名声」に力点がかかり過ぎた。前日の総決起決議の前後から、私たちの眼中に自我はない。母校の名誉などは、殉国という視点から見れば、小我に属する。駅伝競走やボートレースに選手を送るときと同様の言葉が、こうしたときに校長の口から出てはならなかった。

小我が中心にあり、水入らずの親子愛や家族愛があり、ほのぼのとした郷土愛があり、そして香り高い祖国愛へと、この同心円は拡大される。祖国愛は神聖な万世一系の天皇への敬愛と重なって、無限大の半径をもつ円となり、私たちの頭上の宇宙に広がる。一点に近い小我をさらに零に収束させることによって、私たちはこの無限円のなかに無限に拡大されて融けこみ、永遠の生命を得るのだと、昨日悟ったはずである。そのためには、親子愛などは切り捨てられなければならない。甲子園野球大会での熱狂的な郷党らの声援からも明らかなように、母校愛は郷土愛の亜種であり、これもまた、その半径の小ささのゆえに切り捨てられなければならない。

「本日午後二時より、三年生以上の臨時父兄会を開催いたします。昨日の生徒大会の経緯と結末とに関して詳細に説明し、わが校の上級生諸君が甲飛志願を全員決意するに至った諸事情を、父兄各位に御理解頂く所存でおります」

人生体験を重ね、いわば甲羅を経ている父母たちを説得する仕事が、野山校長らの手もとに残っている。利己的で、親馬鹿で、祖国の安危どころかわが子の身の安全や学科成績だけを考えている父母たちが、総決起の一挙を貫く上で障害になることは疑いない。

校長らの熱弁が、こうした父母の胸のなかに、愛国の熱情を十分に充電してくれればと、私たちは願った。誰もが、前日学校から帰って以後の家庭での、さまざまな衝突や摩擦を思い出した。祖国愛、母校愛などよりも、自我の原点に近い親子愛のほうが、はるかに物理的な力は強い。校長のいう「わが校の名声にかけても」という発想だけでは、力に乏しい。わが子の立身を夢み、炉辺のしあわせを何より大切にする母親らは、自分の息子を死へ追いやるような「わが校の名声」などどうでもいいと考えるに違いない。

このような父母たちの愛国心のボルテージを、私たちほどにまで高めなければ、総決起のエネルギーが敵撃滅の破壊力にまで育つはずはない。前日の生徒大会が爆発的に感動の嵐をよんだのとは反対に、この日の臨時父兄会が通夜のような湿りを帯びてはならないのである。いまは、校長の「純忠至誠の熱血」が父母たちの世俗的な処世観を打ち砕いてくれることを、期待するほかはない。

朝礼が終わり、クラスごとの二列縦隊で、教室へと駆け足しながら、私たちは、帰宅後の家族の表情などを思い描く。重く湿り気を帯びた雲が頭上にかぶさり、霧雨と汗とで、夏服をずっしりと重くしながら、私たちは教室へと急いだ。

野山忠幹校長は、明治十四年（一八八一年）に生まれ、明治人の骨格をもっていた。戦時下、「日本的校長」とよばれ、戦後には「超国家主義者」と批判されたように、その教育方針は忠君愛国の基盤に立ち、つねに君国への献身を説くところに真骨頂があった。

終戦直前の昭和二十年（一九四五年）八月五日に彼は病死したが、未亡人の私信によると、「愛国心のかたまりのような人」で、病床でも「〝戦争には必ず勝つ〟とうわごとにまでいいつづけ、戦地にいる息子たちのことは何ひとつ口にせず、日本の勝利を夢みて逝った幸福な人」だったという。

未亡人の追憶によれば、彼が十歳のとき、陸軍中尉の父親が逝った。枕もとに彼をよんでのその遺言は、「自分は軍人として何ら奉公もできずに病死するのが、実に残念だ。お前が成人したら、おれの志を継いで御国の柱石になるような、立派な軍人になってくれ」というのだった。父親の遺志を継ぐため、陸軍幼年学校を受験したものの、弱視で不合格となった彼は、自分の息子たちにその夢を託した。長男が陸軍および海軍の経理学校に入学できず、次男も予科練に聴力障害で不合格になったとき、落胆した彼も、長男と次男とが陸軍に入隊し、三男が海軍予備学生に採用されたときには、「これで三人ともお国のために少しは役立ってくれる」と、自分の夢が実現したことに、「繰り返し満悦していた」という。

戦局が不利になるにつれ、この老愛国者の胸は痛んだことだろうし、父親の遺言も耳の底に蘇ったことと思われる。極東の小国日本が清国を倒し、帝政ロシアを撃ち破った日のことも、あざやかに思い出されたに違いない。

天皇を守り、祖国に栄光をと念じてやまない彼には、甲飛徴募の割り当てにそっぽを向く生徒らが歯がゆかった。しかも、上級学校進学率も運動部の対外試合の成績も、一流の水準を誇るこの学校である。殉国の学徒を送り出すレースでも、当然一流でなければなるまい。甲飛応募者数が海軍側の望む数を大きく下回れば、彼の愛国心が許さないのみか、この学校の校長としての自負心も損われる。たまりかねて、月曜日の第一、二限を削ってまで、甲飛志願勧奨の時間にあてた。

結果は、彼の意図をはるかに超えた。有資格者全員が志願するというのである。思いがけないこの事態に、感情を面に現わすことの少ない彼も、感動のいろを隠さなかったが、心のうちに何の戸惑いもなかったとはいえない。戦局がどうであれ、軍の圧力がどうであれ、教え子を死地に送るとき、教育者として平静を保っていられるであろうか。けれど、この場合にも、愛国者としての情熱が、教育者としての感傷を一蹴しなければならないことになっていた。

三人のわが子を軍隊に入れたとき骨肉の愛を捻じ伏せたのと同様、師弟愛に溺れてはならないと、彼は自戒したはずである。

緊急父兄会

昭和十八年度『校務日誌』には、次のように記されている。

「七月六日　午後二時ヨリ三年以上父兄会」

武道場は、鉄筋コンクリート建ての本館と渡り廊下で繋がれた二階建の木造建築であり、階上が柔道場、階下が剣道場になっている。三〇〇平方メートルあまりの剣道場だが、三年生以上の在学生七〇五名というのに、「約千名の父母兄姉らがぎっしり会場を埋めた」(『毎日』昭18・7・7)という。

野山忠幹校長は、甲飛徴募の意味と総決起への経緯とを説明したのち、声を落として「私事にわたって恐縮ですが」と、三人の息子すべてを戦いの場に送る彼自身の親としての立場を語った。

「私の長男は視力の点で軍関係の学校に入学できませんでしたが、昨年一月陸軍に入隊し、現在は華北の戦線へ征っております。次男は航空兵志願でしたが、最後の身体検査で不合格になり、今年一月陸軍にはいり、やはり華北で戦っております。三男は、兄たちの志して成らなかった航空隊をめざし、海軍予備学生を志願することに決めました。わが子にしてわが子でなく、天皇陛下から賜った子を、いまこそ陛下にお返しするときが来たと考え、親として心から喜んでおる次第であります」

このことは、「野山校長は、父兄の立場から皇国の難に赴くわが子の心情を訴へ、生徒の熱情を理解して頂きたいと語り、父兄を感動させた」(『中日』昭18・7・7)と、報道された。

配属将校の今枝鐘三郎少尉が立った。

「大切なお子さんをお預りしている学校としては、何ごとであれ慎重を期しておりますが、今回の生徒たちの意志は、学校側から勧めたものではなく、純にして誠なる青年の気概が、そのまま盛りあがる力となって現われたものであります」

少尉は、前日の総決起大会の感動を、涙を流しながら語った。

「生徒たちの愛国の至情は、決して雷同的なものでも軽挙でもありません。二十数年間この学校に奉職しております教諭でさえ、このような感激を味わったことはないといっております。恐らくは、開校以来最大の感激であったかと思われます。父兄諸氏がその場に居合わせられたならば、誰もが健気な愛児の熱情に涙されたに違いないと存じます。昨日の生徒大会を眼前に御覧になられたならば、〃伜でかしたぞ〃と必ず喜んで頂けたものと信じます。私どもも、ことごとく頭をさげて泣いたのであります」

征け空へ、勵ます父兄
愛知一中に迸る鬪魂

緊急父兄会を伝える新聞記事（中日新聞社提供）

当時の新聞に、「母や姉は今枝少尉の烈々たる五日の生徒大会の状況を聞いて瞳をうるませてゐる。運動場で練習の進軍ラッパが流れてくる」（『毎日』昭18・7・7）とある。

「個人的にいろいろ御事情もおありのこととは存じますが、もはやわが子という観念は払拭して頂きたい。すべて大君の赤子です。生徒たちの燃えあがるこの願いを、どうか聴いてやって頂きたい」

剣道場での講演は、前後一時間半にわたった。

「戦う学園」の現実を眼前にして、父母たちは大きな衝撃を受けた。「〃わが子にしてわが子にあらず、空の決戦場へ送らう〃とよびかけた学校側の要望を、父兄はどんな気持で聞いただらうか」（『朝日』昭18・7・7）と書かれた記事の小見出しに、「母の喜び・兄の共感」とある。記者の問いに答えて、「学校側のお話はよくわかりました。親として子の願ひをきき入れてやるのが本当です。ただ身体が気づかはれます。喜んでこの度の志願に加へさせて頂きたいと存じます」という母親の言葉や、「今度のことは学校側からいひ出したのではなく、生徒の方からだから文句はありませんよ。もちろんぼくたちは大賛成です」という兄の意見はともかく、ある父親の次のようないい分はどうか。

「もっともな話ですが、必ず全部が全部とも合格できるものでもないでせうから、身体のよい者は大いに進まれるとよいでせう。

上級生がこぞつて志願し、こぞつて合格するとなると、残る者はごく一部となるのでどうかとも思はれますが、とにかく結構なことです」

インタビューの記者に対する狼狽した返事のなかに、「どうかとも思はれますが」と本心が顔を覗かせているといえる。

「早くも子の願ひを聴き容れようとする軍国の父兄は職員室前に黒山を築き……」(『朝日』昭18・7・7)と、新聞は伝えた。この点について、四年戊組の担任で体錬担当の岡部久義教諭は、戦後、私に次のように語っている。

「剣道場での話のあと、甲飛志願反対の父母で、職員室前の廊下はいっぱいになった。納得した父母はすぐ帰り、残ってはいない。多くの家庭で、〝征く〟、〝征くな〟という対立が生じ、父母としては教師の口から〝征くな〟といってほしかったのだ。〝黒山〟のように残っていた父母は泣きごとをいうためであって、感動して集まったのではない」

これに類する証言は多い。当時「黒山を築いた」母親のひとりは、「愚痴をこぼすために集まったのです」といい、当時の四年生のひとりは、「文句をつけに来た父母の列が、総員志願に賛成の意を表わすために集まったものと解釈された」と述べている。

岡部久義教諭の戦後の述懐は、さらにつづく。

「廊下に集まった父母たちは、それぞれの担任教師のところへ来た。その際、教師によって父母に接する態度が違った。〝みんな征くのだから征かせるべきだ〟という直情型、〝そんなお気持ちなら、何とか本人に話してみましょう〟という妥協型など、さまざまな接し方が見られた」

忠と孝

七月七日、ある教室でのことである。

このクラスに、ひとりの小柄な生徒がいた。明るい性格の少年である。その彼がふさぎこんでいるので、「どうしたのだ」と級友が声をかけても、重い微笑を返すだけだった。重ねて尋ねると、彼はやっと口を開いた。

「おやじもおふくろも反対なんだ。甲飛なんてつまらないからよせというのだ」

少年たちは、航空戦で散る覚悟でいる。父母の反対が強く、許可を得られない者も少なくないが、幼い心に決意は固まり、彼らの大多数には迷いはない。とりわけ大切なのは、自分ひとりのみならず、成績序列の上下、所属班の相違などを超えて、級友すべてが殉国の道を選ぼうとしているのだという連帯の自覚である。ところが、彼ひとり、両親の無理解のゆえに、同じ道を歩もうとしない。

「何、甲飛なんてつまらんと貴様の両親はいうのか」

会話を小耳にはさんだ別の生徒が怒鳴った。

「それで、貴様自身はどうなのだ」

その太い腕が彼の胸ぐらをとらえる。「待て」と制止する級友を、その生徒は威嚇する。

「なぜ邪魔するのだ。非国民にはそれ相応の挨拶をしてやるだけのことだ」

異様な気配に、級友たちが集まってくる。

「何かあったのか」

「ここに、臆病者がいるのだ」

彼は弁解しない。唇を引きしめたまま、こづき回されるのに任せている。

「ほんとうなのか」「卑怯じゃないか」

周囲の人数がふえ、野次や怒声が入りまじる。幾人かが彼の腕をつかんで廊下に引き出そうとし、何人かがそれをとめる。そのとき、次の授業の始まりを報らせるブザーが鳴った。修身担当の波多野市郎教諭がはいってきた。彼に対する糾問と制裁とは、これで少なくとも五〇分は猶予される。

組長の号令がかかり、少年たちは散って、それぞれの席にもどった。

波多野教諭は、黒板に「臣道」と大きく書き、授業にとりかかった。

「わが校の全員が、いま最も真剣に考えねばならぬ問題だから、よく聴くように」

教諭は、あの七月五日、強い語調で生徒らに甲飛志願を勧めた教師たちのひとりである。総決起のイニシャチブをとった五年甲組の担任であり、指導班長でもあった彼は、この一両日、父母の抵抗が意外に強いことを知り、「せっかくの総決起だ。何とかせねば」と頭を痛めていたという。

「わが一中精神の根本は、日本精神の真髄に一致する。君国のためにすべてを投げ出す〝臣民〟の道こそ、わが日本固有の倫理であり、その実践面での意味は、あらゆる行為を通して皇運を扶翼し奉ることにある。これが〝忠〟である」

チョークで、〝忠〟の一字が黒板に書かれた。

天皇に対する忠誠は、国家機構の縦の関係でのものであり、祖国への愛は、国土や同胞という横の関係でのものである。忠君と愛国とは異質なはずだが、いつも同義語として扱われた。天皇は国そのものであり、国民は人民ではなく「臣民」なのだと、事ごとに強調された。

「〝忠孝〟と一口にいう。しかし、忠と孝とは同一平面に並べるべきものではない。〝孝〟もまた、他の諸徳と同様、〝忠〟という至高の道徳原理に従属すべきものである。かつて平重盛が〝忠ならんと欲すれば孝ならず、孝ならんと欲すれば忠ならず〃と嘆いた史実が、ひとつの美談とされた。しかし、重盛は、まず〃忠〃のために行動すればよかったのであり、重盛にとっての〃孝〃は、当然その行動のなかに包含されるべきであった。何ら〃進退ここに窮る〃必要はなかったのである」

教諭は、不意にひとりの生徒を指名した。

「きみの甲飛志願について、ご両親は何といわれたか」

「父も母も、喜んでくれました」

「よろしい、結構なご両親だ」

教諭は、あの小柄な生徒を制裁しようとした生徒に尋ねた。

「きみの場合は、どうだったか」

「大賛成でした」

「重ねてきく。もし御両親が反対の意志を表明されたら、どうするか」

重盛の忠孝の迷いが〃忠〃に対する理解不足によるものだったと聞いたばかりである。例題の解法を教わった直後に、その簡単な類題を解いてみよと命じられたのと同じといえる。その生徒は、胸を張り、自信に溢れて答えた。

「志願します。一時的には両親の意志に背いても、結局は大きな孝行をすることになると思います」

「よろしい。それこそ臣道を実践する一中魂そのものである」

教諭は、何人かの少年たちが、眼鏡をはずし、窓外に遠い視線を送ったり天井を仰いだりしているしぐさに気がつき、ほどなく、そうした近視の生徒らの異常な挙動の意味を悟った。

「どこのご両親も、りっぱな人ばかりである。そのご両親に育てられた諸君も、すべて筋金入りの一中生である。眼の悪い者も、何とか矯正して、君国のお役に立とうと努力している。全員合格して、臣道すなわち日本精神を大空に具現してほしい」

授業が終わると、例の小柄な少年は、何人もの級友に囲まれた。

「おれは征く。おやじとおふくろが何といおうと、おれは志願する」

彼は叫んだ。だが、だれもがその声を聞き流した。

「廊下へ出ろ。貴様が征くといっても、貴様の両親は征くなという。その両親に制裁を加える。貴様はその身代わりだ」

彼が力づくで引き出された廊下を、指導班の五年生たちが肩で風を切って歩いていた。

七日の生徒大会

昭和十八年度『校務日誌』に、次の記録がある。

「七月七日　昼食時、期末考査時間割発表
放課後、生徒意見発表会（三年以上）」

少年たちの多くは、両親らの世俗的な常識という壁にぶつかった。幼く純粋な心理は、一日のうちに自我の原点から殉国の決意にまで飛躍することができたが、大人たちの分別からみれば、この飛躍も無鉄砲なこととしか思えなかった。

親たちに時局を認識させ、総決起の趣旨を納得させせようとした緊急父兄会も、さほど効果的ではなかった。一方、周囲の空気に気押されて総決起に同意したものの、内心ではこの一件に疑念を抱く少年たちも少なくない。事情によっては、この潜在的な不賛成者がもとになって、大量脱落のなだれ現象が起こるかも知れない。しかも、新聞は「愛知一中の快挙」を大きく報道し、「よくやった、一中生」という賞讃の手紙や電報が学校に殺到している。「たいへんなことになった。あとには退けぬ」と、指導班長波多野市郎教諭らは考えた。

指導班員たちによって、ふたたび生徒大会が「自発的に」開かれた。戦後、波多野教諭が私に述べたところによると、「地ならし、駄目押しのためであり、全員の意志統一を目的とした」ものだった。父母の反対によるブレーキ、生徒間の問題意識の凹凸と潜在的な消極論などを克服しようとするのである。事は、殉国のレベルの問題から母校の面目の問題に矮小化したといってもよかろう。

三年生以上の全員が、柔道場に集まった。

当初から総決起に疑念を抱いていた者に加え、この一両日の間に父母に説得されてひそかに志願を断念した者もあり、なかば恐れつつ、なかば冷やかに事態の動きを見つめようとする者が、前回よりも多かった。

人数も、前回の七〇〇余人を下回った。甲飛総志願へと押し流されていく校内の大勢に怯えて欠席した者もいれば、はやり立つわが子に親たちが登校を禁じた例もある。そうした生徒や父母の声を、声なきままに包みこんで、生徒大会は始まった。

この日、野山忠幹校長は、愛知県下八〇余名の中等学校長とともに、三重海軍航空隊に見学に出かけている。教育界の責任者に航空隊の施設、訓練状況などを実地に見せ、空への認識を深めさせるのが、当局者のねらいだったという。数学科の蓮尾実利教諭は、総決起の二四年後、私に、「日比野省三教頭が〝生徒大会を開かせてもよいか〟と、校長の出張先の三重航空隊に電話したところ、〝開かせてもよい〟との返事があった。また、航空隊の当局者は、愛知一中の甲飛総志願について、〝適材適所主義でいけばいいのに〟と野山校長に洩らしたという」と語った。

生徒大会が始まると、波多野市郎教諭や片山五郎教諭らが、「矢はつるを放たれた」「あとにはひけぬ」と壇上から強い語調で訴え、指導班の五年生たちも、「死ぬときが来た」と声を張りあげた。総決起の日の感動が蘇り、私たちの多くは涙を流した。

前回は黙って他の生徒たちの発言を聴いていた五年甲組の沢田秀三が、立った。小柄だが相撲部の闘将である。澄んだ瞳で、語りかけた。

「陸軍士官学校の兄の卒業式に参列したことがある。そのとき、はじめて大元帥陛下の御姿を仰いで、深く感動した。この陛下のおんためなら、いつ死んでもよい、いや死なねばならぬと思った。一昨日の感動を、いま想い起こしたい。もとより地位や名声は眼中になく、名誉の戦死とか華々しい散りようを願おうとも思わない。一日本男児として、至誠を貫いて死にたいと思う」

この中学校の入試のとき、口頭試問で「いままでに最も感激したことは何か」と質問された私は、即座に「天皇陛下のお姿を、はじめてお仰ぎしたときです」と答えた。「お召し列車」が東海道線の名古屋駅を通過するのを、数百メートルも距ったところから、最敬礼して見送ったことがあり、そのときの記憶を述べたまでだが、そのとき試験官の森本滋杪教諭の口もとに微苦笑が浮かんだ。型にはまった時局向きの答えが、反射的にこどもの口から出たことのおかしさのためだったと思われる。沢田秀三がこのように語ったときにも、森本教諭は苦笑したに違いない。

「元寇以来の国難といわれるが、神風が吹くことを待っていてはならない。神風は、われわれのこの手で、熱と意気とで、吹き起こすべきではないか」

このときより二年足らずののち、少年たちの幾人かは「神風」特別攻撃隊に加わり、南の空に散る。沢田秀三自身も、特攻隊要員のひとりとして終戦の日を迎える。

「ぼくの母は、病気で寝ています。その枕もとで〝甲飛へ征きたい。志願書に判を押してくれないか〟というと、母は黙って押してくれました。ありがたいことだと思いました。大君のためには無論のこと、この母親のためにも戦い抜かねばと、決心しました」

四年丙組の半田俊直である。無口で控え目な彼が、訥々と語る内容に、誰もが胸を搏たれた。

「自由主義華やかなりしころに育った父や母には、われわれの憂国の熱情が理解できないかも知れない。けれど、親たちがどんなに反対しようと、われわれは一昨日のあの神聖な誓いを忘れてはならない」

「周囲の雑音を気にとめず、あくまでも総員志願の決意を貫き通そうではないか」

「親子の情とか家庭への未練は断ち切れ。小さな名誉心なども捨てよ」

はげしい言葉が飛び交い、その言葉に酔ってさらに激越な口調で語り合うという循環が、またも起こった。

遠望訓練　このころ、私の兄は、勤務の都合で満州（現中国東北）に赴いていた。現地応召、ソ連軍による抑留、そして脱走という体験を経ながら、母からの手紙の束を手放さず、引き揚げのときにもち帰った。そのうち、七月六日の手紙を、次に転記しておく。

「昨晩十時半、無事着の電報受取り安心仕り候　何かと変つた土地のこと故、健康第一になし下され度候　当地は其後雨降り続き、誠に欝陶しく存じ候　（中略）

一中より「海軍飛行予科練習生募集に就いて」と題して、父兄会（五、四、三年）を行ふ故、出席せよとの通知あり　千秋は「八高などへは行かぬ、応募する」と申し居り候　千秋の決心には動かすべからざるものあり、男らしく候　御安心下され度候　必ずや兄として光栄の日が来ることと存じ候

父兄会出席後の委細、後便で申し上ぐべく候

先は右まで　かしこ

母より

七月六日

春三殿

〔追伸〕後便にて新聞切抜きを送ります」

多くの母親は、いわゆる大正デモクラシー期に育っているが、私の母親は明治二十一年（一八八八年）生まれである。旧士族の長女という自覚が強く、しかも彼女の父は謹厳な小学校長であり、幼時

から忠孝を軸とする儒教倫理を呼吸して育った。『教育勅語』が発布されたのは、彼女が満二歳になった年の十月だが、天皇制国家の論理を道徳体系化したこの勅語の理念が、日本の教育の土壌に定着しようとする時期に、彼女は育った。家でも学校でも、「一旦緩急アレハ義勇公ニ奉」ずる教育を受けた彼女にとり、滅私殉国の思想は血肉化していたとすらいえる。日清戦争を六歳のとき、日露戦争を十六歳のときに体験した彼女は、昭和十六年(一九四一年)十二月八日の朝、開戦の臨時ニュースを聴きながら、朝食の膳を囲む私たちに、「日本は小さな国だけれど、いざとなれば必ず勝つよ」といった。国難が来るごとに、それを破砕して興隆していった明治日本の姿を、夢多い少女時代に眼前に見た彼女である。

眼の悪い末っ子の航空兵志願という途方もない申し出に、当初はたじろいだにせよ、たちまち立ち直って見せた。若い母親たちと、少しばかり反応の仕方が違ったわけである。なお、私の父は、私が六歳のとき病死しているので、今回の件についての決定権は母にあった。

七月七日夜九時に母が書いた手紙がある。

「春三殿、唯今千秋の希望により甲種飛行予科練習生志願書に親権者母として調印仕り候
国家の為、我家の為、およろこび願上候　合格後ハ十月一日、入隊仕るべく候　三年後には一人前に飛行機を操縦して一線に出る千秋の立派な容姿を想像してやって下さい、(十九才の秋)
右報告仕り候　もうツメエリの服も必要これなく、修繕してお送り申べく候　あまりにも我家の、かはりかたにおどろき申し候

其後無事御安心下され度、私も千秋を御国に捧げ、此上もなき光栄に存じ、今日迄、かかる事を決行する子供と知らず、母として恥しう存じ候」

私自身、視力が甲飛の合格基準に及ばないことは、承知していた。母も、そのことを知らないはずはない。資料によれば、当時の愛知一中生の四六パーセントが近視だったと推定される。七月七日というこの時点で、学校当局は、三年生以上の全員七〇五名のうち三三二名の甲飛出願を期待していたが、これは、三年生の年齢上の無資格者と近視などの不適格者とを控除した数に相当する。ところが、実際には、近視の者のほとんどが志願した。

近視というのに、視力を最も重視する航空兵をあえて志願した者には、さまざまな立場があって一概にいえないが、少なくとも当初は、大部分の者が真剣であり大まじめだったといえる。「祈るような思いだった。何とかして合格せねばという必死の思いだった」と回想する者が多い。

近視の私たちは、学校へ来ると、黒板の字を読み取るときとか、班の練習や軍事教練などで眼鏡を掛けていないと危険な場合を除き、なるべく眼鏡をはずし、暇のあるごと

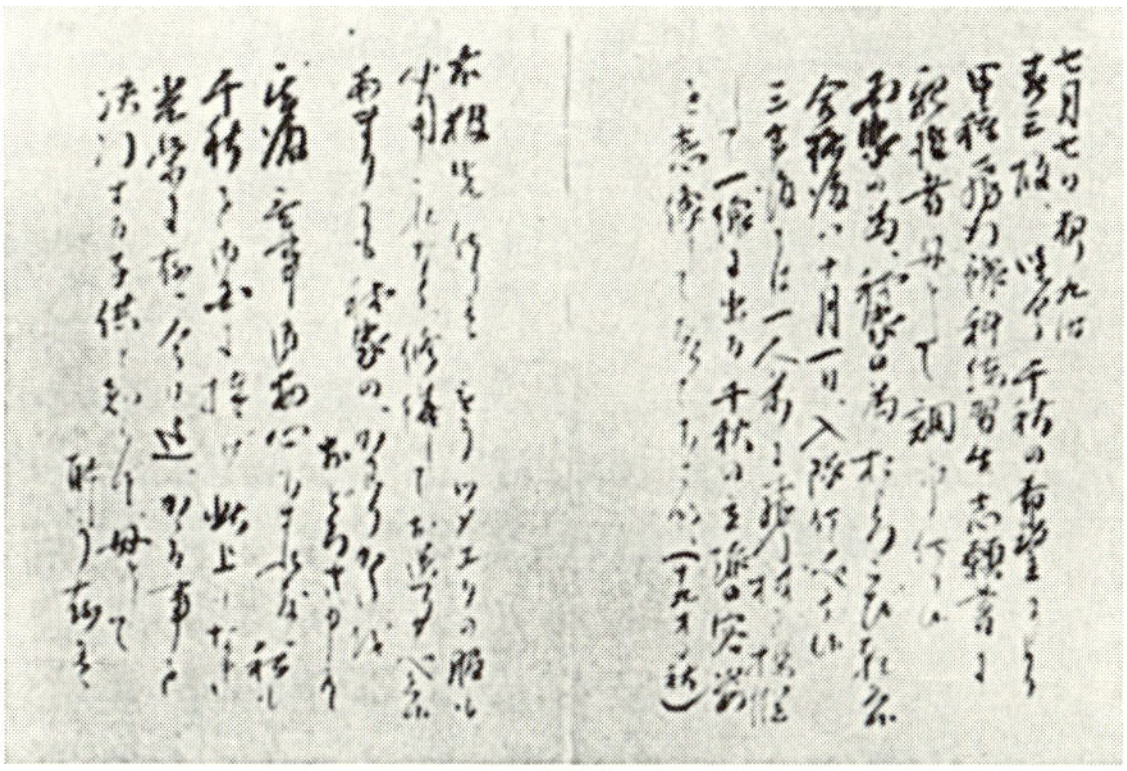

著者の母親の書簡

に遠景を眺めた。家に帰れば、緑の線を一本水平に描いた紙を壁に張り、水平線に見立てて隔ったところから見つめ、夜ともなれば屋外に出て星空を仰いだ。

科学的であるべき近代戦を、常に天祐神助を信じて戦おうとした国である。突撃隊が全滅しても将兵の魂魄はなおも突撃しつづけると教えた陸軍、勝算のない海戦に「天祐ヲ確信シ全軍突撃セヨ」の電令を受け空しく潰滅した海軍、そういった国である。この年六月八日の『朝日新聞』に、「死の報告」と題し、「空戦で胸に敵弾を受けた搭乗員が愛機を操つて帰還し、報告し終つてから倒れた。その体はすでに冷たかつた」という意味の記事が掲載されている。戦死した彼の魂が飛行機を操縦して基地に帰り、報告までしたというのである。これと同様の話を、終戦直後、ルース・ベネディクトが『菊と刀』のなかに引用しているが、戦時中の日本人の考え方の一例を示すものといえよう。

甲飛の身体検査まで一ヵ月足らずの間に、私たちは死力を尽して近視を全治しようとした。しかも、私たちを近視克服に立ち向かわせた事情が、もうひとつあった。

「不撓の精進二年余遂に難治の近視を全治」「近視を克服して荒鷲への頼もしい叫び」（『毎日』昭18・7・6）などのキャンペーンが行われていたのである。その例を次に示す。

七月十一日の『中部日本新聞』第二面トップに「近視征服——遠望訓練で治さう」という見出しの記事がある。名古屋連隊区司令官加藤真一少将が、「愛知県下の某中学校で遠望訓練を行つたところ、その効果に感心させられた」と述べ、名古屋帝国大学（現名古屋大学）教授中島実博士が、「西洋医学に見ると眼軸の長い者ほど近視の度が強いといふが、これは米英流の解釈で、わが国の近視者には当てはまらない。わが国の学校近視では、水晶体の作用による屈折性の近視であることが立証された。これは、遠方注視の訓練を行へば必ず正しい視力に復活できる。ぜひ国民学校の高学年および中等学校生を防空監視哨に立たせることを提唱する」と、そのなかで語っている。

七月二十九日の『朝日新聞』では、「見直せ、〝目の弾力性〟」と題し、陸軍航空審査部の小田切春雄大尉が、「〇・六と〇・八の視力だったが、遠くの青いものを見ればいいといふので、十日間それをつづけて受験したら左右とも一・二の視力が出た」と述べている。

対立する職員会議

犬飼成二の日記を見よう。

――昭和十八年七月八日　木曜日　朝曇　昼曇　夜曇時々晴

私の学校では、三年生以上の生徒は誰でも甲種飛行予科練習生を受験することに決した。私たちは、名誉も地位も欲望も、一切をかなぐり捨てて一意〝醜の御楯〟となることを誓ったのである。その悲壮な決意と厳粛な心、崇高な精神に涙を流さない者はなからう。人の嫌悪する処へ、人の馬鹿にする処へ、一切のものを犠牲にして無一物となって進まうとする我等の誓ひは、動かすべからざる一中魂であり、日本精神の権化でもある。

家へ帰ると、十七年〔筆者注・満一五年〕の間あらゆる苦悩と辛酸に打ち克って、我が子を育てた両親の子を思ふ情に、私の心は潤ほされる。母は痩せていく。祖母は涙乍らに「しづ〔母の名〕もつまらないよ」と独白された。ああ万感の思ひが、この一語に尽きて居る。十七年もの間、手塩にかけて叱ったりすかしたり御機嫌をとったり、色々な苦労の結晶ともならうとする一歩前、私が〝死〟に向かっていく。それは悲しいことであろう。子として親の心情を察せぬではない。けれど、……。――

祖母も、母親とともに、すがりつくようにひとり息子の翻意を求めたが、彼の決心は変わらなかった。思いあぐんだ祖母は、近所に住む三年戊組の伊藤鉀二の家を訪れ、その父親に相談した。

「どうしても航空隊へ行くといって聴きません。学校側のいうとおり、全員征かなくてはいけないのでしょうか」

「そうらしいです。適格者は全員甲飛を受験することに決まったようです。うちでも、〝ぜひ征く〟とがんばっていますので、お宅と同様、ひとり息子ですが、思い切ってやりたいだけやらせてみるつもりです」

「学校がそういう方針なら、しかも、お宅の場合もそうなら、仕方もございません」

諦めて帰る老婦人の目に、涙があった。

このような事実がある一方、連日、職員会議が開かれていた。封建的な階層秩序のなかでは、上層部の些細な当惑から来た思いつきが、下層へ行くほど大きな困惑となり、最底辺では救いがたい悲劇にさえなる。

話は少しさかのぼる。

海軍当局の航空決戦への焦りは、各校への志願者割り当てという発案を生んだ。軍の要求は絶対であり、しかも野山校長は、明治日本の感覚で昭和の時代を生きようとした日本主義者である。甲飛についての軍の要求を、過大で苛酷なものとは受けとらなかった。彼の困惑は、この上層部からの要求に、生徒らが十分な関心を示さなかったことにある。毎朝、校長は太平洋の戦況について語り、配属将校や体錬科の教師も、朝礼台に立つごとに軍志願を勧めた。六月三日の犬飼成二の日記に、「物象第一類の時間、私達の組の進度が他の組より早かったので、アッツ島二千数百の守備隊将兵に思ひを致し、陸海軍の志願が多くなるやうに希望された」とある。

前述のように、「欧米色を一掃せよ」の大合唱のなかで、新課程では、従来の物理・化学の呼称をやめ、二千年来の儒教の基礎的経典である『易経』に基づいて〝物象〟という名称を採用した。「精神主義もついに科学教育の場にまで及んだのかと深刻な気分になった」と、当時東京府立第一中学校（現東京都立日比谷高等学校。筆者注・昭和十八年七月一日に都制施行）に転勤していた戸河里長康教諭は、戦後、私に語った。犬飼成二のクラスで物象第一類（物理）を教えていた中野霊智教諭は、私たちのクラスでは物象第二類（化学）を担当していたが、どちらの授業も、国粋主義的な色彩が濃厚だった。中野教諭は、しばしば物象の講義を中断し、「軍関係の方向に早く進むように」と勧奨した。この一年後の通年勤労動員に際しても、強制労働と飢餓とに苦しむ教え子を叱咤する一方、夜間作業の折り巡視に来たついでに、「いまからでもよい。予科練などへ行く気はないか」と耳うちしたという。

こうして教師たちが力を入れても、甲飛志願者数は伸び悩み、一三名に達したところで止まった。割り当て数よりも三四名少ない。職員会議が開かれて、甲飛割り当ての消化が議題になったのは、七月はじめのことである。

「体格がよくて成績の悪い者を各クラスから数名ずつ選んで、説得してみたらどうか」との提案が出され、それが大勢を占めようとしたが、「自分のクラスの生徒をそのように区別することはできない」と、暗に甲飛志願反対をほのめかす反論も出た。「そんな生ぬるいことではだめだ。成績の良否にかかわりなく全員を送り出すつもりでなければいけない」という声もあった。波多野市郎教諭および岡部久義教諭の回想によると、教師たちの意見は、当初この三つに分裂したという。結局、校長の発想で七月五日に時局講演会が催され、生徒大会での総決起採択へと連なる。

甲飛総決起という事態に対する教師たちの姿勢も三つに分かれた。体錬科の田村慎作教諭の著書『煙突物語・一中生活三十年』によると、「先生の中には、〃万歳万歳〃と喜ぶ者、〃少し効き過ぎた、困った事になるぞ〃と悲観する者、〃どうでもええわい、俺らの知ったことではない〃の積極、消極、我不関焉《われかんせずえん》の三組に分かれた」という。

「どうでもええわい」という無関心派は、いつの時代にもいるサラリーマン型教師である。事態の深刻さから目を逸らせ、教え子たちの運命や同僚の苦悩に別段の関心も払わず、無関心と沈黙とこそ処世の術と割り切ったとき、彼らは教育者として踏むべき道をみずから捨てたことになる。

「自分の思う通りになった」と手を拍ち、「万歳万歳」と叫ぶ積極派の教師は、生徒大会の席上で強く発言した連中である。彼らは志願書の提出をためらう生徒を叱咤し、その父母を学校によび出して強い態度で志願を勧めた。「戦争の本質やその見通しなどに理解と洞察とが足りなかった。そのため、祖国愛の発露からのつもりで教え子を戦場に送ろうとしたのだ」といういい分があり、事実、そうした教師のなかには、戦後になって、「自分は若く、読みが浅かった」とふり返る者もいれば、「自分は欺かれていた。敗戦後、軍部にだまされていたと知って腹が立った」と述懐する者もいる。また、「当時の世情を考慮に入れずに積極派の発言を批判するのは片手落ちだ」と開き直る者もいる。しかし、どの釈明も、当時の教え子たちを、いま説得しうる力をもたない。

いずれにせよ、多数を占める総決起支持の積極派と、「ごく一部」と伝えられる少数の消極派とが鋭く対立した。

「いかに愛国心からとはいえ、全生徒を航空隊に送ることはどうかと思われます」

「そんなことをいっている時局ではありません。生徒たち自身が自分の膚で時局を直観し、自分から決起したのです」

「これだけの素質の生徒たちを、一介の兵士として戦場に送るのはもったいないことと思います」

「素質の優劣、才能の有無を論じていられる時局ではありません」

波多野市郎教諭の回想によると、「戦局の情勢判断の仕方が、総決起に対する考え方の分岐点になった」という。つまり、総決起反対の意見は、戦局の悪化についての理解が甘いためだったというのである。

「生徒を一発の弾丸として送り出したくない。素質に応じた使い道があるはずです。弾丸にせよ、一発一〇〇〇万円もするのなら、その値うちにふさわしい使い方があるはずです」

「国運にかかわる総力戦では、すべてを戦力化しなければなりません。一発一〇〇〇万円だろうといくらだろうと、惜しみなく戦線に投入しなければなりません」

生徒たちの生死の問題についてではなく、その素質や才能と使い道とについての議論が、会議での第一の争点になっていたことを、当時の教師たちの多くが、戦後認めている。

「一時的な昂奮で生徒たちは総決起だ、全員志願だと騒いでいるだけのことです。頭を冷やしてやって、自分にふさわしい仕事で国家に奉仕するように自覚させるのが、ほんとうの指導ではないでしょうか」

「いや、彼らの頭を冷やしてやる必要はありません。この国家の危機に際して、彼らの昂奮を総決起のときと同じ状態に保ってやるのが正しいと信じます」

父母たちに不平不満があり、生徒間にも冷却が始まっていることは確かである。積極派の教師は、この冷却を惜しがり、もう一度あの白熱状態にもどさねばと考える。生徒たちの昂奮を総決起当時の温度に持続させるべきかどうかが、第二の争点だったといわれる。

「本校生すべてを戦線に投入しても、戦局がどうなるともいえますまい。しかも、彼らのなかには、将来の日本の科学、技術、文芸、そして政治、経済を背負って立つ者も少なくないのです」

「なるほど本校生全員を戦いに送っても、戦局を左右できるほどの戦力にならないかも知れません。しかし、名門校の全生徒が国難に立ち向かうという事実が、国民の士気を昂揚するという無形の効果を生みます。その上、いまの戦局から見て、将来の日本の文芸だの政治、経済だのを考えている余裕はありません。生徒たち自身〝国滅んで何の学問か〟と申しておる。生徒にも劣る時局認識に欠けたご意見ではありませんか」

時として、「その考え方は単純過ぎる」「何を、生意気な」と激論になり、校長が仲裁にはいったこともあるという。日々の会議は深更十時、十一時にも及んだ。

帰路につく教師たちに、暗い物陰から声をかける父母もいた。

「先生、きょうの会議ではどうなりましたか」

と、担任や顔見知りの教師に問いただすのである。「どうにも難しい状況です」という低い声の答えに、うつ向いたまま、彼らは夜闇に姿を消した。

動揺つづく

少数派教師の抵抗

職員会議では、論争がつづいた。

「生徒が自発的に志願すべきなのに、実質上は強制志願になってはいないか。生徒の発意による総決起といいながら、学校側がお膳立てした形になっているのではないか。これは承服しかねます」

「強制ではありません。あくまでも生徒の自発的な意志によるものです」

緊急父兄会で、配属将校の今枝鐘三郎少尉は、「甲飛応募に殺到した生徒の意志は学校側から勧めたものではない」とことわった上で、「燃え上がるこの願いをどうか聴いてやってください」と訴えているし、当時の図書班長片山五郎教論が戦後発表したある小論にも、生徒大会の総員志願決議によって「軍当局からの割り当てに苦慮していた職員会議に、生徒諸君自らによる解決策がもたらされた」とある。このあたりは戦後久しい年月を経たいまも議論の分かれるところであり、校長らの時局講演会がはじめから総決起を誘発する目的で開かれたものか、時局講演会が原因となって自然発生的に総決起という結果を生んだものかについては、関係者たちの間で意見が一致しない。ただ明確にいえることは、当時の生徒たち、とりわけ甲飛に入隊して生還した者のほとんどが、総決起大会は時局講演会の結果ではなく目的だったと理解している事実である。

たとえば、四年甲組からの入隊者魚野博は、「当時の指導者が下からの盛り上がりを人工的につくったもので、学校側が五年生の一部に音頭をとらせたのだ」という。三年甲組の非志願者鈴茂敏彦は、「ある条件下に人間が置かれ、巧妙に計算された上で操られれば、あんな行動に出るだろう。あのときの生徒たちの挙動は人間としての自覚に基づく振舞いではなく、コンピュータに操作された動きといえる」と批判し、さらに「総決起が生徒の発意によるという主張は、特攻隊が形式的には志願という形をとったことを連想させる」とも述べている。

少数の教師による抵抗はつづいた。

「父兄の間には反対の意向が見受けられます。生徒間にも動揺と困惑のいろとが見られます。これでは生徒たちがかわいそうです」

「父兄の苦情を聴きいれて、〝それじゃやめときなさい〟という先生がおられるようですが、もってのほかです。それは、父兄におもねることです。時局認識の不足でもある。生徒の純真な願いに水をさす自由主義的な父兄には厳しい態度で臨んで、生徒たちの志を通させるべきではありませんか。生徒に動揺が見られれば、よく訓戒して総決起のあの感激を想起させるべきです。志願しない生徒に〝ああそうか〟と答えておくだけでは、やはり生徒の弱い心に迎合することになりましょう。毅然たる態度で既定の線を貫くのが、戦う学園の教育者としての正しい姿勢です」

勇ましい意見が飛び交うなかで、勇ましくない主張を、真正面から押し通すことは不可能に近い。反論の多くは、「能力相応に海兵か陸士へ送るのなら賛成できる」という軍当局への気がねから来た妥協的な形をとったが、それさえも、勇ましくない主張として攻撃された。少数派の反論は声高ではなく、力強いものでもなく、多数派の甲高い声に吹き消されがちだった。いつの会議でも、多数を占める積極派の強硬論に押しまくられ、七月五日の緊急職員会議の決定線、すなわち、

一、全有資格者を洩れなく甲飛に志願させる

二、一部父兄の反対には全力をあげて説得にあたる

という方向に結論が落ち着いた。

総決起に賛成でなかった教師たちのなかに、英語担当で四年乙組の担任だった岩田奇禅教諭がいた。彼は、職員会議で、遠回しに校長に皮肉をいったりしていたと伝えられる。四年乙組の生徒だった波藤雅明の証言によると、この岩田教諭が、自分の担任の教室に現われて、こういった。

「近視の者は志願しなくてもいいんだぞ。親の承認が得られない者は、志願票を出さなくてもいいんだぞ」

出席簿で顔をかくして、教諭は嗚咽した。

「親が反対しているのにがんばる必要はない。親と喧嘩別れしてまで甲飛へ征くことはない。征くのなら、親子の美しい情愛に包まれて征くがいい」

いかつい顔をくずし、声をあげて教諭は泣いた。生物担当の足立正夫教諭が、廊下から窓越しに声をかけた。四年甲組の担任である。

「奇禅さん、がんばれ」

声をかけた足立教諭には、野人の風格があった。

「オッチョイオッチョイ走つて優勝旗をもらつても何にもならん。媾の褌にもならん。そんな暇があつたら、花をつくれ。芋をつくれ」(『愛知一中競走部史』)と、足立教諭は陸上戦技班(旧競走部)員たちをからかったと伝えられるが、勉学のみかスポーツなどでも負けまいと、むきになりがちな一中生をたしなめたものといえる。

五年生だった加藤忠義の回顧である。

五年丁組の担任で歴史担当の黒木緑教諭は、授業中に教室の窓をすべて閉じさせ、独ソ戦の真相と見通しとについて低い声で語った。ナチズムとかコムミュニズムといった言葉が加わる教諭の秘話を、加藤忠義たちは、新鮮味と恐怖感との混じった思いで聴いた。

加藤忠義が、恵まれない家庭事情から進学を断念しようとしたとき、親身になって家庭教師の口を探したり、励ましたりしてくれたのは、国語担当の森本滋杪教諭だった。この春、母を失った打撃が大きく、人生を明るいものとは思えなくなった彼が、甲飛出願を心に決めて森本教諭に報告すると、教諭は何もいわずに悲痛な表情で彼の眼のなかを見つめた。加藤忠義は、戦後何年も経たいまでも、このときの教諭の悲しげな顔を、時おり思い出す。

その他の例を、次にあげておく。

三年生から入隊して戦死した鈴木忠熙の母親によれば、彼は「志願しないと学校で殺されてしまう」といっていたという。事実、校内の空気に怯えて他県の学校に転出した五年生もいた。そのような雰囲気のなかで、嘲笑や悪罵、つまはじきなどに屈せず、ついに甲飛を志願しようとしなかった三年丁組の阿久根淳を、担任の遠藤修平教諭は、「周囲を気にするな」と、最後まで励ましつづけた。

三年丁組からの入隊者の加藤泊美が、体錬科の田村慎作教諭に報告にいくと、教諭は「おまえたちのような鼻たれ小僧が兵隊に行ってくれるのか」と、彼のいがぐり頭を撫でながら涙を流したという。また、教諭の未亡人の話では、ひとり息子の志願を思いとどまらせたいと、ある五年生の母親が中風の父親の肩を支えて教諭宅を訪れたとき、「心中お察し申し上げます」とだけ答えて、教諭は泣き崩れたといわれる。

教え子を戦場に送ることの苦しさに、教育者として胸を痛めていた人びとも少なくなかった。

脱落する者

父親の怒声と母親の泣き言とに、かなりの少年たちはうんざりし始めた。親たちへの彼らの主張は、はじめは純粋な感動に出たものだったかも知れないが、やはり名は惜しく、死は恐い。自分の名の救われる契機さえあれば、また冷却の期間が与えられれば、甲飛志願の決心など捨ててしまう者が続出しないとはいえない。

君国への〝忠〟には、二つの考え方があった。ひとつは『葉隠』にいう「主君へは隠し奉公が真なり」の立場である。大陸の片隅に泥にまみれてひとり死んでいく。南の海で引き裂かれた潜水艦とともに沈んでいく。遠い雲間でジュラルミンの燃える閃光に包まれて散っていく。〝名〟を求めないこの種の〝死〟を、多くの無名の戦士は選ばねばならなかった。いまひとつは、「男の児やも空しかるべき万代に語り継ぐべき名は立てずして」の歌の意味を考えてみよと、わが子の再考を求める父親の立場である。山本五十六元帥の戦死のときのように「武門の面目これに過ぐるものがあらうか」(『朝日』昭18・5・22)と讃えられ、〝軍神〟と仰がれるような死である。

「どうせ国のために死ぬのなら、後世に名が残るほどの死を選んだらどうか」という父親の説得に、ある三年生はしばらく考えたのち、「それなら、海兵へ行くよ」と答えた。海兵へのコースなら、士官として戦場に出るまでの時間、したがって死との距離が、甲飛へ征く場合に比べて大きく開く。安堵しながら、父親は、心のうちで呟く。

「そのうちに、戦争も終わるだろう」

総決起の日、「まっ先に志願する」と宣言したある五年生は、意気高く家に帰り、甲飛志願の話をもち出した。家族たちは、彼の軽率さを責め意志を翻させようとしたが、彼自身にしてみれば、全校生徒の前で決意を披瀝したばかりである。肉親たちの泣訴にも、すぐには承服しかねた。しかし、「航空隊へ征くことも、この家を守って仕事することも、天皇陛下への忠節に変わりはない。何も死に急ぐ必要はあるまい」

と長時間にわたって口説かれるうちに、彼の心は揺らいだ。本来、自己顕示欲が強いだけで、強い信念があって格調高く意見を述べたわけではない。

「このご時勢では、潔く死のうというい方が一番たやすい。死ぬことが何よりも大切という風潮だけど、お前が飛行機乗りになったところで大したことはない。この家の仕事を継いで人のために働くほうが、よほど国に尽すことになるとは思わないかい」

気おくれし始めていた彼は、母親のこの説得に、自分の名誉を救う口実を見つけた。

「わかった」

あの日の柔道場で、殉国の覚悟について絶叫した彼自身には何の嘘もなかったかも知れないが、母親たちの哀願に心を動かされて甲飛志願を断念したとき、生徒大会での彼の発言は大きな虚偽となり、友人たちを裏切る結果となった。

ある三年生の家でも、口論がつづいていた。泣く以外に手段をもたない母親は、思いあまって遠縁の退役軍人を連れて来た。陸軍の軍人だから海軍に反感があるらしく、また肩書の好きな人だから下士官など軽蔑し切っている。「予科練などよくない」と説得したが、本人は納得しなかった。

つづいて、小学校のときの担任の女教師が来た。やはり母親が頼んだのである。「あなたは、うちの小学校では開校以来の秀才でした。そのあなたが一介の兵士として飛行機に乗るなんて、信じられないくらいです」と、彼女はかき口説いた。「開校以来の秀才」とか「せっかくの優秀な頭脳」などという言葉が、彼の耳に快く響いた。一中での成績が芳しくなく、勉学の上での行き詰まりを航空兵志願で清算したいという気持ちもあった彼に、恩師のこの〃お世辞〃は有効だった。「こんなにみんながとめるのは、よほどのことだ。自分のほうが間違っているのかも知れない」と思い直した。

ある四年生の家に、同級生の何人かが、毎日集まった。父母の説得に心を動かされた者が多く、話題は主として甲飛問題に対する愚痴になった。

「もっとおれに適した仕事があるはずだ。飛行機の設計とか潜水艦に新しい工夫を試みるとか」

「それでは遅過ぎるというのだ」

「だが、強制的に誰も彼も航空兵になれなどといわれれば反発したくなる」

いったん愚痴や不平が始まると、雪だるまのように大きくなっていく。

「何とかのがれる方法はないものか」

「伝染病でも流行して、休校になればいいのだが」

そのなかに岡田巧がいた。腕を組んで黙って聴いていた彼が、ポツリといった。

「ぼくは海洋班のキャプテンだから、立場上、逃げるわけにいかない」

自分の父母には明るい笑顔を見せた彼が、このときは困り切った表情だった。両親には自分の苦悩のひとかけらも見せず、微笑と朗らかな言葉とだけを残して、彼は、二年後、霞ヶ浦に散る。

父母たちのほか、卒業生の一部も、甲飛総決起を批判する立場で動いた。「軽挙妄動は慎しめ」などと、街頭で出会う後輩たちに、彼らは忠告した。なかには、当時、第八高等学校の生徒だった大島彊や尾崎守男らが、「総決起は芝居だ」と、旧競走部の後輩たちの家を訪れて説得に努め、両親にハンストで抵抗していた四年乙組の井上浩一、丁組の江崎信行たちを翻意させた例などもある。

江田島の海軍兵学校の食堂で、「愛知一中の快挙」という新聞の大見出しを見つけた成瀬謙治や小野静洋たちが、大声をあげた。

「おう、これはいかん」

昭和十六年海兵入学の江田島一中会というグループで話し合った結論は、母校の甲飛総決起に反対する旨を野山校長に伝えることであり、成瀬謙治が代表として一筆したためた。「全一中生を甲飛へ送るのは無意味であり、それぞれの能力に応じた道で国に報いさせるべきだし、この戦争ではわれわれだけが死ねば十分だ」という内容である。終戦直前の昭和二十年（一九四五年）八月十一日、彼はパラオ北方海域で、回天特別攻撃隊多聞隊に属する人間魚雷として伊三六六潜水艦から発進、敵輸送船団に体当たりして散華する。彼は〃殉国〃の道を選んだが、この戦争のしめくくりは自分たちの責任であり、幼い後輩たちはなるべく生き延びてほしいと願ったのである。

眼鏡部隊

七月二十三日、海軍から派遣されてきた検査官により、柔道場で予備身体検査が行われた。おもに視力、色神、体重などの検査である。このとき、私をはじめ近視の受験者のほとんどが失格した。

視力検査のとき、私が「見えません」と答えると、検査担当の下士官が強い語調で罵声を浴びせた。私以外の失格者の場合も同様であり、柔道場内には緊迫した空気が流れた。その際、立ち合っていた体錬科の田村慎作教諭は、「それでいいのだ」という表情で、退場する私たちに微笑を送った。

視力不足などで失格した者は多かった。予備検査の直後、そのうちの五年生の急進派たちを主とする一団が、制服制帽にゲートル姿で、整然とした隊伍を組み、校門を出た。六五人の一隊は、歩調をとって名古屋地方海軍人事部の門をくぐった。代表者が、人事部の上級責任者に会見を求めた。

「ぼくたちは、視力不足という理由で、甲飛志願不適格と宣告されました。しかし、級友たちが意気高く出陣するのを黙視しているわけにはいきません。航空兵として使えなければ、それ以外の兵種で結構ですから、徴集してください」

法定の枠外で、基準に満たない体格の未成年者を徴集することはできない。「志だけは頂いておく」と、当局側が鄭重にこの申し出を断わったのは無論だが、この「眼鏡部隊」の一件は、またしても軍国の美談として、大いに喧伝された。一方、「近視の連中の元気がよ過ぎる」「眼鏡をかけた者が羨ましい」などと思った者が、五年生たちのなかには少なくなかったといわれる。

六〇〇余人と推定される年齢上の有資格者のうち、予備検査を通過した者は二〇〇人に満たない。適格と判定されながら、志願票を出さない者もいた。彼らやその父母に働きかける積極派の教師たちの努力も空転するばかりだった。

消極派の教師が力を得て、ふたたび職員会議は紛糾した。校長も決定的な意見を述べようとせず、消極派――というよりは反対派の教師が、遠回しの表現で校長を批判する。

そのうちに、五年丙組の担任で数学担当の蓮尾実利教諭が、校長に質問した。

「本校の総決起事件をめぐって、海軍当局は、〝適材適所主義の指導が正しい。たとえば兵学校に適格であれば兵学校へ、甲飛に適性があれば甲飛へと進路指導すればよい〟という意向をもっているとのことですが、いかがなものでしょうか」

根拠のある質問だった。蓮尾教諭が私立の名古屋中学校（現名古屋学院高等学校）に出張した際、「野山校長は三重航空隊で海軍当局が〝適材適所主義〟でよいと聴いているはずであり、こんどの総決起の無理押しはその点で理解できない」と、その学校の幹部から聴いていた。

校長はたじろいだ。その事実も認めた。騒然とした空気になり、積極派の波多野市郎教諭が立って、校長に詰問した。

「校長先生、なぜそれを最初にいって頂けませんでしたか」

波多野教諭の不満は連鎖反応をよび、積極派も消極派も、つぎつぎに不平を述べた。

結論が出た。

「適材適所主義で指導する」ことに決まった。このとき、総決起の実質は、消えた。海兵や陸士への適材と思われる生徒で、甲飛を志願している者には、志願票を却下することになった。公然と生徒たちにこのような説明はできず、志願票を返すこともできない。たとえば、蓮尾教諭は、担任クラスのある生徒に、そっと志願票を返した。「甲飛はやめとけよ」という意味である。同様の処置をとった教師が、ほかにもいたかも知れない。この「適材適所主義」は、一種の差別にほかならないが、当時の教師に、その意識はなかったと思われる。

総決起は崩れた。「視力表が見えても、見えないような顔をしていればよい」という発想が、少年たちの間に芽生えた。そのとき、総決起を誓った日の魂の燃焼はない。教師たちの姿勢が変わるのと同時に、彼らの本心は総決起に背を向けていった。

「眼鏡部隊」のひとりとして海軍人事部へ出かけた五年生のKは、前述のように、われわれ下級生に『昭和風雲録』や杉本中佐の『大義』を読めと勧めたり、『葉隠』を読み聞かせたりした。戦時の学園でも際立って右翼的だった彼は、予備検査に不合格になった日、しきりに「残念だった」と繰り返していたが、親友のひとりに耳うちした。

「実をいうと、ホッとしたんだ」

総決起は、崩れるべくして崩れた。

そのうちに、甲飛志願締め切りの七月三十一日が近づいた。総決起が崩れたあとの校内の混乱は、さらに悪化する。教師間の対立、生徒間の反目、父母と教師、また父母と生徒との間の駆け引きや論争も、いよいよ泥沼にのめりこんでいく。誰も彼も疲れ果てて、自棄的な空気が濃くなった。

『校務日誌』には、次のように記されている。

「七月三十日　　甲飛出願者激励会
　　　　　　　軍援助作業　四年」

この日に行われた甲飛志願者全員に対する合格祈願の激励会は、久しい混乱に一応のピリオドを打とうとするものだった。

志願者の数は、三、四、五年生を合わせて一八二名、卒業生を加えても一八七名だった。三年生以上の全在籍者七〇五名の二六パーセントほどに過ぎない。ひとりひとりに理由があるにせよ、結果として総決起は崩壊し、非志願者たちが友を裏切り、私たち不適格者が友に遅れをとった事実は、否定できない。征こうとする者と征かない者との間に、心理の上でずれがあるように思われ、これを見守る教師の表情も複雑だった。

身体検査　愛知県下では、割り当ての二倍を超える志願者があると伝えられた。私たちの学校の場合、四七名の割り当てに対して志願者は、一八七名だったにもかかわらず、「愛知一中は割り当ての十倍志願」(『朝日』昭18・7・27)などと報道された。

愛知県の志願者は、名古屋市中区(当時栄区)の南久屋国民学校(戦災により消滅)、昭和区の愛知商業学校(現愛知県立愛知商業高等学校)、岡崎市公会堂の三ヵ所で、第一次試験を受けた。

一中生のほとんどは、南久屋国民学校で受験した。五年生の加藤忠義は、八月三日に身体検査、六日、七日に学科試験を、この試験場で受けた。この国民学校は、名古屋の都心に位置し、ビル街のなかにあって、運動場も狭かった。コの字型の校舎に囲まれた狭い運動場の中央に、大きな椎の老木があった。校歌のほかに『老木踊り』という歌があり、運動会のときなど、職員・生徒の全員が、手拍子揃えて歌ったり踊ったりした。都心には珍しく大きな緑蔭をつくっていたこの老木も、一年半後には、再度の空襲を受けて校舎とともに焼け失せる。椎の老木が焼けて枯死した数ヵ月ののち、日本は降伏する。

この椎の木のあたりを、三年生の汀朋平がゆっくりと歩いているのを、五年生の加藤忠義は眼にとめた。午前九時から始まる検査の直前である。

「幼い三年生でさえ、征こうとしている」

彼は胸を衝かれた。かねてから、「おれたちは征ってもいいが、できることなら下級生たちには征かせたくない」と、彼は思っていた。「おれたちは捨て石になろう。だが、後輩の連中は、戦いのあとの日本を背負ってほしい」というのである。しかも、汀朋平は、彼の弟の友人である。「弟と同年輩の子どもが、戦場へ征こうとしている。戦況は、ここまで切迫してきたのか」と、いまさらのように彼は思った。

数百人の受験生に対して、視力、肺活量、握力、懸垂などの検査が行われた。検査場には、佐官の徴募官が傲然と構えていた。軍医たちは横柄だった。衛生兵の多くは、素朴だが粗野だった。なかでも、まだ十代と思われる下士官たちは、少年たちをひどく手荒にとり扱った。何ごとにつけ軍隊口調で復唱させられ、少しでも動作に機敏さを欠けばどやされる。少年たちにとって、M検と俗にいう検査は初めての経験だし、四つん這いになっての肛門の検査も驚きだった。中学校の一種の蛮習に慣れているつもりの少年

第一次試験会場となった南久屋国民学校

たちだが、海軍の厳烈な空気に少し触れただけで、恐れをなした者もいる。下士官の怒声を耳にしながら、「こんな調子だったら、下級生たちも少しは考え直してくれるだろう」と、加藤忠義は考えた。けれど、汀朋平は懸命だった。椎の老木の蔭を行ったり来たりしながら、彼はひとつの想念にとりつかれていた。

「おれは、柔道にかけては誰にも負けないが、飛行機乗りとしてはどうだろう」

幼くても、体格は壮丁の水準を超えていた。身長一八〇センチメートル、体重七〇キログラムである。中学一年生で初段、二年生で二段、三年生になるのと同時に三段になっていた。前述のように、柔道班長の祖父江（旧姓谷口）武六段たちは、汀朋平をはじめとする当時の愛知一中柔道班に、全国制覇の夢を託していた。汀朋平自身も、いつの日にか全国一の柔道人として名をなしうる日が来ることを、夢みていないわけではなかった。が、国家危急のいま、そのような夢に意味はない。いわんや柔道班員には、われこそ「一中的な、最も一中的な」という自負があった。「格闘力において他の追随を許さず、また走飛力において然り。見よ、一中柔道班の進軍譜を。米英への突撃路はわれらの腕で。続け一中健児」と、当時の記録に、四年戊組の安藤幸治も書いている。「一中的な、最も一中的な」一挙である甲飛総決起に、汀朋平ともあろう者が後れをとることはできない。

しかも、柔道場の畳は破れ、市郊外のゴルフ場跡で野外練習をする時代になっている。ルールにさまざまな規制が加わって、柔道の醍醐味は失われ、殺伐とした実戦本位のものになっている。柔道一筋にと考えていた彼にとって、これは事態の意外な変わりようだった。

甲飛総決起の日、彼は、柔道以外の、いや柔道以上の価値をもつ新しい情熱と闘志との対象を見出した。日本一の柔道人という夢は、一転して日本海軍第一の航空戦闘員になろうとする夢に変わった。「柔道着を飛行服に着替えて暴れ回ってみよう。擦り切れた畳の上よりも、太平洋の空のほうが、暴れ甲斐があるだろう」と、彼は思ったという。

四年戊組からの入隊者河合清は、色弱だった。彼は丙組の牧保夫といっしょに、市内の本屋や眼鏡屋を歩き回った。小学校以来の同級生で、この学校でも同じ水泳班に所属していた牧保夫は、体が小さく、甲飛には合格しないだろうと思っていたものの、総決起と決まると、さすがに身が震えた。昂奮が冷めたあとは尻ごみし始めたし、予備検査では体重不足で失格したが、河合清の甲飛に対する執念のようなものには、素直に敬意を抱いた。色神検査の表を手に入れ、覚えてしまおうと決心している彼の思いつめようを、牧保夫は尊いものと思った。やがて見つかった三円八〇銭の表を、河合清は苦心して暗記した。

五年生の沢田秀三は、いくらか仮性近視の気味があった。彼は友人に頼んだ。検査のとき、うしろにいる友人が、視力検査の記号に応じて、彼の臀を叩くのである。ランドルトの環が右に切れていれば一つ、下なら二つというように、角度に応じて臀を叩く数を決めておいた。予備検査から入隊後に至るまで、彼はこの方法で何回かの視力検査を通過した。戦後になって、「視力不足では航空適性がなく、実戦のとき味方に迷惑をかけることにならないか」と、私がたずねると、彼は、笑って答えた。

「あのころは、そうする以外に自分を生かす道はないと思った。あれはあれでよかったと、いまでも考えている」

彼らの熱心さと好対照を見せたのは、検査場に出頭しながら、視力や聴力のテストで故意に失格しようと試みた連中である。また、全校あげての激励を受けながら、検査当日に姿を見せなかった者もいた。「急性の下痢になったので」などの口実で休んだ者のほか、「戦死した兄の葬式だから」と志願放棄を伝えて来た例もある。葬儀の日取りをこの日に決めたところに、家族の苦慮が見られた。

加藤忠義や沢田秀三たちは、こうした僚友のことを知らないわけではなかったが、「これでいいのだ。彼らの分までがんばってみせる」と、決意を固めた。

学科試験の実態

八月三日から三日間にわたって行われた身体検査の合格率は、南久屋試験場の場合、第一日七八パーセント、第二日七二パーセント、第三日七四パーセントといわれた。愛知商業の試験場では、三日間の平均六七パーセントと伝えられた。

学科試験は、八月六日の朝八時から始まった。午前は数学と理科物象、午後は国語漢文である。

「正々堂々とやれ」というのが、試験官の事前注意だった。

「広い試験場に咳ひとつ聞こえず、全員合格をめざして緊張のうちに」(『朝日』昭18・8・7)受験したと、当時の新聞は伝えたが、このときのことを、三年乙組の大平稔は、戦後、次のように回想している。

「やさしい問題だった。簡単に解いて時間をもて余していると、周囲ではさかんにカンニングをしていた。非行少年めいた受験生が、まともな生徒たちの答案用紙を引ったくって書き写している。監督の下士官は、見て見ぬふりをしているどころか、かえってそれを手助けしているほどだった」

彼と同様、柔道班員だった三年戊組の森栄吉も、次のように述べている。

「不良じみたどこかの生徒が、ひょいとおれの答案を隣の席から取り上げる。やつの顔を見返すと、そいつが凄む。帰りに喧嘩でも売られたら面倒と思って、取られっぱなしにしておいたが、驚いたことに監督の下士官が答案のできた者から紙を取り上げて、できない連中に渡している。眼顔で、これを写せといっているんだ」

午後四時三十分には、その日の合格者が発表された。「電撃発表」(『朝日』昭18・8・7)のため、航空隊や海軍病院などから採点の応援に来ていたと伝えられたが、試験の評定が公正なものでなかったことは否定できない事実である。

第二日の七日も、朝八時から試験が始まった。地理、歴史である。

この日も、前日と同じような光景が繰り返された。午前中に試験は終わり、ほとんど同時に合格者が発表され、合格適任証が、試験を通過した者に手渡された。

七日に終わった第一次試験の合格者は、愛知県全体で六九パーセントと集計された。不合格になった者は、身体検査では視力不足、胸囲または体重不足が最も多く、学科試験では一般に数学が振るわなかったと総括された。愛知一中からの志願者一八七名のうち、この試験で失格した者は一〇〇余名、すなわち合格率は四十数パーセントである。このデータは何を意味するのか。

「南久屋国民学校での試験で、意外に多くの失格者があったことは、はっきり感じとった記憶がある。すでに大多数の僚友は脱落し、この時点でさらに多数の落伍を見た。けれど、〝それでも、おれは征く〟と思ったし、〝みんながやめていくからこそ、おれはあえて征く〟と改めて決心した」

これは加藤忠義の回想である。

一方、「背が低く、体も小さいから、本番では受かるまい」と、たかをくくって受けた三年生、「総決起というからには、みんなと同じように行動しなければ」と、おつきあいのつもりで受験した五年生、深く考えてみもしないうちに、彼らも合格してしまった。自分の置かれた状況や自分の将来について吟味する余裕もなく、彼らは時の流れに流されたといえる。

四年丁組の千賀良三は、俊秀の誉れが高かった。試験場で、試験官はいった。

「おまえは海兵へ行け。ここは、おまえの来るところではない。帰れ」

彼のように、甲飛ではなく海兵へ行けと勧められた、もしくは命じられた者は少なくないという。だが、加藤忠義らをはじめ、多くの英才が、このときの試験に合格し、入隊している。こうしたことについて、試験官の意志統一が行われていたわけではなく、個々の試験官の性格や考え方に左右されたものと思われる。

昂然と甲飛生への道を選んだにせよ、時の流れに身を委ねたにせよ、とにかく約八〇名の愛知一中生は、積乱雲の彼方に生命を燃やし尽すための第一歩を踏み出した。

ここで、失格したひとりの弁に耳を傾けたい。

「ぼくの場合、〝一介の航空兵として死ぬのだ〟と宣言したときには、〝おれは名もなく雲間に散っていくだけの男らしさをもっている〟という見栄があった。それがひとたび崩れると、〝おれにはもっと大きな立場でこの戦争に寄与する義務がある〟という自己弁護になった。そして、ぼく自身は、心のなかで甲飛失格を喜んでいながら、表面では、さも残念そうに振舞っていた」

総決起の決議以来、この日まで約一カ月たっている。

あえて征く

二次試験

犬飼成二の日記。

――昭和十八年九月四日　土曜日　朝曇時々雨　昼晴　夜晴

又過ぎた。毎日々々こんな思ひで、遂には死に至るのか。私は、決して厭世家じゃない。けれど、若くありたい。不老不死でありたい。青春を讃美したい。日々、何もせずぶらぶら遊んで暮らす私自身が憎らしく、或るときは浅間しくさへ思ふ。さう思ふ丈で、何とも改めようとしないのが私である。実際、自分の存在が社会の為に必要か不必要か、それさへもわからぬ。何しろ、日が経つことの早いのは、全く嫌だ。駄々をこねたくなる。

神様、人間はどうして死なねばならぬのでせうか。どうして生きて居らねばならぬのでせうか。その生きてゐるのが死んでゐるのでせうか。死んでゐるのが生きてゐるのでせうか。詭弁と、一概に却け給ふな。神様、私はわからないのでございます。生か死か、死か生か、此の間に迷ひ迷ってぶらぶらして居る私です。——

このように書き綴った日、犬飼成二は岩国に向かって出発する。名古屋駅発十四時二十五分の大阪行きの列車だったが、駅へ行く途中、少し回り道をした。日記の欄外に「能登に逢ひに行く」とあるのがそれである。名古屋から岩国まで八円二五銭だった。

この日の『朝日新聞』は、「チューリッヒ発至急報」として、「敵、伊本土に上陸。昨払暁、レッジオ南方に侵入」と伝えている。シチリア島は、すでに八月中旬、連合国軍に完全に占領されていた。太平洋と同様、ヨーロッパの戦況も急迫しつつあった。

十八時八分、京都着。二十時十五分発の長崎行き準急に乗り換える。夜行列車である。甲飛受験生が多く、列車は混んでいた。翌五日の朝八時六分、岩国の駅に着く。小雨模様だったが、ほどなく晴れた。

「はるばると来たものだ」と、犬飼成二は思った。三年生の蒲勇美も同様であり、岩国での受験後、家へ帰って「遠い遠いところへ行って来た。呉よりも遠かった」と語ったことを、三〇余年後のいまも母親は「はっきりと覚えています」という。「けれど、結局あの子はもっと遠いところへ行ってしまいました」ともいう。

岩国駅から、一時間ほど歩いた。

海軍航空隊の門をくぐると、別世界があった。海軍流の機敏な動作が要求され、しきりに怒声が飛んだ。
正午、試験が始まった。徴募執行官の注意ののち、身体検査に移った。血液検査、検尿、知能検査などだった。足かけ四日間、航空隊に宿泊したまま適性検査や口頭試問を受けたのだが、犬飼成二は、六日以降の日記に、次のように書いているだけである。

――九月六日　月曜日　朝晴　昼晴　夜晴

郷愁！――

――九月七日　火曜日　朝晴　昼晴　夜晴

郷愁!!――

――九月八日　水曜日　朝晴　昼曇　夜曇

郷愁!!　Homesick――

この岩国での第二次試験のことを思い出して、加藤忠義はいう。

「これまでは、素朴に海軍に憧れたり、付和雷同的について来ただけの志願者たちが、軍隊の実際を身に感じさせせられる状況になって、だんだん恐れをなして来た。岩国での軍隊生活で、凄まじい訓練ぶりを眼前にして胆をつぶした者もいた。〝合格しても海軍には絶対に入隊しない〟と洩らす者さえいた。幼い面立ちの少年兵たちが、上官にビンタをとられ、バッターと称する棍棒などでぶん撲られているところを目撃したり、自分自身、さほど年齢の違わない下士官にどやしつけられたりすれば、ふつうの受験生が平静でいられるはずはない。しかも、軍隊生活を貫いて流れる時間の方向は、〝死〟

をめざしている。多くの者が、こうした現実の事態を直視することによって、尻ごみし始めた」

三年生の鈴木忠熙も、これまで描いていた海軍航空隊のイメージと、現実に接したそれとの明らかな相違に驚いたらしい。彼は一言も口に出さなかったが、母親や親友たちにはわかった。母親は、戦後、私にこう語った。

「岩国から帰ったときには、考え方が変わっていたようです。現地を見て幻滅を感じたのでしょう」

第二次試験のために西下するまでは、「どうしても征く」とがんばっていた彼が、帰ってからは、そうしたことを口にしなかったという。しかし、数週間後、彼は征く。

このとき、愛知一中からの志願者のうち二十数人が、厳しい検査のため失格した。「失格とわかってホッとした——という気持ちがなかったといえば嘘になる」と、ある三年生の受験者は、三十数年後になってから述懐している。

バドリオ

犬飼成二の日記である。

——昭和十八年九月九日　木曜日　朝晴　昼晴　夜晴

国木田独歩のものを読むとき、私は一種の胸苦しさを感ずる。綿々と流れて尽きない人情の侘しさに、ひとり物蔭ですすり泣きたい思ひがするのである。そして、独歩の一生を、スクリーンの上に思ひ浮かべるのが習慣になってゐる。——

この日の午後二時三十分、『帝国政府声明』が発せられた。

「伊太利バドリオ政府は、米英に無条件降伏せり。是れ日独伊三国同盟及単独不講和の盟約を裏切るものにして、帝国の最も遺憾とする所なり。然れども、帝国政府は、既にかかる場合を予想し万全の措置を講じ来れるところにして、本事件の如きは戦争の大勢に影響するものに非ず。帝国は益々必勝の信念を鞏固にするものなり」

「バドリオ」は「裏切り者」と同義語になり、甲飛総決起の日に激しく煽動しながら志願しなかった五年生のリーダー格のひとりには、さっそく「バドリオ」という綽名が与えられた。「志願する」と公言しながら受験しなかった者がいれば、「あいつもバドったのか」というようにも、この語は用いられた。

九月二十日は航空記念日だった。この日、名古屋地方には風雨が吹き荒れた。戦後の記録(東京天文台『理科年表』昭56)によると、死傷・行方不明一四六一人、建物被害二万一五八七戸、船舶被害五三六隻という西日本台風の日に相当する。

犬飼成二は、岩国から帰って一種の虚脱状態になったらしく、日記もここ数日、満足には書いていない。九月十六日のページに「学校を休む。今日一日、私は何をなし得たか。私に私の心に貢献した何かがあったか。少女よいましばし」とあるだけで、ほかの日は天候の記録以外に記事がない。だが、この九月二十日の日記には、次のように記されている。

——昭和十八年九月二十日　月曜日　朝曇後雨　昼曇時々雨　夜雨

能登よ、我が友よ。私が君のゐる処へ帰るのも遠からぬことと思はれる。一緒に手をつないで、今度はどこまでも離れないよ。友よ、私は空で死ぬか、又地上で死ぬか、それはわからない。しかし、行きつくところは友のところだ。友の居る静かな憩ひの場所だ。私は、比処彼処で苦しみ、人間の中の人間となって死ねるのは幸ひであらう。わずか十六年の生命を散らした友も亦、花ならば蕾の趣がある。私も蕾のうちに散らう。（ああ、どこまで死の疑問は、人間を苦しめ悲しませるのだらうか）

能登に逢ひに行く。

暴風。

甲飛の採用通知来る。二十二日午前、中区役所へ出頭。——

同じ日、三年生の鈴木忠熙も、甲飛の採用通知を受け取った。母親は、いまもこの日のことを忘れていない。

「忠熙は、合格通知を手にして、少し顔いろを変えました。あの表情は〝しまった〟という気持ちの現われだったと思います」

飛練教程修了直後の鈴木忠熙

海軍航空隊での生活は、聞くと見るとでは大違いであり、彼の憂国の思いを存分に行動化する場としては、満足できるものではなかった。だが、汀朋平たちとともに柔道班の中核をなすひとりでもある。「自分の言動は級友たちの注目を集めている。いい加減な行動はできない」と、彼は耐えた。

加藤忠義は、次のように語る。

「このとき、大言壮語する者は少なかった。みんな比較的冷静に征く決意を固めていたように思う。もっとも、心の底ではひとりひとり悲痛な思いがあったことだろうが」

正確に時間の関数として近づいてくる〝死〟の前に、多くの少年たちがたじろぎ、甲飛総決起という死への特急列車から飛び降りたことは確かである。いま、採用通知を受けた少年たちは、死へ直行する特急券を手に入れたともいえるが、内心はともあれ、平静に見えた。

しかし、翌九月二十一日の犬飼成二の日記は、その内心の一端を示しているように思われる。

――昭和十八年九月二十一日　火曜日　朝雨　昼晴　夜晴

言ひ得ず、語り得ず、さびしきおもひ。

能登ニ逢ヒニ行ケド逢ヒ得ズ。――

なお、九月二十二日出頭を命ぜられ、十月一日入隊した生徒は、鈴木忠熙ら三年生一一名、犬飼成二ら四年生五名で、五年生はゼロだった。総決起を率いた上級生の「バドリオ」たちは起たず、幼い下級生たちが、いま征こうとする。

Ⅳ　兵営の日々

入隊壮行会

九月二十五日。

甲飛入隊者壮行会が行われた。曇天の校庭に全校の生徒と教師とが整列し、その前に第一陣の入隊予定者が横にほぼ一列に並んだ。甲飛十三期第一次（前期）、十月一日松山航空隊に入隊する一六名である。すべて三、四年生だった。

野山忠幹校長の挨拶があった。

「青年の感激は、一時的な昂奮ではありませぬ。若き感激こそ、偉業をなすに最も必要な要素に違いありませぬ。全世界を聳動させたわが校の海鷲総決起の先鋒となる諸君が、殉国の至情に溢れ、感激に燃えて、航空戦に立ち向かおうとしておられる姿には、崇高なるものがあります。願わくば、入隊後も一中精神を堅持し、海軍精神を鍛え、一日も早く一人前の飛行家として米英撃滅の第一線で戦っていただきたい。諸君の自愛、諸君の武運長久を祈ってやまない次第であります」

〃団長〃の五年生榊原正一が進み出た。

「貰い方がたの命が、惜しみなく捧げられていくこの大戦であります。一将斃れて一塁を抜き、全員玉砕して一孤島を守る。凄壮にして苛烈、まさに端倪を許さざる世界の現実であります。なかんずく

常勝の歌

大空の決戦は、日一日、その熾烈の度を増しております。

このときにあたり、兄《けい》ら選ばれて海軍甲種飛行予科練習生として、大君の御楯となり、いま晴れの壮途に就かんとしておられます。日本男児の本懐、これに尽きるといえましょう。長き年月の間、この学舎、この校庭で、ともに学んだわれら、いま別れの日を迎えました。しかしながら、この別れは、単なる感傷をもって終わる別離ではありません。

思えば七月、ともに挺身を誓ってより二ヵ月余、当時われらの発せし雄叫びは、全国学徒の心底を揺すぶりました。その中心となったのは、諸君なのであります。諸君こそ、日本男児のなかの真の日本男児、勇者のなかの真の勇者なのであります。後に残るわれわれがここに百万言を費やし、壮行の辞を述ぶるも、鏡のごとく澄み渡り、刃のごとくとぎすまされた兄らの至純至高なる決意の前には、何らの役目もなしえますまい。かえって、沸々とたぎる愛国の血潮の高鳴りに、濁音を与える恐れあるを憚るものであります。しかし、兄らよ。われら今回の挙におくれをとりたりとはいえ、遠からず兄らのあとを追い、いつの日にか必ず相ともに操縦桿をとり、相携えてワシントンへロンドンへ、米英撃滅の巨弾をぶちこむことを誓うものであります。不幸にして操縦桿をとりえざる者は、諸君が米英を踏みにじる翼をつくらん。白堊館〔ホワイトハウス〕にロンドン塔に微塵と放つ弾をつくらん。しかして、ここに居合わす一〇〇〇余の健児は、所こそ違え、職こそ違え、終生戦友としての契を結び、ともにともに戦い抜き、勝ち抜こうではありませんか。

さらにまた、白堊館上の星条旗を、ロンドン塔に翻るユニオンジャックを、われわれのこの腕、この体で叩き落とし、踏み破り、御稜威輝く日章旗に立てかえ、その旗のもと、われら再会して声高らかに『常勝の歌』を歌おうではありませんか。

最後にきょうの餞けとして、ただひとこと〝兄らのあとに必ず続く〟の誓いを捧げ、ここに壮行の辞とするものであります。

天皇陛下万歳

帝国海軍万歳

甲飛練習生万歳」

満場声なく、彼の一言一句に耳を傾けた。彼が引用した『常勝の歌』とは、この学校に久しく在任し、スポーツを奨励して新たな伝統をつくりあげた日比野寛元校長の作詞による新しい一種の「応援歌」だった。

各学年代表の生徒たちも、つぎつぎに進み出て、激励の言葉を述べた。

「征くも征かざるも、七月五日の涙の誓いによって、われわれはひとつに結ばれている。諸君が北米大陸をブリテン島を爆撃するとき、われらが後に続いていることを想起して頂きたい。尽忠報国の合言葉のもと、ともに米英撃滅の日まで戦い抜こうではないか」

「かかる時局においても、抒情的な世界にのみ憧れる若人が多く、憂国の情を語る青年は少ない現状であります。げに、諸君こそ尚武日本の武士《もののふ》であり、身を捨てて君国に報いんとする忠烈無比の丈夫《ますらお》というべきでありましょう。諸君の栄えある門出を祝福するとともに、われらもまた諸君のあとを追って、殉国の道をひた走ることを誓うものであります。われらに先駆けて征く諸君に、羨望の思いをこめて、心から〃万歳〃と叫びたいのです」

いずれも五年生だった。総決起を盛りあげた彼らが、いま下級生の入隊者たちに最大級の讃辞を浴びせている。犬飼成二は、皮肉な思いで彼らの言葉を聴いた。彼が五年生の海洋班員たちに〃お説法〃されたのは、わずか二週間前の九月十一日のことである。「班の空気が沈滞してゐる。夏休みの鍛錬期間に休んだ四年生が多い。ひとりひとり休んだ理由をいへ」と、五年生たちは威丈高に鉄拳を振った。「月明るき夜、虫の声は艇庫の周囲を圧するやうだった。この気分、この雰囲気、私たちの若きときの思ひ出として忘れられぬものにならう」と、彼はその日の日記に書いている。

入隊者が壇上に登った。全校生徒の敬礼を受けて、覚悟のほどを彼らは述べた。挨拶というよりはほとんど絶叫に近かった。

「国難到来のいま、選ばれて帝国海軍軍人となり、大空に羽ばたく機会を与えられたことを、光栄に思います。この旭丘の道場で、校庭で、鍛えに鍛えた一中魂を発揮します。愛知一中万歳」

四年丁組の水野清一だった。

「宿望を果たした喜びで、いっぱいであります。いかなることにも耐え、若き意気と熱情とをもって、国防の第一線に立つ重責を全うしたいと思います。死は厭いません。君国のために死ぬことは、靖国神社で永久に生きることと信じているからであります。

空征かば雲染む屍　大君に命捧げん　かえりみはせじ」

第一次入隊者の壮行会（昭和18年９月25日）

四年甲組の武藤弘である。

「この母校には生きて還らない覚悟です。諸先生、上級生、同級生、下級生の諸君、長い間ありがとうございました。これで、お別れします」

生きて還らないという約束である。三年生の蒲勇美の挨拶だった。

陳腐な文句も耳ざわりではなかった。征く者の叫びは、ひとつの衝撃となって、送る側の少年たちの胸をうった。志願しなかった三年生の鈴茂敏彦は、このとき、「自分自身を恥しいと思った」と、しばしば述懐する。

征く者・送る者

教師たちも、こもごも立って餞けの言葉を述べた。

そのなかに、歴史担当の遠藤修平教諭の姿が見られた。三年丁組の担任である。

「海軍甲種飛行予科練習生の第一陣として壮途につかんとしている一六名の諸君の武運をおいのりします。私も軍籍にある身、遠からぬ将来にお召しを受けて戦場へ征くことと思います。

私の担任のクラスから三名の諸君が入隊します。その諸君の前途に栄光あれと祈念しつつ詠んだ歌三首を、ご披露いたします」

声を改めて、教諭は紙をひらいた。

「蒲勇美《いさみ》・河合昭《あきら》・加藤泊美《はくみ》三君の首途を祈りて——

あきらけく美しきかも勇しく
競ひ出でたるこれが三人《みたり》は

垂乳根の母が手離れこの吾子が
み空はばたく日は近づきぬ

大君の命《みこと》畏みみんなみに
天がけりゆくその日思ほゆ」

朗々たる声が、静かなグラウンドに流れた。雲が切れ、秋の陽ざしが降ってきた。教諭は、陸軍中尉の正装だった。第一首には、教え子三人の名が詠みこまれていた。第二首と第三首とには、死の航空戦に赴こうとする幼い教え子たちへの愛惜の念がこめられていた。なお、この日の半年後、教諭は華南の戦線へと渡る輸送船上にいた。

図書班長の片山五郎教諭が、全国の名士や先輩からの激励の辞を紹介した。そのひとつが、明治大学の笹川臨風元教授による『餞けの歌』である。

「大君のみこと畏み
皇御祖《すめみをや》の遺烈を仰ぎ
日本《やまと》民族の魂《たま》雄叫びし
若人の心はいさむ
千古に輝く忠勇義烈
伝統の美、我が愛知一中

紅顔秀眉の美少年
天《あま》の鳥船《とりぶね》翼をそろへ
　南に北に
太平洋の怒濤を眼下に
　華府、紐育［ワシントン、ニューヨーク］を微塵に砕き
鵬翼つらねて欧羅巴《ヨーロッパ》
　ブリテン島国踏躙り
初めて樹つる世界の平和

起てよ亜細亜の諸民族
　今ぞ仇なす米英を
撃ちて滅ぼす時は是れ
　其道しるべは我等の使命
いざさらばつづけ人々
　御国の若人　亜細亜の同胞《はらから》
青史に残さん不滅の誉」

いよいよ戦いに加わるのだという自覚が、少年たちの身を熱くした。
「起てよ亜細亜の諸民族」の気概、「いざさらばつづけ人々」の気負いで、征く者も送る者も、戦いの渦中にある自分を実感した。
当然、壮行会をしめくくる校歌斉唱には、力がはいった。
「一中健児の名声は
知育・徳育・体育に
秀でて得たるものなれば
いよよ高めんその名をば
　フレー一中
　フレー一中
フレー、フレー、フレー」
このフレー、フレーのリフレインは「フレーではなく〝奮え〟の意味と解釈する」と、この年の初夏のころ、国防部長の吉村三笠教諭が、朝礼のときに釈明したことがある。校歌の末尾に敵国語があっては、学校側として工合が悪かったのだろうが、私たちは苦笑で応じただけだった。このときも、私たちは「フレー、フレー」と叫んだ。
「空を制せずして勝利なし、戦わんかな秋《とき》到る」と声を挙げた者がいた。「一中魂に燃えて航空撃滅戦に立ち向かいます」と応じた者がいた。「がんばれよォ」「あとから征くぞォ」の声の渦に、一六名の少年たちは揉みくちゃにされた。このときばかりは、あの七月五日の感動が蘇ったかのように思われた。

壮行会のあと、新しくこの学校に配置されたグライダー五機の命名式が行われた。狭い校庭に翼を並べる五機に、それぞれ「曙」「暁」「旭壱」「旭弐」「旭参」の名が与えられた。大空に羽ばたこうとする学友を送り、当時の少年たちに「大空への憧れをかき立てるもの」とよばれたグライダーの新鋭機多数を迎えたこの日、野山校長は、次のように述べた。

「これは、挙校国難克服のため、空の決戦に立ち向かおうとする軍国の学園にふさわしい一日である」

小さな鯛

その日、入隊する少年たちとその父母とを集めて、学校側主催の壮行の宴が、剣道場で開かれた。

四年生の岡田巧の母は、「赤飯と小さな二〇センチぐらいの尾頭つきの鯛とが出た」と記憶している。この席上で、野山校長は、強い語調で父母たちに語った。

「ここにおられるお子さまたちは、天皇陛下の赤子なのです。本来、天皇陛下のお宝なのです。いままで、よく育ててくださいました。いま、それを陛下のお手もとにお返し申しあげる日が来たのです。今後は、自分の子どもであるなどとはお考えになりませぬようにお願いいたします。ご両親にとっても、こんなに名誉なことはございませぬ。これまでのご訓育に厚くお礼申しあげるとともに、心からお祝い申しあげます」

このときの野山校長の話を「いまも忘れません」と、岡田巧の母親は語る。彼女の回想の一部を次に記しておく。

「いくら〝天皇陛下の子だから返せ〟といわれても、わが子を手放すことは、とても辛いことでした。本人自身も、〝靖国神社に祭られるんだよ〟と喜んで征く気になっていましたが、親としては、耐えられないことでした。〝うちの子だけではなく、みんなが征くのだから〟と諦めようとし、〝親がどうのこうのと思い悩んだところで、どうにもならないことだから〟と自分を納得させようとしても、当分の間は眠られませんでした」

校長をはじめ教師たちが、「甲飛合格おめでとうございます」「こんなにめでたい日はありません」などと挨拶するたびに、列席していた父母たちの心は冷えていったという。

そのあと、さらにいくつかの班では壮行会が行われたと記録されている。

この学校では、古くからの慣習として、運動部すなわち班ごとに、〝イモ会〟と称し、焼き芋や駄菓子を頬ばりながら放歌高吟のひとときを過ごすことがあった。ところが、いつもの〝イモ会〟とは違った雰囲気が、この日の班ごとの「壮行会」にはあった。

——昭和十八年九月二十五日　土曜日　朝曇　昼曇　夜晴のち曇
学校ニテ盛大ナル甲飛壮行会ガ行ハレタ。班ノ壮行会ニ臨ム。——

犬飼成二の日記である。

「班の中の空気がとかく面白くない」と彼が日記に書いたのは、この年の四月十三日であり、その前後にも同じような記事が散見される。四月十三日の記事は、「逝った友の顔が眼にちらつく。なつかしい人間愛の火が、私の心に点される。慕はしい能登、どこへ行ったらう？　彼に〝幸な日を送り給へ〟と祈る。私は、この気持を絶対的なものにしたい。私を励ます原動力としたい」とつづく。親友能登のいない海洋班に、彼は、愛着などといった感情をほとんど抱いていなかったかも知れない。翌四月十四日の記事には、「僅か十人くらいの者が、小さな範囲の中でいがみ合ってゐるのは、井の中の蛙より、もっとひどいものだと思ふ」とある。

しかし、このただ一行の記事のなかに、「班ノ壮行会ニ臨ム」と、はっきり書き遺す気になった彼は、この日ばかりは僚友たちとの別離のひとときをいとおしもうと考えたのではなかったか。夕暮れの暗さに溶けていく壮行会の会場の教室で、岡田巧と魚野博という二人の友人の瞳のいろが、犬飼成二の心に焼きついたはずである。「おれたちも、遅ればせながら征くぞ」と、二人はいった。

海洋班の四年生では、このときに犬飼、二カ月後に岡田、魚野の二人が入隊したが、生還したのは魚野博だけだった。

二等飛行兵

君よ天翔れ

九月二十六日。日曜日である。
入隊の日が近づいてくる。

前日につづき、クラスや班の壮行会が催され、幼なじみの連中による送別会も開かれた。親類縁者による別離の宴もあり、墓参などにも出かけなければならない。多忙な数日の間に、入隊予定者たちは、「学校の生活、娑婆の生活ともお別れなのだ」という思いを深めた。それだけ、軍隊生活が身近になってくる。

このときは送る側にいた三年生の伊藤鉀二は、二ヵ月遅れて入隊した。十三期後期の彼は、十二月一日入隊の直前、『感激のままに』と題する次の手記を残している。

「〝俺も行くぞ〟

心に堅く決意してから、すでに五箇月、無事第二次検査にも合格して晴の一中壮行会に臨み、壇上に立った時の僕の喜びと感激とは、まさに絶頂に達した。

〝一中魂を発揮し元気にやります。終り〟

我知らず叫んでしまった。感激のままに。

今夜かうして静かに考へて見ると、念頭より離れないのは、何といっても今日の三時半より六時に至る迄の三年戊組のクラス会であった。勿論生徒総決起の時にも感激はした。然し、総員決起して以後、それを実行に移す迄には色々のいきさつもあった。ある者は半強制であると言ひ、ある者はそれは無茶であると叫んだ。だが、我々はそれ等の人々に対して、あれこれと論じてゐる余裕を持たなかった。時局がさう然らしめたのである。すでに矢は放たれたのだ。実行あるのみだ。かくして、われわれ三十余名〔筆者注・四〇名〕は、十月一日入隊の十六名に続いて、その目的を達した。やるぞと言った事をなし遂げたのだ。今日は、その感激でクラス会に加はった。

鈴木忠熙・汀朋平の柔道班壮行会（第２列左から４人目が鈴木，５人目が汀）

余興をする一人々々の顔をじっと見つめてゐると、不覚にも瞼に涙が浮かんだ。真剣そのものの顔、われわれの為に少しでも慰さめ励まさうとする級友に対して、流しても惜しみない涙であった。

なつかしき中学時代、わづか三年足らずではあったが、心から友と語らひ、自由に遊んだのはこの間であった。目をつむって思ひ廻らすと、あれやこれやの印象が走馬灯となって静かに廻るのであった。教室に於ける授業、班に於ける修練、そしてお説法、運動会、遠足、強歩〔筆者注・一万メートル競走など〕、全校マラソン、終生忘れ難い記憶とならう。

自分は忠臣の手先として、一兵士として、黙々と大義の為に死んで行った幾多の人々がある事を知ってゐる。故に自分は大した手柄を立てようとも思はなければ、華々しく戦死しようとも思はない。縁の下の力持ちとなって散華した幾多の勇士のある事を知っているから。

出発を二、三日後に控えて回想にふけった自分は、こんな事を思った。
或る雑誌で読んだが、第一線の将士は、死ぬ事に対しては常に細心の注意を払ってゐるさうである。名誉の為に。そこで、自分は、或る医者に航空兵の自爆体勢に移って以後の心理状態を聞いた。すると、地上の将士に比してとても気楽だと言ふのである。これを聞いて、自分は大いに満足した。名誉保持の為に。

どうか一中生諸君。自の本分を完うしてしっかりやってくれ。俺は、もう二度とは帰るまじ」

この日、いくつかのクラスや班で開かれた壮行会は、いずれも、二ヵ月後のこの伊藤鉀二の場合と似た雰囲気だった。柔道班の三年生は、鈴木忠煕と汀朋平とを囲んで壮行会を開き、そのときの感慨を、三年丙組の松原幹彦が次のように詠んだ（『学林』前出）。

「征けよ君思ふがまゝに天翔れ
　われも続かん後れやはする」

一方、犬飼成二の日記には、ただ一行だけ記されている。

——昭和十八年九月二十六日　日曜日　朝曇　昼曇　夜曇
島退《しまのき》ノ親類へ遊ビニ行ク。鶴舞公園ニ公平サント明チヤント遊ビニ行ク。——

出発直前

犬飼成二の日記。

——昭和十八年九月二十七日　月曜日　朝雨　昼曇　夜曇
熊登ニ逢ヒニ行ク。

ああ能登よ、君は全く羨しい位のお母さんを持ってゐる。それなのに、お母さんを残して遠く旅立って了った。願はくば、心友が母に幸の日多かれ。喜びの日多かれ。

十六年の若さにてみまかりし汝が不孝者、汝が上にも幸の日多かれと祈るなり。立派なる霊魂になれよかしと念願するものなり。

能登の形見の万年筆にて書いてゐると、ほのぼのと君ありし日の明るさを思ひ出す。私も君の側に行く日のあらんことを思ふ。

最後に、能登のお母さんの健康を祈り奉る。——

そして、出発の前日を迎える。

——昭和十八年九月二十八日　火曜日　朝曇　昼曇　夜曇
天野君、母御と見えられたり。班の役員布目治雄君、第一選手の寄せ書きを持って訪ねられたり。感謝あるのみ。

心友よ！　さらば！　無言のまま送らるる我が身を察せよ。心友よ！　兄弟よ！　君と相見る日、永遠の儚きに埋もれたり。一周忌にも居合はせず去るは、心残りがする。大いに残念だ。私の友に、命日には必ず詣って呉れるよう頼んだよ。

心友よ、私は君の母にどう感謝したらいいのだらう。私は君の母の無言の姿のみで満足なのだ。君の母の姿を見れば、私は勇気が出てくるのだ。「君の母のためにも」といふ勇気が。その上、私は贈物まで戴いた。私は心苦しく思ふ。それだけの価値が、私にあるのか。

能登よ、私は君と一緒だ。私は君とともに行動する。いまこそ君も国の為尽す日が来たのだ。私は君の影だ。君の命ずるままに働くのだ。美しき祖国に敢然として溶け入る日が来たのだ。そして、私が君と離れざる世界に行くのも、さう遠くはあるまい。しかし、生きる丈生きて、君とともに働きたい。――

この日、犬飼成二は、仏壇のなかにある遺影としての能登には「さらば！」と告げながら、霊魂としての能登とは「ともに行動する」と約束し、しかも能登の世界へ行く日が「さう遠くはあるまい」と予感したのである。

幼なじみが鈴木忠熙を囲んで、別離のひとときを惜しんだのも、この日である。「元来口数の少ない彼が、この別れの集いでも悲痛な表情をしているのが気になった」と、親友のひとり阿久根淳はいう。「祝福さるべきなのに祝福されずに征く。これはおかしいと思い及んだのは、彼をとりまく家族も友人も明るい顔ではないと気づいたときだった」ともいう。

幼稚園から小学校・中学校を通して、彼らの仲間は四人である。そのうち、三年乙組の近藤袒彦《てるひこ》は、のちに陸軍特別幹部候補生を志願し、同じ乙組の石川保男は海軍兵学校へ、そして阿久根淳自身は陸軍士官学校へ進んだ。鈴木忠熙が南西諸島に散った三ヵ月のちに、近藤袒彦もモンゴル国境で斃れた。

「下士官コースを選んだ二人が死んで、士官コースへ進んだぼくたち二人は生きて還った」と述懐する阿久根淳は、こう付け加える。

「でも、彼は最後には割り切った気持ちになってか、明るい表情になった。みんなに心配させないつもりだったかも知れない。軽い冗談も、彼の口から出たりした」

出発前日というので、遠藤修平教諭は、自分の担任クラスから征く三人の家を訪れた。この場合、月並みな励ましの言葉などは無用である。たとえば、教諭が蒲勇美の家を訪れたときも、二人は黙しがちに坐り、視線が合うと微笑み合うだけだった。教諭が彼の家を辞するとき、彼は近くの道路の曲り角まで送ってきた。別れぎわに大きな声で、彼はいった。

「先生もお元気で！」

戦後久しいいまも、その声は教諭の耳に残り、蒲勇美の顔も姿も、この瞬間のまま教諭の瞼に焼きついているという。

日記の至るところに死への志向について記しつづけた犬飼成二でさえ、「しかし、生きるだけ生きて……」と、この日の記事の末尾に記した。鈴木忠熙や蒲勇美たちにも、死へのためらいがあったことは確かかと思われる。

「勇ましく征くといっても、実のところ、いやいやながら征ったというのが本音だ。誰だって、喜んで死ぬわけはない」

「喜んで征った者は、ほとんどいなかっただろう。だが、複雑な気持ちのなかでも〝サイは投げられた〟と、心に決めた」

入隊者の多くは、当時の心境をこのように思い出す。

九月二十九日。

出発の日が来た。朝早く、犬飼成二は日記帳を開いてペンを執った。

――昭和十八年九月二十九日　水曜日　朝晴　昼　夜

空は晴れてゐる。私の心も澄んで落ちついてゐる。淡い感傷もどこかには残ってゐるかも知れないが。

平和な時代なら、私は芸術に身を捧げてもよかった。が、私は戦ひの最中に崇厳な芸術を描き出す積りだ。芸術よ、私を忘れて呉れるな。芸術の殿堂に閉じ籠もるには、死を以て。ああ、永遠の芸術よ、さらば。私の心を潤ほしてくれた文学よ、さらば。私は時代の流れに突っこむ。そして、抜き手をきって泳ぎに泳ぐ。

芸術よ！　芸術よ！　芸術よ！

心友よ！　心友よ！　心友よ！

永久の生命あれ。永久に喜びあれ。

私は嬉し涙で彼らを蔽ふ。そして、哄笑しながら飛び立って行かう。おお、わが芸術。わが心友。

空は晴れてゐる。鳥たちは、おのがじし歌をうたってゐる。

辺りはしんとして、今草履で階下を走る音が聞こえてくる。

出発。

愛媛航空隊。

雛　鷲

秋風　野分

さようなら！――

いつもの習慣で、天候欄に朝・昼・夜と書きながら、昼と夜との天気の記載はない。このとき、彼は生まれてからこれまでの生活を断った。

この朝、鈴木忠熙は、玄関前で、集まってきた近隣の人たちにいった。

「若冠十五歳数ヵ月の身をもって、決戦の大空へ羽ばたくことを、非常に嬉しく満足に思っています」

聞く者すべてが涙ぐみ、彼の母親でさえ、わが子を「神のような」と思ったという。これまでの彼の悩みを知り尽していたからである。彼の瞳は澄み、唇には微笑みがあったともいう。

甲飛十三期前期入隊の県下出身者の壮行出発式が、この日午前十一時から、愛知県庁南広場で開催された。制服制帽にゲートルといういつものいでたちに、友人や肉親たちの寄せ書きの日の丸を肩からたすきがけにした少年たちが、ぞくぞくと集まって来た。

県の阿部邦一内政部長が「日夜血みどろの空の第一線に活躍している親鷲につづいて、立派な海鷲となれ」と訓示したのち、名古屋地方海軍人事部長と名古屋市長代理とが激励の言葉を述べた。名古屋市東区布池町出身の金子忠昌という少年が、「雛鷲代表」として宣誓した。

「決戦日本のために、母校のために、必ず立派にやりとげます」

彼は愛知一中出身者ではなかったが、どの学校の生徒も、「祖国のために、母校のために」と口に

名古屋市桜通りを行進する入隊者（毎日新聞社提供）

するのが当時のならいだった。宣誓の叫びを拍手と万歳とが包んだ。

　爆発するようにブラスバンドの演奏が始まった。『軍艦行進曲《マーチ》』だった。腹の底に強く響き、闘志を沸き立たせる効果をもつ曲である。『海行かば』の合唱がこれにつづいた。荘重なメロディーであり、使命感をよび起こす効果のある曲である。この二つの曲を、こうした状況下で、つづけて聴かせれば、たいていの少年は愛国者になろうというものである。少年たちの頬に血がのぼり、父母たちのなかには涙を拭っている姿も見られた。

「なかでも双生児の基次君、清次君両雛鷲を征かせる中村区中村町町内会長山森友治氏や、一人の孫花井卓丸君の首途を祝ふため老《おい》の身に鞭うち知多郡小鈴谷村からかけつけた斎藤じゆうさんら軍国の父、雛鷲の祖母などはとくに人目を惹いた」と、当時の新聞（『毎日』昭18・9・30）も伝えている。

東邦商業学校（現東邦高等学校）のブラスバンドを先頭にし、入隊者たちは市中行進を開始した。県庁南広場から大津橋、桜通りを経て名古屋駅に至るコースの沿道を愛知県下の中等学校生徒が埋め、その歓呼のなかを入隊者の列が進んだ。

「がんばって来い」「しっかりやれよ」という歩道からの叫びに、「待っているぞ、みんな、つづいて来いよ」と列内から応ずる声があった。

一方、列のなかから歩道の人垣に顔見知りを見つけて歩み寄り、「来るなよ、きみは。おれたちだけで十分だ」と囁いて、急いで列にもどって行ったたすきがけの少年もいた。

入隊者の一行は、十二時五十七分の下り列車に乗った。行先は公にされず、新聞にも「あこがれの○○航空隊に晴れの入営」と、伏字で報道された。

愛知一中の『校務日誌』に、次の二行がある。

「九月二十九日　　五年軍援助作業
　　　　　　　　　甲飛生出発見送り」

退学願提出の請求

従来、「学徒出陣」の日は昭和十八年十二月一日とされているが、それは大学・高専の学生についてのことであり、より幼い中等学校生徒の場合も含めれば、同年十月一日こそ「学徒出陣」の日でなければならない。

十月一日。

甲飛第一陣として松山に向かった少年たちは、九月三十日現地に到着して旅装を解き、この日の午前八時、入隊式を終えた。

松山海軍航空隊第一期生、第十三期甲種飛行予科練習生前期入隊者として、彼らは、海軍二等飛行兵を命ぜられた。十五歳または十六歳の少年たちである。

衣類や身の回り品などの整理をすませ、中学生から海軍軍人になりきったつもりの彼らだったが、ほどなく、

「娑婆っ気を出すな。ここは、学校ではない。軍隊なのだ」

と、海軍精神注入棒などと称する折檻の棒で叩かれ、鍛えられる本格的な軍隊生活が始まる。

子を送り出して、家のなかが急に空虚になったことに改めて気づいた父母たちは、このころ、学校から一枚の葉書を受け取った。

「拝啓　秋冷の候益々御清祥奉賀候

陳者　御令息には愈々海軍甲種飛行予科練習生として御入隊、決戦の第一陣に御奮闘あるべく御精進の趣大慶の至に奉存候　就ては御入隊決定と同時に左記手続御完了相成度御願申上候　敬具

昭和十八年九月三十日

愛知県第一中学校

名古屋市東区新出来町五丁目

記

一、退学願提出（日附九月三十日）
一、一中会終身会費納入（金五円）」
わが子を見送ったばかりで虚脱状態にある父母に宛てた文面としては、無神経すぎた。親たちの淋しさは、一転して憤りとなった。

「学校側が〝征け〟といわれたので、うちの子は征ったのです。征くことに決まると、学校側は〝名誉なことだ〟といわれました。それなのに、〝退学の手続きをとれ、退学願いを出せ〟とは、どんなつもりだったのでしょう」

戦後になってから、鈴木忠熙の母親は、このように私に語っている。せめて休学の措置、できれば仮卒業の扱いでもよいのではないかと、父母たちの間には不満が残った。

二カ月後の十二月一日に入隊した者のうち、五年生だけは繰り上げ卒業の扱いを受けた。しかし、三、四年生は中途退学の手続きをとらされたため、戦後復員しても上級学校へ進学することができず、母校の愛知一中にもどって、総決起のとき〝脱落〟した同級生や下級生より一、二年おくれて卒業しなければならなかったという事実がある。

一週間後。

非情な葉書が舞いこんで苦い思いをしている父母に宛てて、ふたたび学校から葉書が届いた。まったく事務的な連絡だった。

「前略、十月三日付を以て県内政部長より左の通り通知有之候間御伝達申上候

甲種飛行兵入隊ニ関スル件通知

去ル九月二十九日執行ノ甲種飛行兵出発式並入隊ニ関シテハ種々御配慮ヲ得候処右入隊兵一同ハ予定通リ十月一日午前八時無事入隊式ヲ終了其レ其レ新任務ニ服スルコトニ相成リタルニ付御了承ノ上此ノ旨父兄並関係者ヘ至急伝達方御取計相成度

追而　愛媛海軍航空隊（仮称）ハ十月一日ヨリ松山海軍航空隊ト正式決定セラレタルニ付併而御了承相成度

十月七日

愛知県第一中学校」

「甲種飛行兵」とは、「入隊兵一同」とは、何というい方なのかと、学校当局の現金さに苦笑した父親もいた。一週間前までは中学生だった子が「兵」とよばれていることに、涙を誘われた母親もいた。

この葉書と前後して、松山から小包が着いた。愛知一中の制服制帽など、出発のとき身につけていたもの一切が、整理されて包んであった。「遠いところへ行くのだから」と心をこめて用意してやったシャツもハンカチも、父親宛てのひとかかえの包みとなって戻ってきた。「息子が手の届かないところへ行き、もう生きて還らないように思えました」と、鈴木忠熙の母親はいう。

追いかけるように、松山航空隊の新兵になったばかりの息子から葉書が来た。「ボタンをつけたり靴下を繕うのに必要だから、針と糸とを送ってほしい」という内容だった。

「針をもったこともないあの子が、どんな手つきで靴下のほころびを繕うのだろうと、苦しく悲しい思いをしました」

これは岡田巧の母親の回想だが、彼女と同様、多くの母親たちは、眠られぬ夜を重ねた。

百八十七《ももやそな》の詩

十一月十九日。

第二陣の甲飛入隊者四〇名を送る壮行会が行われた。

昼過ぎで一〇度ほどの気温だったが、七メートルほどの風が吹いていて寒い校庭だった。型どおりに校長たちの送別の挨拶があったあと、征くひとりひとりが決意を述べた。

五年生の沢田秀三が壇上に立った。彼は、全身から声を絞り出すようにして、校庭の私たちによびかけた。

「功名何ぞ夢の跡、消えざるものはただ誠、人生意気に感じては、成否を誰か論《あげつら》う。神風がわが神州を国難から救った事実はある。しかし、腕を拱いて神風の到来を待つ虫のよさが許されるはずはない。われわれが死力を尽して尽忠至誠の戦いぶりを見せるとき、はじめて神はわが民族のため神風を吹き起こし給うだろう。いや、神風はこの腕、この意気で吹き起こすべきものと確信する」

陸軍士官学校を卒業して少尉に任官していた彼の兄は、「父も亡いことだから、おまえだけでも生き残れ」と、甲飛志願に反対したが、結局は賛成した。彼自身も陸士受験の準備を進めていたが、なまじ陸士を受ければ迷いが生じると、甲飛一筋への決意を固めた。同級生たちはさまざまな口実をみつけて志願の意志を撤回して行ったものの、「彼らは彼らなりに国に報いるつもりだったから許せた」

と、彼はいう。周囲の不協和音にも、彼の覚悟は揺るがなかった。
『門出の作』と題する彼の詩一篇が残っている。

「苛烈なるかな　戦争
　凄惨なるかな　死闘
勝たば　生
　敗るれば　死
戦ひの勝敗は生死に通ず
　ただ盛衰のみに止らんや
男子生を享け十余年
　皇土に育ち　いま危機に際し
五尺の小軀をもって
　この大を決せんとす
一億の生命わが肩に在り
　一国の存亡わが腕に在り
万世一系の皇統を擁護し
　アジア十億の自由を確立せば
空に散り陸に朽つるとも

さらに悔いなし
（中略）
人　出発するに及びて
胸中何らの不安なし
ただ小なる生命を捨て
大なる生命に生きんのみ」

こうした彼でさえ、「当時、征くほかはないと思っていたが、決して喜んで死に行こうとしたわけではない」という。「けれど」と彼はつづける。「あのときの行動は、自分のなしえた精いっぱいの悔いのないものだったと、いまでも信じている」

二カ月前の壮行会では入隊者はほぼ一列に並んだが、この日はぎっしりと二列だった。三年生一二名、四年生一六名、五年生一二名、計四〇名の甲飛十三期後期入隊者である。

寒風のなかを送られる彼らに、前回と同じように讃辞や励ましの言葉が贈られ、入隊者たちも同じように「祖国のため、母校のため」に「悠久の大義に殉じたい」と挨拶した。

中部日本新聞社小林橘川《きっせん》取締役の一中生出陣を讃える詩《うた》『いざ征け空に』を、低学年の生徒たちが美しいハーモニーで合唱した。作曲者は、この学校の卒業生森下利幸である。

「天の鳥船
空かけて

いざ　けふ飛ばん
若き　子ら

空こぐ船の
はてしなき
海の彼方は
汝を待てり

ああ　南の空
血に赤し
神のみいくさ
いゆくところ

いざ　征け空に
百八十七《ももやそな》
仇し撃つべし
若鷲　わが子」

七〇〇余人のうち、実際に入隊した者は五六名だが、この詩のなかには「百八十七」とある。これは、第一次試験の受験者数と一致する。このとき見送られたうちのひとりだった加藤忠義は、負傷して復員し、総決起の真相を知ったのち、「百八十七」という数について、次のように語っている。

「〝モモヤソナ〟というので、一八七人が入隊したのだとばかり思っていた。第二次試験を受けた者さえ八〇人ほど、入隊した者に至っては五六人とは驚いた。小林橘川の詩が九月三十日の夕刊に掲載されたことが、すでに作為のあったことを示している。新聞社にいた彼が、愛知一中総決起以後の志願者の実数の動きを知らないはずはない。あるいは、総決起と誇称した面目から、学校側が押し通したのかも知れない。一方、在校生は、甲飛のほか陸士や海兵へと学校を去る者が続出したので、教室の空席を気にしなかったのだろう」

『校務日誌』に、次の記録がある。

「十一月十九日　甲飛生壮行会
　　　　　　　　英霊出迎へ」

若鷲の歌を遺して

太平洋の戦局は急迫していた。

九月下旬、連合国軍はニューギニア島フィンシハーヘン北方に上陸、東部ニューギニアの日本軍を圧迫した。十月はじめ、ソロモン諸島のコロンバンガラ島、ベララベラ島の日本軍が撤退し、十一月上、中旬にはブーゲンビル島沖で一連の航空戦が戦われた。十一月二日に始まったラバウルの航空攻防戦は、数ヵ月にわたって国民の血を沸かせたが、この間に日本海空軍の背骨は砕かれ、十一月二十五日にはギルバート諸島のタラワ、マキン両島の守備隊が全滅するなど、戦いの局面は南太平洋から中部太平洋に移りつつあった。

十一月二十七日。

こうしたとき、四〇名の少年たちは、他校からの入隊者とともに三重航空隊奈良分遣隊へと向かった。軍艦マーチに先導され、桜通りで見送る級友や父母たちに微笑を投げかけながら、彼らは去った。前夜、五年乙組の藤高道也は、次のように書き遺して、同じクラスの親友松村康生(旧名虎雄)に渡した。

「一中離別の情抑へ難きも、今はただ未来に対する抱負あるのみ。我が心中〝志已定心中自綽々〟と言はむか。

空征かば　雲染む屍となり果てむ

かへり来ぬべき靖国の空

昭和十八年十一月二十六日夜」

一年後の昭和十九年(一九四四年)十二月、中国の青島《チンタオ》で訓練中に重傷を負って送還され、翌年一月、呉の海軍病院で両足指切断の手術を受けたのち終戦を迎える彼だが、そのようなことを予見できるはずもなく、このときは「今はただ未来に」と瞳をあげ、歓声に包まれて行進しつづけた。

制服制帽にゲートルという戦時学徒の日常の服装に加え、日の丸のたすきが彼らの立場と決意とを物語っていた。そのなかで、ひとりゲートルを巻かず、歩調を合わせるのでもなく、黙々と歩いている少年がいた。

「悶々として暗中に模索してゐた学徒の大道は豁然として開けた。何の思ひ残すこともない。……春は花蝶に青春を謳歌し、秋は空の月星を眺め、すだく虫の声を聞いて感傷の虜となったのは昔の事。大空の星を仰いで思ふのは、南の涯、北の極、東に西にこの同じ空のもとで戦はれてゐる死闘であり、敵陣へ突撃する先輩の姿である。

行く道はただひとつ‼」

と、入隊直前の手記に書き遺した五年丙組の川本猛である。だが、彼の心中には崩れ落ちた総決起への不満があり、口に殉国を説きながら出陣から身を翻した級友たちへの憤りがあった。彼を知る四年生の五十鈴光夫の母親は、わざとゲートルも巻かずに歩を進める姿を見て、その心中を察し、路上に坐りこんでしまったという。「気の進まない道だが、あえて征く」という決心のいじらしさが胸にこたえ、ゲートルを巻かないという精いっぱいの抵抗の仕方に共感したためである。

この年の春、四年生で八高に進んだ田中邦雄は、親友の沢田秀三や同じ体操班の加藤忠義たちが征くのを眼前にし、高校文科で偸安の毎日を送っている自分にあきたらず、感慨を『君征く』と題する詩に託した。

「太平洋の波荒く　風雲馳せて天晦し
今君を送るとき　殺気四海に横たはる

三千年の大和魂　赤誠の血に燃え立ちぬ
御楯われ今捧げずば　忠死の臣は誰かある

嗚呼羨まし国難に　勇み赴くわが友よ
寸時も早く君が為　万里の涯に華と散れ

いかでわれらも髀々と　あだに髀肉を嘆ずべき
必ず征かん遅るとも　君が屍を踏み越えて

さらば努めよわが友よ　かくてぞ永久に別れなん
また会はん日は靖国の　宮の桜の散るあたり

万生国に報いんと　出で立つ君と永劫の
別れを祝ふ歌やめば　健児の面に血は昇る」

彼らに送られて征く少年たちのひとり加藤忠義が、甲飛入隊について家族に打ち明けたのは、この前日のことである。出願のときにも父親と相談したわけでなく、無断で父親の印鑑を使って書類を整えた。母の急死が彼にショックを与え、さまざまな原因も加わり、厭世感すら抱くようになっていた。

級友たちが囁き合っている進学の話題も、下士官コースか士官コースかの議論も関心の対象にならなかった。誰も不審の念をもたない自殺への道を選んだつもりで、彼は甲飛志願の手続きをとった。彼の決心に父親がすぐ同調してくれるとは思わなかった。出発前日になってはじめて彼の入隊を知った父親は驚き、わが子の真意をはかりかねて、その眼のなかをいつまでも覗きこんだ。何かに縋りつこうとする眼、何かを恐れているような眼と、彼は思った。

祖国愛が彼に志願を決意させたのではなかった。どうしても征きたいから征くのではなかった。やり切れない思いのつづく生活に、このあたりで句読点を入れて見たくなったのだし、その果てに「雲染む屍」の華やかな死があるのなら、それもあえて受け容れようと考えたのだ。

桜通りの舗道に摺り減った布靴を叩きつけて力いっぱい行進していく彼の脳裡に、父の表情が点滅したが、それを振り切らせるように歩道で歓声があがった。

「がんばって来いよ」

叫んでいる級友たちの幾人かは、彼と違って熱心な甲飛総決起の讃美者だった。自分は不適格者なのに脱落者を「バドリオ」などとよんで蔑んだ者、「何と罵倒されようと征かぬほうが得だ」と志願者たちの生一本さをひそかに笑っていた者、さまざまな連中の顔が、沿道の人垣のなかに見られた。

「いろいろなことがあった。でも、おれは征く。誰が悪いわけでもない」

瞳をあげて歩みつづける彼の耳に、またしても沸き起こる歓声が響いた。

岡田巧は、甲飛志願のことで悩み抜きながら、「立場上、征かざるをえまい」と決心した。父母には、そうした内心の片鱗すら見せずに「嬉しいよ、喜んで征くよ」と笑顔をつくり、胸を叩いてみせた。出発前日、自宅の裏の井戸の近くにある小さな黒板に、彼はチョークで『若鷲の歌』(詞・西条八十)を書いた。

「若い血潮の予科練の　七つ釦《ボタン》は桜に錨
今日も飛ぶ飛ぶ霞ヶ浦にゃ　でかい希望の雲が湧く」

彼は母をよび、大きな明るい声で歌った。

「このとおりなんだよ。ぼくに会いたくなったら、この黒板を見てよ」

「そうかい。このまま大切にしとくよ」

母親は、涙を抑えて、こう答えたという。岡田巧は、軍艦マーチに先導されていく分列行進の列のなかで、このときの母親の眼差を思い出していたに違いない。

加藤忠義は、この『若鷲の歌』を好まなかった。在隊中の軍歌演習のときにも、戦後になってからも歌ったことはない。この歌にまつわる彼の記憶が不愉快さに満ちているからだというが、岡田巧も好んでこれを歌ったわけではなく、母親を安心させるためだったと思われる。

加藤忠義や岡田巧たちの列の横で、母校の校歌が爆発した。名古屋駅は眼の前である。

この日の『校務日誌』には、次の二行の記事がある。

「十一月二十七日　　甲飛生出発歓送、桜通り
護国神社神饌米献穀」

汀朋平の日記

粗末なノートが一冊残っている。その表紙には『昭和十九年・海軍日記・汀朋平』とある。同年一月一日から三月二十二日までの間に、彼が松山海軍航空隊で送った生活の記録である。ザラ紙のA5判のノートの横罫の一行分に二行ずつ細かなインクの文字が書きこまれている。

〔訓練〕

——昭和十九年一月一日　天気　晴天　稍〻寒　土曜日

息詰ル思ヒガスル敵総反攻ノ年昭和十八年モ暮レ、意義一入《ヒトシオ》深キ聖戦第三年ノ新春ヲ迎ヘル。今日ハ実ニオ目出度イ。今年コソハト、色々覚悟モ夢ニ於テ新ニス。総員起シノラッパハ舎中ニ鳴リ、夢ハ破ラレタ。早速洗面シ朝礼ニ出ル。暗闇ノ夜カラホノボノト太陽ハ四国ノ連峯ニ昇リテ、薄紅ノ空トナル。帰ルト朝食ダ。雑煮ニ餅ハ二箇ダ。班長、分隊長カラオ目出度ウノ言葉ヲ載ク。餅ハ仲々ウマカッタ。今日ハ父ガ面会ニ来ルカラ心ガ落チ着カナイ。

八時軍艦旗掲揚ガアリ、八時五分遙拝式ヲ行フ。君ガ代ノラッパハオゴソカニ練兵場ニ響キ、練習生ハシントス。遙拝式後、進級申渡式アリテ、晴ノ上等飛行兵ニ命ゼラル。後分隊番号順ニ御真影ニ対シテ敬礼ス。

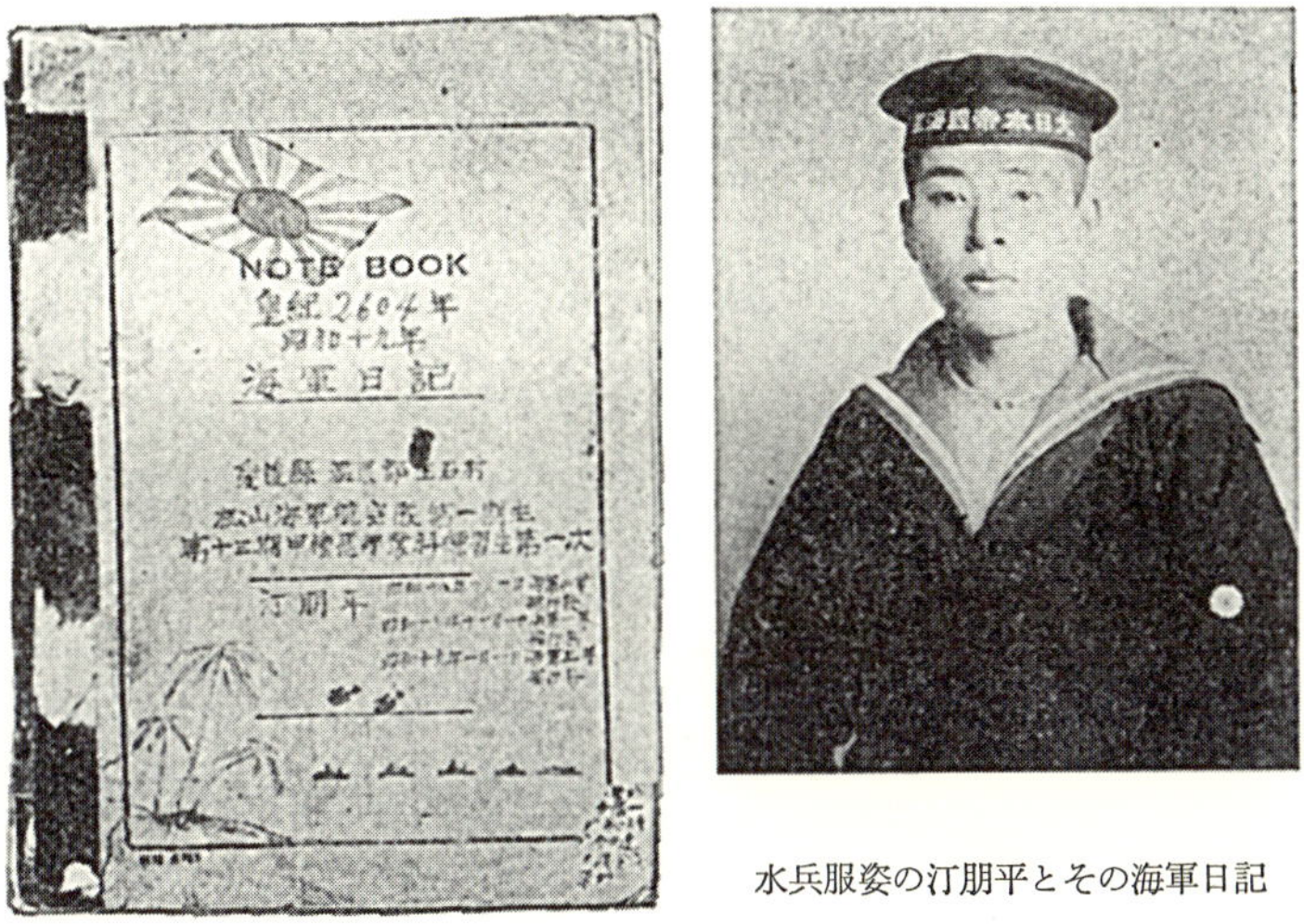

水兵服姿の汀朋平とその海軍日記

十一時ヨリ昼食ガ始マル。ソノ前ニ分隊長ノ訓示アル。班長ハ廊下ニ整列シテ君ガ代斉唱後、昼食ヲトモニス。赤飯ナリ。

十三時頃、父面会ノ通知来ル。喜ンデ走ッテ行ク。父ノ顔ヲ見タトキ、熱イ涙ガコミ上ゲタガ、コラヘタ。父モ同様ダッタ。鈴木、犬飼、蒲モ来タ。三時頃、父ト分カレタ。

夜ノ温習ハ一時間デアッタ。明日ハ郡中ニ行軍ダ。グッスリ眠ラウ。——

二カ月前の十月一日、海軍二等飛行兵になった汀朋平たちは、十一月一日一等飛行兵に進み、この日には上級飛行兵に進級した。「息詰ル思ヒガスル敵総反攻」のさなかで、少年航空兵の速成教育が行われていた。速成教育だから、当然、訓練の密度は高かった。

——昭和十九年一月六日　天気　晴天　昼曇後雪寒強シ　木曜日

〈日課〉第一次　陸戦
第二次　陸戦
第三次　訓育（体育）
第四次　通信（送信）
第五次　通信（受信）
第六次　通信（受信）

朝カラ食卓番ニ当ッタ。定時起床。朝礼ノ位置ニ整列ス。海カラ吹キ来ル風ハ練兵場ノ砂ヲ巻キタテ、ソノ風タルヤ誠ニ冷タシ。朝礼後、体操ハ行ハレズ、整列位置ヲ改メテ決メタ。十二月入隊ノ新兵ガ今後朝礼ニ出ル為デアル。

第一次ハ陸戦ダ。小銃ヲカツイデ擲弾筒ヲ持ッテ行ク。練兵場ヲ一回駈足デ廻ッタ。冷タイ。冷タイ。涙ガ流レル。小銃ヲ持ッタ右手ノ指先ハ実ニチギレル思ヒガスル。本当ニ痛イ。然シ北辺ノ守リニ就テキル皇軍ヲシノンデ頑張ッタ。分隊長、分隊士カラ訓示アリシ後、分隊戦闘教練ヲ行フ。私ハ一分隊ニ属ス。一回目ハ善積練習生が分隊下士官ヲヤッタ。縦散開、傘形散開、前進、早駈、匍匐前進、突撃。実ニ苦シイ。二回目ニ私ガ分隊下士官ヲシテ分隊員十名ヲ誘導ス。第二次モ陸戦デアッタ。

第三次ハ体育ダ。体操服ヲ着テキル暇ガナイタメ、普通ノ事業服デ行フ。「駈足ノ歩調ガ揃ハナイカラ一時間中駈足ヲ行フ」ト分隊士ガ言ハレタ。雪ガチラチラ降ッテ来テ一層寒イ。三兵舎ト四兵舎ノ周囲ヲ八回駈ケル。頭カラ汗ガタラタラ流レ、衣服ハビショ濡レニナル。ソノアト、裸体ニナッテ乾布摩擦ヲ行ヒ、汗ヲ拭ク。第四次ノ送信ハ手先ガチヂンデ思フ様ニ出来ナイ。残念ナリ。第五次ノ受信ハ兵舎内、第六次ハ三講堂七教室ニテ行フ。夕食後直チニ入浴ス。今日ハ全員酒保止メヲクラッタ。温習第一次、通信ノ受信行ハル。非常ニ眠カッタ。遺憾ニ思フ。今後大イニ慎ムベキダ。掃除ヲ行フ。明日ハ速度四七ノ受信ノ試験アリ。文字ハ五十字ダ。百点ヲトル覚悟ダ。張切ルゾ。——

陸戦、体育、通信の猛訓練を受けた日の夜の温習で「眠カッタ」のは当然であろう。それを、彼は「遺憾ニ思フ」と反省している。

——昭和十九年一月七日　天気　曇後雪　寒冷厳シ　金曜日

〈日課〉第一次　水雷術（第一講堂ノ雷撃教室）

第二次　通信（送信、三講堂一教室）

第三次　発動機（二講堂七教室）

第四次　通信（送信、三講堂七教室）

第五次　通信（受信、兵舎中）

第六次　訓育（柔道）

今朝ハトテモ寒サガ強イ。午前ノ課業ヲ終ル頃、雪ガ降ッテ来ル。昼食後、練兵場ニ於テ副長訓示アリ。後、午後ノ課業ニツク。第六次ノ授業ハ訓育ダ。練兵場ニ整列後、夫々ノ正科ニ分レテ訓育ヲ行フ。自分ハ柔道ダ。入隊以来初メテノ柔道デアル。学校ニ於テ行フ柔道トハ趣ガ違フ。実戦的デアル。一発ノモトニ敵ヲナグリ、ケリ、殺スノデアルカラ、一ツ一ツノ動作ニ満身ノ力ヲ要ス。雪ガスゴク降ッテ来タ。然シ、体ハ暖カデアル。

訓育ヲ終ッテ、夕食トナル。夕食ハゼンザイダ。自分ノダケニ餅ガ入ッテキナイ。実ニ憤慨ニ耐エヌ。山村ハ実ニ憎イ。馬鈴薯ニ牛肉、ソレカラ乾パンノ小サイヤツ二十デアッタ。夕食後、生菓子ノ配給アリ。ノチ分隊長ノ訓示アリ。明日カラノ寒稽古ニツイテデアッタ。温習ハ二時間ス。——

柔道三段の汀朋平が、「学校ニ於テ行フ柔道トハ趣ガ違フ」と書いている。軍隊での柔道はスポーツではなく殺人の技術だった。なお、「山村」とは、このときの食卓番山村練習生のことだが、訓練でエネルギーを消耗したあとの極度の空腹が汀朋平を「憤慨」させたのであり、日記の他の記述から見ると、ふだん仲が悪かったとは思われない。

——昭和十九年一月二十一日　天気　日本晴　暖シ　金曜日

〈日課〉第一次　陸戦

第二次　陸戦

第三次　通信（受信、七教室）

第四次　数学（第三教室）

第五次　通信（送信、十教室）

第六次　訓育（総員体操）

総員起シノラッパハ舎内ニ響キ渡ッタ。昨日ノ一〇〇〇〇mノマラソンデ相当足ガ疲レテキルニモカカハラズ、又今朝ハ一〇〇〇〇mノ駈足デアル。実ニコレハ精神力ノ問題デアル。隊門ヲ出発シ、風ヲ切ッテ進ム。腕ハ実ニ冷タク、感覚ハ全然ナイ。女子師範前カラ新田中学前マデガ体ニキツクコタヘタ。一人抜キ二人抜イテ遂ニ先頭ニ立ツ。生石神社前カラ少シ速度ヲ落トス。一〇〇〇〇mヲ走破シテ隊門ニ着ク。腿ハ固クナッテ痛イ。朝食ハ実ニウマカッタ。

痛イ足ヲ引キ摺リナガラ、班当番ノタメ洗湯ヲ汲ミニ行ク。

第一次ハ陸戦ダ。ゾットスル。然シ、コレガ精神ノ錬磨ト思ヘバ何デモナイ。頑張ッテ頑張ッテ頑張リ抜ク。小隊戦闘ダ。七班ト遭遇戦ヲ行フ。我ハ第一分隊ノ分隊下士官トシテ活躍ス。残念ナガラ我ガ小隊ハ敵軍ニ包囲サレテ全滅ス。第二次ハ小隊合同シ基地ニ向ッテ前進ス。

第六次ハ訓育ノ時間デ、十五時十五分ヨリ総員体操デアル。十五時十分練兵場ニ整列、体操ヲ行フ。後、闘球ヲス。夕食前、洗湯ヲ汲ミニ行ク。夕食後、饅頭二箇配給アリ、実ニウマカッタ。明日ハ寒稽古ノ最終日デ銃剣術ダ。張切ラウ。——

愛知一中の訓練も厳しかったが、海軍航空隊の訓練は桁はずれのものだった。「学校と軍隊とは違う」と、汀朋平は耐えた。

——昭和十九年一月二十六日　天気　晴天　暖シ　水曜日

〈日課〉第一次　陸戦

第二次　陸戦

第三次　訓育

第四次　通信（受信、第十教室）
第五次　物理（第二講堂第二教室）
第六次　通信（送信、第十教室）

総員起シノラッパハ鳴ル。早速寝具ヲタタミ体操服ニ着替ヘ、ソノ上ニ事業服ヲ着ケル。動作緩慢ナル故、本日ノ当直教員第十班長江草一曹カラヤカマシク注意サル。練兵場ニ整列ス。昨晩相当雨ガ降リ、地面ハジメジメシテ水溜リガ所々ニアル。朝礼後、体操ヲ行ハズ、直チニソノ場所ニ事業服ヲ脱イデ、上下体操服一枚ニナッテ隊門ヲ出発。

愛媛女子師範学校ノ方カラ一〇〇〇mヲ隊伍ヲ整ヘテ駈ケル。昨日一〇〇〇〇m走ッテ完全ニ疲レハトレテヰナイ。ソノ上ニ又一〇〇〇〇mト来テ全ク閉ロスル。然シ、ココガ軍隊ダ。イヤダカラヤメルト言フ訳ニ行カナイ。イヤデモ走ル。仕方ナシニシブシブ走ル。足ハ痛イ。腕ハ冷タイ。ヤットノ事デ帰隊スル。事業服ニ着替ヘテ朝食ヲトル。

第一次、第二次ハ陸戦ダ。トテモツライ思ヒヲス。今日ハ中隊ノ密集教練ダ。第一次ニ練兵場ニ於テ中隊ノ編成ヲ行フ。小隊ハ四十八名デ三箇小隊、ソノ他ノ指揮小隊、機銃小隊に分レル。機銃小隊ハ機銃四挺デ四箇分隊ニ分レ、弾薬分隊ヲ含ム。中隊長ハ畠山教員デアル。自分ハ中隊長附ノ先任ヲ務メル。中隊長附ハ三名ダガ、ソノ中ノ先任タル自分ノ務メハ重イ。中隊長ヲ補佐ス。第二次ハ密集教練デ、行進後中隊ノ戦闘隊形ヲトル訓練ヲス。自分ハ中隊長ト共ニ第一線ニ立ツ。第二線、第三線ノ展開法ヲ行ヒ、陸戦教練ヲ終了ス。

夕ノ甲板掃除ガ終ラントスル頃、急ニ拡声機ガ鳴ッテ〝総員練兵場ニ整列〟ノ号令ガアッタ。時刻ハ十八時十五分ダ。ヨイ事ニハアラズト思ヒナガラ練兵場ニ走ル。夕闇ハ練兵場一面ヲトザシ、無気味ナ位静カダ。松山空司令ガ号令台ニ立タレテ、オモムロニ〝練習生ハ練習生ラシク矜持ヲ持テ。悟リヲ開ケ。隙ヲ与ヘルナ〟ト言ハレ、訓示終ル。先ズ先ズ大シタ事デハナカッタト思ッテ帰舎シ、舎外ニ於テ当直教員ノ話ヲ聞ク。司令訓示ノ意味ノ説明ダ。〝分レ〟ノ号令ガアッタガ、分レ方ガ悪イタメ、〝立テ坐レ〟ヲ何十回トヤラサレテフラフラニナル。

兵舎ニ入リ寝具ヲオロシタ後簡単ナル甲板掃除ヲ行ヒ、第一部ノデッキニ二十五分隊総員集合シテ分隊長附ノ訓示ヲ聞ク。マタ、第三班長斎藤上整曹ヨリ、コンコント練習生タルノ本分ヲ説キ聞カサル。自分ノデッキニ帰ッテ受信訓練ヲ行フ。温習第二次モ受信訓練ヲ行フ。一日モ暮レテ巡検トナル。本日ノ掃除場所ハ両出入口ダ。安川練習生ガ言フ事ヲ聞カナイ故、ビンタ一箇ヲクラハス。アマリヨイ気分セズ。今日、ツクヅク家ヲ懐シク思フ。——

夕刻、唐突に司令が総員を緊急集合させて訓示したのは、この日、練習生の間で饅頭数個の盗難事件があったためと汀朋平は述べている。だが、三日後の一月二十九日、司令の中村忍大佐が横須賀鎮守府へ転勤し、二月七日に池田人《じん》大佐が後任として松山航空隊に着任した事実から、中村司令が練習生たちに最後の「気合」を入れたものと推測される。

〔飢餓〕

饅頭数個の盗難で総員に緊急集合が下令された一件に象徴されるように、航空隊での生活は飢餓の日々だった。

——昭和十九年一月九日　天気　曇　暖シ　日曜日

〈日課〉　1、寒稽古

　　　　2、外出

定時起床。二日目ノ寒稽古ハ払暁ヲ期シテ行ハル。執銃ノ密集教練ダ。手袋ノ使用ヲ許可サレテヤレヤレト思ッタ。跣足ヲ以テ隊門出発、基地ニ向フ。自分ハ藤沢教員ノ引率スル小隊ノ第二分隊ニ属シ、分隊下士官ヲ命ゼラル。コノ小隊ハ練兵場ヲ横切リ、第一兵舎ニ向ッテ戦闘ヲ開始ス。戦闘終了後、十二班ノ某練習生ハ剣身ヲ紛失セリ。朝食後直チニ二十五分隊総員、剣身ノ捜索ヲナス。五分後ニ見ツカッタ。ヤレヤレ外出止メモナクテヨカッタ。兵舎ニ帰ッテスグ外出用意。

小木、岩井両練習生ト一緒ニ行ク。松山ニ着ク。一番先ニ指定食堂ノウナギ屋ニ行キ、ウドン二杯三十六銭、ゼリー六杯一円二十銭ヲ食ベタ後、昼食ヲスマス。オ亀屋ニ行ク。何モナカッタ。オフク食堂ニ行ッテ犬飼、水上両練習生トウドン三杯ヲ食べ、工藤、田辺、原ノ各練習生ト倶楽部ニ行ク。十三時ナリ。ソコデ蜜柑ヲ五箇、工藤練習生ニパン二箇ヲモラヒ、福神漬ヲ買ッテ来テ一緒ニ食ベル。十六時五分前、生石神社ニ集合帰隊ス。帰途福神漬二百匁五十銭ヲ買ヒ、夕食ノオカズニス。入浴ナシ。蜜柑一箇配給アリ。自由温習一時間ナリ。田中練習生ノ長所、短所ヲ書イテ班長ニ提出ス。——

日ごろの猛訓練で消費するエネルギーは莫大だったが、隊内での食事は必ずしも十分ではなく、汀朋平たち練習生は、つねに飢えていた。外出は、日ごろの飢えを満たすためのよい機会だった。

――昭和十九年一月十四日　天気　晴天　暖シ　金曜日

〈日課〉第一次　通信（受信、兵舎内）
第二次　気象術（兵舎内）
第三次　通信（送信、七教室）
第四次　陸戦
第五次　陸戦
第六次　訓育（体操）

総員起シノラッパガ舎内ニ響キ渡ッタ。体操服ニ着替ヘテ舎外ニ整列ス。今日ノ寒稽古ハ体操ダ。朝礼後、駈足デ隊門ヲ出ル。三津浜ノ方ニ向フ途中新道ヲ通ッテ、帰リハ裏道ヲ通リ隊門ノ前ニ来ル。コレデ今日ノ体育ハ終ッタノカト思ッタラ、第九班長ガ〝コレカラ松山航空基地ニ向ッテ駈足ヲ続ケル〟トイヒ、又走ラセラレル。非常ニガッカリシタガ、心身ノ錬磨ト思ッテ張切ッタ。汗ビッショリトナル。帰隊後直チニ裸ニナリ乾布摩擦後、朝食ス。

昼食ハ、二回飯ヲモラッテ皿ニ二杯盛ル。大豆飯デ仲々ウマイ。食べ方ガ遅イタメ、第十班長江草教員ニ叱ラレル。

午後ハ陸戦デアル。七、八班、藤沢教員ノ指揮ヲ受ク。小隊ノ戦闘教練ダ。基地ノ方カラ廠舎目ガケテ攻撃ス。自分ハ第一分隊ノ分隊下士官ヲ命ゼラル。

第六次ハ訓育ダ。兵舎前ニ於テ分隊長附ノ号令ニヨリ、海軍第一体操ノ徒手体操ヲ行フ。夕食前、陸戦用ニ用ヒタ銃ヲ収メル。

夕食ハ非常ニウマカッタ。大キナ牛肉ガ沢山入ッテキタ。入浴後、蜜柑三箇、キャラメル一箇配給アル。父母、久美子、珠子カラノ手紙ヲ受ケ取ル。非常ニ嬉シカッタ。――

他の日の記事に「ヨク嚙ンデ食ベネバナラヌ」とある。嚙むのに手間のかかる大豆飯なのに、「食べ方ガ遅イ」と叱られたのは、汀朋平にとって心外だったと思われる。

――昭和十九年一月二十三日　天気　晴天　暖シ　日曜日

〈日課〉外出

食卓番ハ五時起床シテ弁当ヲ作ル。我ハ定時起床シ朝礼ニ出ル。東ノ空ニハ三日月ト火星トガ相隣シテ輝イテヰル。朝礼後直チニ朝食ヲナス。食事後、掃除。温習一時間ヲナス。九時兵舎ヲ離レテ練兵場ニ整列ス。今日ハ十二月入隊ノ二次生〔筆者注・後期生〕モ外出デアル。当直将校第二十三分隊長ノ注意事項訓話後、九時十五分外出ヲ許可サレ歩調堂々ト隊門ヲ出ル。隊門ニハ犬飼練習生ノ父ガ見エタ。自分ハ蒲練習生ノ両親ニ面会ノタメ、蒲、水谷両君ト松山ヘト道ヲ急グ。十時五十分目的ノ松山市駅前ノ末広旅館ニ着ク。蒲君ノ父ガニコニコト迎ヘテ下サッタ。近クノ旅館ニ入リ、蒲君ノ祖母、両親、妹サン四名ト話シタ。挨拶後、饅頭、餡巻キ、ゼンザイ等ヲモラフ。ゼンザイニハ真白ナヨク搗イタ餅ガ沢山入ッテキタ。入隊以来初メテデアル。動ケナクナルホド戴ク。十四時半、純白ノ御飯ヲ戴ク。実ニウマイ。シカシ腹ガフクレテキテ一杯半シカ食ベラレナカッタ。オ母サンカラ〝手作リ〟

ノ芋、キャラメル等ヲモラッテ食ベル。十五時、名残リ惜シク別レテ帰隊ノ途ニツク。生石神社ニ十六時到着、芋ヲ班員ニ分ケル。十六時十分隊門ヲクグル。兵舎ニ帰ッテスグ、ズボン下一枚、靴下一足、褌一帯ヲ洗濯ス。明日ハ分隊点検後、衣服点検ダ。靴下、シャツ等ニ名前ヲ書キ明日ノ分隊点検ニ備ヘル。又、朝ノ温習時間ニ数学ノ試験ガアル為、寝具ニツイテカラ約一時間勉強ス。――

面会日は、まれだった。蒲勇美の母親は、「入隊してから、航空隊へ面会に行ったのは一回、本人が帰省したのも一回だけだった」と記憶している。

〔制裁〕

前に記した一月十四日の日記には、欄外に赤インクで次のように記されている。

――昨晩温習後、就寝前、我ガ第八班長ガ衣服掛リノ為、次ノ件ニツイテ指摘サレタ。第十班ノ某練習生ノ短靴一〇・五文ノガ一〇・七文ノニ替ヘラレタ。ソノ前ノ晩、一〇・五文ノ短靴ノ革ガヨイ為、或ル練習生ガ私欲ニ駆ラレ、夜中ニ第十班ノ某練習生ノ衣嚢カラ出シテ替ヘタノデアッタ。第八班長ハ〝ソノ様ナ事ヲ行ッタ者ハ今晩中ニ申シ出ヨ〟ト言ハレタガ、誰モ申シ出ナカッタ。今朝トナッテ、寒稽古後、申シ出タル者ガアッタ。無念ナルカナ第八班員ノ一人渡辺練習生デアッタ。第八班長ハ自分ノ班員カラ出タ事ヲドンナニ残念ガラレタコトダラウ。〝断腸ノ思ヒ〟デ、第八班員ニ代ハリ全練習生ニオ詫ビヲセラレタ。朝食ハ食ベラレナカッタ。

朝食時、渡辺練習生ハ精神棒十二本ヲモラッタ。我々ハ班長ノ寝室ニ行ッテ謝ッタ。班長ハ断乎トシテ許シテ下サラナカッタ。マタ、第八班ヲヤメテ、昼カラ第十班デ食事スルト言ハレタ。何タルコトダラウ。我々ノ一切ノ面倒ヲ見テ下サッタ班長、通信ニ靴ニ、神様・仏様ノ様ダッタ班長ガ、今我々ト別レルト言ハレタ。胸一杯ニナッテ熱イ涙ガポロポロト流レタ。全班員、声ヲアゲテ泣ク。渡辺ハ〝自分ガ悪カッタ〟ト言フ。班員ハ〝我々ガ悪カッタ〟トイッテ謝ル。シカシ、班長ハ許サレナカッタ。ソコデ、第十班長ニオ願ヒシテ謝ッテモラフ。シカシ、班長ハ許サレナカッタ。全員団結シテ、謝ル。念願ハカナヘラレタリ。班長ハ許サレタ。第八班長トシテ、再ビ同ジ卓デ飯ヲ戴ケル。実ニウレシイ。皆ノ顔ニホット安心ノ色ガ見エタ。悪イ事ハ決シテヤラヌコトダ。——

この記事で「精神棒」とあるのは、ふつう〝バッター〟と称されたもので、樫の木の棒や木刀に、「海軍精神注入棒」「大東亜精神注入棒」などと大書された制裁用の責め道具だった。罪を犯した練習生は四つん這いの姿勢をとらされ、罪の重さに応じた数だけ、このバッターで臀を思い切り叩かれた。また、「全班員、声ヲアゲテ泣ク」「全員団結シテ、謝ル」の記述は、「連帯責任」を問われていることを意味する。当時、学校でも軍隊でも、この点は同様だった。

——昭和十九年一月三十一日　天気　晴天　寒シ　月曜日

〈日課〉第一次　精神講話（兵舎内）
第二次　軍制学（兵舎内）
第三次　信号術（兵舎内）
第四次　教練（戦闘部署）

第五次　〃
第六次　訓育（闘球）

定時起床。朝礼後、先任教員ヲ先頭ニ隊門ヲ出発シ、郡中街道ヲ南ニ進ミ垣生村ニ出テ田舎道ヲ駈ケ、松山街道ニ出テ帰隊ス。約七〇〇〇mヲ約一時間デ走ル。帰隊後、朝食。

第一次ハ精神講話ダ。分隊長出張ノ為、分隊長附ガ講話サル。第一ニ自分ノ精神力、第二ニ敏捷ナ動作、第三ニ明朗サヲモッテ事ニ当レトノ訓示デアル。

第二次ハ軍制術デ、分隊士ニ教育サル。艦隊ニツイテ話サル。入隊以来初メテ赤本（秘）ヲ各自一冊宛渡サル。何トモイヘナイ気持デ中ヲ開ク。練習連合航空総隊原忠一ト冒頭ニアリ、〃本書ヲ学ブ様ニ〃トアッタ。第三次ハ信号術デ、軍極秘ナルコトヲ教ハル。第四、五次ハ戦闘部署教練ダ。——

この日の日記には、昼食後に防空訓練の指示があったこと、第六次に闘球の猛訓練があったことが記され、そのあとには、赤インクによる次の記事がある。

——今朝七〇〇〇mノ駈足アリ。軽イ駈足デハアッタガ、寒サト疲労トデ相当身体ニハコタヘタ。帰隊シテ事業服ニ着替へ、直チニ朝食ダ。アワテテ着替へ体操服ヲタタム。班長ガ食卓ニツカレタ為、体操服ヲ寝台ノ上ニ置イテ我々モ食卓ニツク。今日ハ、朝カラ班長機嫌ガ悪ク、ムットシテ見エタ。班長ハ食事ヲ終ッテ通路ニ立タレ、寝台ノ方ヲ見ラレタ。ソノ時我ハ気ガツイテ体操服ヲトッテ来ヨウカト思ッタガ、班長ハ寝台ニ近寄リ、寝台ノ上ノモノヲ残ラズ持ッテ行カレタ。ソシテ「トラレタ者ハソレ相当ノ覚悟ヲモッテ俺ノ所ヘトリニ来イ」ト言ッテ、教員室ニ帰ラレタ。トラレシ者全員集マッテ、教員室ニ行ク。班長ハトテモ不機嫌ナ顔デ木刀ヲ持ッテ出テ見エタ。一人六本ズツ撲ラレタ。実ニピリピリシテ痛イ。涙モ出ナイ。皆ジット頑張ル。制裁終ッテ、トラレシ体操服ヲモラッテ出ル。――

これが、中学三年生に相当する少年兵の日記であること、また、班長とか教員とよばれていた人物は下士官だったが、彼らも十代後半の少年でしかなかったことに注目したい。

――昭和十九年二月十三日　天気　晴後雨晴　日曜日

〈日課〉武技・体技

休業

定時起床。吊床競技行ハル。今朝ハ江草教官ノ監督デ、総員起シノ前ニ寝具ヲメクッテ服装ノ点検ダ。第八班カラ靴下ヲハイテキタ者三名（山村、重松、北川）ガ見ツカル。総員起シノ号令ニテ一斉ニ飛ビ起キル。一番ハ二十五秒デ第十二班ノ者ダ。ビリハ第八班ノ岩井、松尾ノ両練習生デアッタ。自分ハ五番目デアッタ。

朝食後、山村、重松、北川ノ三練習生、全員ノ前ニテ精神棒（木刀）二十本ヲモラフ。実ニ、戦友トシテ見カネタ。――

欄外に赤インクで記されている。

――就寝後、グッスリ眠ッテヰルト、若井練習生ガ〝汀、総員起シダ〟ト言フ。〝何事ガ起ッタノカ〟ト、ハネ起キル。分隊長附ガ通路ニ厳然ト立ッテ居ラレタ。総員通路ニ整列ダ。〝巡検五分前ノ号令ガカカッテカラ話シテキタ者ハ出ヨ〃トイフノデアル。一人モ出ル者ガナカッタ為、総員制裁デ一人ズツビンタヲモラフ。——

飢えと制裁とを伴う猛訓練で鍛え抜かれた汀朋平たち松山航空隊の練習生は、ほどなく実際の飛行訓練のため他の基地へ移動する。

一度の帰省

勤労動員　前衛線の拠点ラバウルは孤立した。アメリカ軍は、この大要塞に空襲で打撃を与えただけで素通りした。

昭和十八年末の戦闘用艦艇の月産は五〇隻を超え、この年度の造船一八五〇万トンは日本の一七倍に近いという驚異的なアメリカの生産力である。ブーゲンビル島沖などの海空戦で、日本側の発表によれば何十隻と沈められたはずのアメリカ艦隊が、さらに大きな規模の海空兵力となって中部太平洋に浮かんでいる。日米もし戦うとすれば、来攻するアメリカ海軍を迎え撃つ決戦海面として、かねてから日本海軍は、マーシャル諸島水域を想定していた。しかし、一月末、マーシャル諸島に大挙来襲したアメリカ軍に対して反撃らしい反撃を加える機会もないうちに、クェゼリン、ルオット両島の守備隊は、二月六日全滅した。一旬ののち、アメリカの有力な機動部隊がトラック島を襲った。「日本海軍のパールハーバー」、「太平洋のジブラルタル」とよばれた日本海軍の大根拠地である。二月十七、十八の両日にわたるアメリカ空母機の攻撃によって、艦船四一隻、飛行機二七〇機および燃料タンクなどの重要施設とともに、トラック島の戦略的価値は失われた。

二月二十一日に敵のトラック島空襲を発表した大本営は、一週間後の二十八日、「二月二十二日午前、航空母艦十数隻、戦艦八隻を基幹とする敵機動部隊はマリアナ諸島東方海面に出現せり」と報じ、空母など五隻を撃沈破された敵は「東方に遁走せり」と公表した。約四カ月後の六月十一日、ふたたびアメリカ機動部隊がマリアナ諸島に来攻し、日本は七月にサイパン島、八月にはテニヤンおよびグアムの両島を失うのだが、この二月二十二日のマリアナ空襲は、日本の指導層の胆を冷やした。マーシャル諸島の防衛線は崩れ、トラック諸島も無力化したいま、マリアナ諸島という日本本土防衛上の最大の要衝を敵に渡せば、戦局は決定的な方向に向かうに違いないからである。

私たちの生活にも、変化が生じた。

昭和十八年（一九四三年）十月十二日に閣議で決定された『教育に関する戦時非常措置方策』は、「(1)徴兵年齢までに専門教育を終了せしめるやう中等学校の四年制施行期を昭和二十年三月より繰り上げ実施する。(2)高校文科入学定員を三分の一に減じ理科を拡充する。(3)学徒の勤労動員を一年につき約三分の一相当期間実施する」などの方針を決定した。そのうち勤労動員の強化については、三カ月後の一月十八日の『緊急学徒勤労動員方策要綱』によって年間四カ月の継続動員が法制化されると同時に、学徒の労働管理の方針が正式に採り上げられた。しかし、事態は急変していく。

アメリカ軍が日本本土を直撃する日は、近い。三月七日、『非常措置に基づく学徒動員実施要綱』

が閣議で決定され、中等学校以上の全学徒は、筆を捨てノートをなげうって、軍需生産、食糧増産、国防建設、輸送支援などに従事することになった。「決戦段階に即応して中等学校以上の学徒の動員を原則として十九年四月一日から一年間常時勤労その他非常任務に出動せしめうる態勢に置く」(昭和二十年版『毎日年鑑』)と記録に残る全国学徒の「通年動員」である。

私たちは、この当局の決定を重い気分で聞いた。小牧の陸軍航空基地や高蔵寺の陸軍補給廠などでの生活、あの単調な作業の繰り返しが、明けても暮れても続くのかと、憂鬱な気分である。「国のため」というのだが、土を掘ったり、弾薬箱を運んだり、銃・砲の部品つくりで汗や油にまみれることが、自分にとって最もふさわしい国への報いかたであるとは、信じにくかった。四年生に進級するというので、学校側の指示に従って、私たちも新しい教科書や教材を買いととのえたが、それらをいつ使うことができるのか、不審に思った。本土へと急ぎ足に近づく戦いの場と、「通年動員」という言葉の重さとが、私たちの心を重苦しくする。明日がないという思いである。勉強しようとしても目的がない。シャベルを手にし、ハンマーを握るだけの日々が、やがて続く。その果てには、日本本土攻防をめぐる死闘が待っているかも知れない。

勤労作業の毎日は、生きた屍のような、ものを考えない生活であり、本土決戦のときには、若者として勇敢に戦い、美しく死ななければならない。だが、その死に至るまでの道程が明らかでない。飛行場や工場での重労働といい、不確実な死までの道のりといい、むしろ甲飛への道を選んだほうがよかったと、入隊者たちを羨む者も少なくなかった。航空隊での生活は苦しいには違いなかろうが、彼らはきわめて明瞭な形で殉国という名の死を迎えられる。中途半端な労働者のまねごとよりもましだという考え方にも一理があった。事実、三年丁組の浅野龍男や戊組の野《の》々《ゝ》上《うえ》烝《ひろし》らは、甲飛十四期生として十九年四月入隊した。

よもぎ餅の記憶

この年の三月、甲飛十三期前期入隊者たちが、休暇を得て故郷に帰った。

「入隊後、一度だけ、お墓参りという名目で帰省したことがございます。入隊して半年ほど経ったころでしょうか。お墓参りということでしたが、その実、暇乞いのために帰ったのでございましょう。いろいろ話しかけてみましたけれど、息子は、軍隊のことはほとんど口にしませんでした。ただ、〝これから宇和島で飛行機に乗る訓練を始めるが、面会には来てくれるな〟と申しました。他人様が〝予科練は辛いところだ〟とよくいわれますので、息子の毎日も大変なのだろうと察していましたけれど、当人は、苦しいとか辛いなどとは、一言も申しませんでした。つもる話があって、家族水入らずで話したいと思っていましたのに、近所の友だちがたくさん詰めかけてきて、息子はその応対に忙しく、満足に話もできませんでした。小学校当時の友だちが〝久しぶりだから〟と、話しこみにきたのですが、一中の同級生の方たちは、ほとんど来られなかったように思います。

息子が、〝私どもに口数少なく申しましたうちで、〝食べ物はうんと欲しいけれど、送ってもらうとひどい目に会うし、どうせ食べられないのだから送ってくれるな〟と申しましたことが、強く印象に残っています。〝やがて空襲も始まることだろうから、無理をして面会になど来てくれるな〟と申しましたことも、覚えています。そうです。〝おなかがすく〟ということだけは、はっきりと申しましたので、よもぎ餅をどっさりつくって食べさせました。よもぎ餅のことを覚えていますから、帰省したのは三月末だったのでしょう。家へ帰ったのは、このときだけでした」

蒲勇美の母親は、戦後このように私に語った。「一中の同級生の方たちはほとんど来られませんでした」と、彼女は淡々と語ったが、その言葉は私の胸に刺さった。勤労作業と軍事教練と班の練習とに疲れ果て、ほどなく迎える通年動員のことで頭が一杯になっていた私たちの耳に、蒲勇美たちが帰省したという情報は届いていなかった。だが、そのような弁明は許されまい。確かな事実として、甲飛へ征かなかった者は、総決起の日や入隊者壮行の日のことを忘れ、甲飛へ征った者の多くは、母校に足を向けようとしなかったのである。

五年丁組から十二月に入隊し、水上特攻隊員として終戦を迎えた田島正は、いまも、次のように回想する。

「甲飛総決起はわが校の歴史の恥部だ。当時のことを思い出すと腹が立ってならない」

総決起当時、彼の父親は、愛知一中の数学の教師だった。「カバ」という愛称で生徒に慕われていた田島寿教諭である。「全校を挙げて決戦場へ」と校内が湧きたぎっていたとき、父は教師と肉親という両面の板挟みとなって苦しみ、子は父の立場を考えて「征かねばなるまい」と覚悟した。「不愉快な記憶ばかりだ」と田島正が吐き捨てるようにいうのも無理はないと思われる。

この三月末のことである。当時三年丙組の生徒だった川瀬重典は、次のように回顧する。

「校舎の裏で、海軍の軍服を着た二人が出会った。帰省のついでに母校を訪れたのだろう。顔見知りの上級生だったが、一人は海兵で一人は甲飛だった。かつての同級生なのに、甲飛のほうが海兵の友人に敬礼した。海軍流の鋭角の敬礼だ。何ともいえない気がした。気の毒なこと、残酷なことと思った」

名誉や地位はもとより、生命すらもいらないというのが、甲飛総決起の動機のはずだった。川瀬重典は、この光景を見て、総決起とその崩壊の意味するものを改めて考え直した。

白木の箱

犬飼成二は、使い古した日記帳の残りのページに、『最後の手記（永劫に忘れ得ざる人の世を思ひて……）』と題する一文を書き遺している。

——昭和十九年三月二十六日　朝晴　昼晴　夜晴

半年目に故郷の土を踏む。あゝ一日として忘れ得なかった恋ひに恋ひ慕った故郷だと思ふと、余りの幸福さに心は疼いた。はずんだ。暖き光は私の歩く道を嬉しさうに照らしてゐる。何といふ幸福なことだらう。私はこれ丈で満足を覚えた。何ていい所だらう。故郷よ、我が家よ……。私は明日否今をも知れぬ身だ。また二度と故郷の土を踏む時は、他の人に抱かれて眺める日よりありはしない。それでも私は満ち足りた幸を覚えるであらう。故郷は永遠に私の故郷だ。私の家だ。故郷よ永劫に私をな忘れそ。

私は紅顔の意気潑溂とした少年のうちに人生を終るよ。同胞の為に、美しき祖国の為に。私は此の休暇を最も有効に過さなくてはならない。

「墓参り、親孝行、お寺詣り、心友に逢ひに行く」

日は経つ。此の次は此の姿で帰らぬ身だ。出来る丈のことをしてゆく積りだ。父母、祖母にも心の中でお別れするのだ。そして心残りのないやう慰めてゆくのだ。これが唯一の、また最後の現実の親孝行の中にも入るといふものであらうか。父母よ、祖母よ。長く長く生きて私の輝く前途を待ってゐて下さい。

父母よ、祖母よ。永久に幸あれ。これが私の願ひだ。祈りだ。唯一の楽しみだ。力だ。働く喜びの源泉だ。

——三月二十七日　朝晴　昼曇　夜曇後雨

墓参

安井様の家を訪ねる

桜山

鈴木のおじさまに会ふ

能登に逢ひに行く

今日も過ぎた。帰る日は近づく。何一つとして親孝行をしたであらうか。何もしてゐないやうに思はれる。何かして喜ばせてあげたい。あゝ私には何の智慧も如才もない。困った融通のきかぬ男よ。逢ふは嬉しいが、別れあるを思ふとき、人の世の儚さに自ら涙の湧く。何故会ひたいのか、何故別れねばならぬのか。

お父さん、お母さん、お祖母さん。私はどんなに逢ひたかったでせう。しかし、私はじっと我慢しました。無言の祈りを捧げました。私は別れの辛さを思ふとき、逢ひたくありませんでした。「遇ふや柳因、別るゝや絮果」の高山樗牛の句など思ひ出したりして涙ぐむときもありました。私の心には、胸には、お母さん、お父さん、お祖母さんの姿がくっきりと浮んで居ました。しかし、遂に逢ってしまひました。嬉しかったの一語に尽きます。あゝ、でもあと僅かで別れねばなりません。

母上は、二年位経てば帰ってくると思ってゐられますが、いえいえ、私の帰るときは、白木の箱です。それを思ふとき、私は何とも言へません。二年経てば必ず帰ってくると思ってゐられる母を思ふとき、私の親不孝の罪を何とお詫びしてよいやらわからないのです。お母さん、お許し下さい。私は死んでも、決して私の魂は死にません。お母さんの側からどうして離れることが出来ませう。元気で丈夫で幸に暮して下さいませ。お母あさん、私のお母あさん。……　——

末尾の母親への呼びかけにつづく「……」のあとは、すべて空白である。永遠の余白といってもよい。注目すべきことは、この日記に「同胞の為に、美しき祖国の為に」と記され、「お母あさん」と繰り返し綴られているのに、「天皇の為に」とは一言も書かれていないという事実である。

V

積乱雲の彼方に

マリアナの失陥

帝国の落日

翼と胴体とに分けて荷車に積まれ、牛に曳かれて名古屋の街を行く頑丈そうでない飛行機のことについては、前に述べた。それは、いわゆる零戦、すなわち海軍の零《れい》式艦上戦闘機だった。

この戦闘機は、空戦能力を最優先したために極限まで軽量化が行われた結果、私たちの目にも「頑丈そうでない」ように見える機体となった。しかし、全長九・〇六メートル、全幅一二・〇〇メートル、自重一六八〇キログラムの軽い機体に、二〇ミリ機関砲二門、七・七ミリ機銃二挺を装備し、最高時速五一〇キロメートル、航続距離三一〇〇キロメートルの性能をもつこの戦闘機は、開戦当時には他に類を見ない世界一の戦闘機だった。日本海軍は、この零戦に絶対の自信をもっていたために、あえて対米英開戦に踏み切ったとさえいわれる。

事実、開戦当初の日本軍の連合国軍に対する圧倒的な勝利は、零戦による制空権の傘の下でこそ可能となった。カーチスP36、カーチスP40、グラマンF4Fなどの米戦闘機も、ハリケーン、スピットファイアなどの英戦闘機も、ことごとく零戦に蹴散らされた。太平洋戦線での日本軍の進撃路は、零戦によって切り開かれたといっても過言ではない。

零戦の威力に恐怖心さえ抱いたアメリカ軍部は、零戦を凌ぐ強力な戦闘機の開発に全力を傾け、やがて、P38やグラマンF6Fを前線に送り出した。それらは、性能の上で零戦を上回るだけでなく、広範囲の戦線での長期にわたる消耗戦のために多数の熟練搭乗員を失った日本側に比べて、搭乗員の技量の上でもすぐれていた。しかも、巨大な工業力を背景としたアメリカの空軍力は、量的にも日本のそれを凌駕した。日米の立場は逆転した。

零戦の衰退は、そのまま日本軍の敗退へと連なった。南太平洋に日本軍を破り、中部太平洋へと押し寄せたアメリカ軍は、ついにサイパン島に来襲した。六月十一、十二日の砲爆撃のあと、六月十五日朝、この島の西岸に大部隊の上陸を開始したのである。

連合艦隊司令部は、「あ号」作戦の発動を決定し、「皇国ノ興廃此ノ一戦ニ在リ各員一層奮励努力セヨ」と主力部隊に電令した。日本海海戦と真珠湾攻撃とにつづく三度目のZ旗に感奮し、わが機動部隊は三三八機の攻撃隊を発進させて敵機動部隊を襲ったが、結果は日本海空軍の惨敗に終わった。零戦にかつての威力はなく、未熟練搭乗員からなる攻撃隊のほとんどが敵戦闘機の餌食となり、旗艦大鳳をはじめとする多くの艦艇も沈んだ。

マリアナ周辺の制空権、制海権が敵の手に渡った以上、サイパンの運命は決まる。前述のように、七月七日、守備隊が最後の突撃を行って〝玉砕〟した。このとき自決した最高指揮官南雲忠一中将は、真珠湾に勝ちミッドウェーに敗れた提督であり、サイパンに派遣されたあの今枝鐘三郎少尉は、軍刀を振るって敵陣に突撃したと伝えられる。付け加えておくと、この年の三月、野山忠幹校長は、愛知一中を〃勇退〃し、私立南山中学校に再就職している。サイパン失陥は、太平洋戦争の結末を予告するものだった。引責を周囲から迫られて、七月十七日、東条英機内閣は総辞職した。これらの一連の事実は、直接であれ間接であれ、無関係とは思われない。

サイパン島につづいて、テニヤン島もグアム島も敵の手に落ちた。このマリアナ諸島にアメリカ軍は、B29の大規模な基地を設定し、日本本土爆撃を企図する。また、「あ号」作戦で潰滅的打撃を受けた日本海空軍は、マリアナ諸島の奪還どころか、敵機動部隊の活動を阻止する力ももたない。日本本土の焦土化が予見された。サイパンの運命が決まったとき、日本の運命も決まったのである。

自重三一・六トン、時速五八五キロメートル、機銃一一挺を装備し、七トン余の爆弾を積んで九三五〇キロメートルの距離を飛ぶ戦略爆撃機B29は、このころすでに月産一〇〇機を超えていた。

レイテ沖の戦い

開戦後ほどなく、日本軍はフィリピン全土を制圧した。敗れてフィリピンから脱出するとき、米陸軍のマッカーサー将軍は“I shall return”という言葉を残した。マリアナ占領後、アメリカ軍部内では、次の攻略目標について意見が分かれたが、彼は、フィリピン攻略の主張を貫いた。「フィリピン奪回には米国の威信がかかっている」(児島襄『太平洋戦争』下)というのである。戦後、日本占領の連合国軍総司令官としてわが国に君臨した彼の言動に、どうにもならない気障っぽさを感じた日本人は少なくないが、それもうなずける。

この年の十月十七日、フィリピンのレイテ島沖に数百隻の敵艦船が出現、連合艦隊は「捷一号作戦」を発動した。二十日、アメリカ軍はレイテ島に上陸を開始し、わが陸軍も同島への兵力増派を決め、ここにレイテ決戦が始まる。

小沢治三郎中将の機動部隊がルソン島北方に進出して強力な敵機動部隊を誘い出す間に、西村祥治、志摩清英両中将の各艦隊がスリガオ海峡を突破しレイテ湾をめざす一方、栗田健男中将の率いる主力艦隊がレイテ湾に突入するという巧緻な作戦であり、二十四、二十五日、大海戦が起こる。

小沢艦隊は、空母機動部隊としての実力をもたなかったが、敵機動部隊を牽制する役割を果たしつつ潰滅した。西村、志摩両艦隊は、敵艦隊の電探《レーダー》射撃などにより短時間のうちに、ほとんどの艦がスリガオ海峡に沈んだ。

栗田主力艦隊は、途中、空襲による戦艦武蔵の沈没をはじめ多くの被害を受けてひるみ、いったん反転するが、敵襲が途絶えた約二時間後、ふたたびレイテ湾に向かった。その直後、連合艦隊司令長官豊田副武大将から叱咤の電令が届いた。先に述べた「天佑ヲ確信シ全軍突撃セヨ」(『連合艦隊電令作第三七二号』)の一文である。この電令が横浜の日吉台(慶應義塾)にあった連合艦隊司令部から発せられたことは、どう解釈したらよいのか。対馬沖で、東郷平八郎提督は、旗艦三笠の艦橋にあって全艦隊の先頭に立ち、ソロモン諸島で、山本五十六提督は、一式陸上攻撃機に搭乗し最前線の航空戦を指揮していた。

突如、栗田艦隊の前面に敵空母群が現われた。旗艦大和の巨砲が咆哮し、その他の戦艦や巡洋艦なども砲撃を加え、空母ガンビア・ベイなどを撃沈したが、敵艦隊は艦載機による反撃に守られ、展張した煙幕のなかに逃れ去った。栗田中将は、空襲による被害を恐れて再反転し、レイテ湾をあとにした。マッカーサー将軍坐乗の巡洋艦ナッシュビルをはじめとする数百隻のアメリカ艦船は、栗田艦隊の巨弾を浴びることなく、レイテ島の地上戦闘に全力を傾けることができた。

三方からレイテ湾の敵主力を合撃しようとする日本海軍の作戦は失敗に終わったが、その最大の原因は、航空兵力の致命的なまでの不足にあった。

フィリピン来攻直前の十月十二日、アメリカ海軍は、レイテ攻略の陽動作戦として台湾を攻撃した。敵の空母一九隻、戦艦四隻を撃沈破、敵機一一二機を撃墜し、わが方の損害は未帰還三一二機と大本営が発表したいわゆる「台湾沖航空戦」である。実際には、未熟練搭乗員が味方の被撃墜機の炎上を敵艦撃沈と誤認し、海面への着弾を命中の水柱と見誤ったのであり、敵に与えた損害は巡洋艦二隻の大破に過ぎなかった。日本国内がこの虚報に沸き立っていたころ、フィリピンの海戦で敗れた日本海軍の残存部隊は、「満身創痍の姿」(高木惣吉『太平洋海戦史』)で基地に帰っていた。

フィリピンの日本海軍航空隊首脳は、「台湾沖航空戦」の真相に気づいていた。レイテ島付近に敵の陸海空三軍の大部隊が集結しつつあった十月十九日、第一航空艦隊司令長官大西滝治郎中将は、マニラ北方の第二〇一航空隊本部に六名の幹部を集め、「必死必中」の体当たり攻撃を提案した。すでに八月から九月にかけての敵機動部隊の攻撃により、フィリピン全域を担当していた第一航空艦隊(航空部隊)は大打撃を受け、もちろん、台湾からの増援も望めない。たとえば、この二〇一空で出動可能な飛行機は、零戦二六機に過ぎなかった。

「零戦に二五〇キログラムの爆弾を積んで体当たりさせて、どれだけの効果を期待できるのか」

「空母の甲板に命中させれば、一時的にせよ、空母としての機能を失わせられる」

戦艦大和、武蔵を中核とする栗田艦隊およびそれを支援する諸艦隊は、いまレイテ島をめざして進撃している。レイテ決戦を起死回生の好機とするためには、機数は少なく、搭乗員の練度も低いこの航空部隊の搭乗員らによる肉弾突撃以外の方法はないと、六名の幹部も納得したらしい。だが、体当たりのために爆装した零戦に搭乗するのは、彼ら自身ではない。

二十三歳の関行男大尉を隊長とする「神風《しんぷう》特別攻撃隊」が、翌二十日編成された。出陣の水盃のあと、「だれからともなく〝海行かば〟の曲が歌いだされ、つづいて〝予科練の歌〟となって、送る総員の合唱は低く流れていった」（猪口・中島『神風特別攻撃隊』）という。

二十五日、関大尉の率いる「敷島隊」は、レイテ沖に敵機動部隊を発見し、爆装零戦五機が突入して空母一隻撃沈、空母一隻撃破、巡洋艦一隻轟沈の戦果をあげたと伝えられた。そのころ、戦艦大和を旗艦とする栗田艦隊は、レイテ湾突入のために苦闘していた。巨大戦艦武蔵をはじめ約三〇隻の艦艇を失いながらほとんど成果を得られなかった栗田艦隊などに比べ、零戦五機の犠牲によるこの戦果は大きかった。

当局者は、ただちに、この特攻戦術を全面的に採用した。隊員は、〝志願〟ではなく、〝強制〟によって、爆弾を抱いて基地を飛び立っていくことになった。

いまも、私の耳の奥に残る歌がある（『嗚呼神風特別攻撃隊』詞・野村俊夫、傍点筆者）。

「無念の歯噛み　こらへつつ

待ちに待ちたる決戦ぞ
今こそ敵を屠らんと
奮ひ起ちたる若桜

この一戦に勝たざれば
祖国の行くて いかならん
撃滅せよの命受けし
神風特別攻撃隊」

沖縄の戦い

名古屋空襲 敵のサイパン島上陸は、六月十五日だった。それに呼応して、その日、敵機動部隊が小笠原諸島を空襲し、翌十六日、中国大陸の基地を発進したB29四七機が北九州を爆撃した。目標は、八幡製鉄所だった。

レイテ沖に来攻した敵に日本海軍が決戦を挑んだ十一月二十四日正午すぎ、マリアナ基地のB29約九〇機が東京を空襲した。

日本の外郭防御拠点と日本本土の枢要部とを同時攻撃したという点に、この二つの空襲の共通点がである。

十一月二十七、三十日、そして十二月三日と、B29は東京を襲った。高度一万メートルで富士山をめざし右旋回すると、秒速六〇メートルのジェット気流に乗り、時速七〇〇キロメートルを遙かに超す高速で、日本の首都上空に殺到できる。主目標は中島飛行機武蔵工場だったが、天候などの原因で、アメリカ空軍は、予期したほどの戦果をあげることができなかった。

一転して、彼らは名古屋を狙う。十二月十三日から始まったこの名古屋空襲は、十八日、二十二日とつづき、来襲機数はこれまでの東京空襲のそれを大きく上回る。爆撃目標は、三菱の発動機工場と組み立て工場とであり、かなりの被害があった。この月の七日にマグニチュード八・〇の東南海地震とよばれ、死者九九八人、住宅の損害七万六一三九戸、「特に名古屋重工業地区に被害が大きかった」(東京天文台『理科年表』昭56)と記録される大地震があった直後である。その余震が連日連夜つづく間に、これらの大空襲があり、しかも、毎夜半、B29少数機の来襲があった。

私たちは、当時、名古屋陸軍造兵廠千種製造所に動員され、戦闘機に搭載する機関砲の組み立て作業に従事していた。空襲警報のサイレンが鳴ると、真先に姿を消すのは造兵廠の将校たちであり、私たちの担任教師たちだった。一万メートルの高空を飛行機雲を曳きながら飛ぶB29群を、近くの三菱工場が被弾する爆裂音に耳をふさぎながら、工場内の狭い空地に掘られたタコ壺壕のなかから見上げていたのは、工員と十代後半の女子挺身隊員、そして私たち動員学徒だった。

空襲と地震とで、日本航空工業の主力を担う名古屋重工業地帯が大損害を被ったため、以後、日本

名古屋陸軍造兵廠千種製造所の被爆（米空軍撮影）

の航空機生産量は下降の一途を辿る。私たちが働いていた陸軍造兵廠も、しばしばその生産ラインがストップし、やがて集中爆撃を受けて壊滅する。

年が明けた。

昭和二十年（一九四五年）。

正月早々の一月三日、約九〇機のB29が名古屋市街西北部を爆撃し、一月九日には、約四〇機が名古屋を襲った。翌十日夕、かねて病がちだった私の母は、脳出血で倒れた。十四日、二十三日と名古屋空襲がつづき、二月十五日にも約六〇機のB29が私たちの頭上に現われた。

その間、一月十四日、名古屋攻撃のB29群のうち三機が、伊勢神宮を爆撃し、外宮などに被害があった。「日本は神国」という日本人の偏見を打ち砕こうという狙いが、米空軍のほうにあったと思われる。

戦略爆撃機Ｂ29による日本本土空襲は、はじめ航空機工場破壊を目的とし、高々度からの精密爆撃を試みた。東京の中島、名古屋の三菱などの各工場に対する執拗な襲撃は、そのためだったが、効果は大きくなかった。そこで、マリアナ基地のルメー司令官は、市街地殲滅作戦に切り替えた。日本側の記録では、

三月十日、東京に約一一〇機
三月十二日、名古屋に約一三〇機
三月十四日、大阪に約九〇機
三月十六日、神戸に約六〇機
三月十九日、名古屋に約一六〇機
三月二十五日、名古屋に約一三〇機

とあるが、アメリカ側の記録によると、この六大焼夷空襲に参加したＢ29は、いずれも右に記した機数の約三倍だった。

三菱発動機工場への空襲（中日新聞社提供）

この間、三月二十六日には、栗林忠道中将指揮下の約二万一〇〇〇の将兵が玉砕して硫黄島が敵の手に落ち、以後、日本本土への敵空襲はさらに激化する。

日本帝国の最期は近い。

特攻作戦

しかし、〃最後の戦闘〃の時と場所とについて、陸海軍の意見は一致しなかった。海軍はその主力を失っているが、陸軍は装備はともあれ本土に莫大な兵力をもつ。本土決戦こそ、地の利、人の和を得て戦局の逆転を図る好機と、陸軍は考えた。一方、水上兵力のほとんどを失い、基地航空兵力を唯一の戦力とする海軍は、積極防御という海軍戦略思想の特質もあり、沖縄を最後の決戦の場と見た。

名古屋空襲の翌二十六日、「天一号作戦」の発動が下令された。三月はじめ、連合艦隊は三航艦（第三航空艦隊）五二八機、五航艦三九九機とともに、練習航空隊に過ぎない連合航空総隊を一〇航艦に改編、その三六〇〇機を決戦兵力として各基地に展開しようとしていたが、練習機さえも動員し、飛行時間四〇～五〇時間の未熟練搭乗員をも起用する状況だった。

すでに二十三日朝、敵機動部隊が沖縄周辺の海面に現われ、砲爆撃を開始していた。運天港の第二蛟龍隊（特殊潜航艇）、第二七魚雷艇隊、与奈原、金武の第二二、四二震洋隊（爆装モーターボート）をはじめ、水中・水上の特攻隊が敵艦船群に突入、日本軍の抵抗が始まった。「〇八〇〇〔午前八時〕敵ハ本島ニ上陸ヲ開始ス」と、牛島満中将の指揮する沖縄守備の第三十二軍司令官が本土に打電したのは、四月一日である。

このとき沖縄本島周辺に殺到した敵は、艦船一四五七隻、艦載機一七二七機、兵員四五万余という強大なものだった。一八万二〇〇〇の敵上陸部隊に対し、陸軍約七万、海軍約八〇〇〇の守備隊のほか、県民も戦列に加わった。小学生や女学生も戦ったことは、周知の事実である。

「天一号作戦」の一環として、三、五、一〇航艦による「菊水作戦」が下令された。航空特攻作戦であり、沖縄守備軍の地上戦闘と呼応し、敵に最後の決戦を挑もうとするものだった。六日、「菊水一号作戦」が実施され、陸海軍の特攻機約三〇〇機が沖縄周辺の敵艦船群に突入した。「沖縄島周辺は全く修羅場となり偵察機の報告は黒烟一五〇本とも云ひょく視認し得ざる状況なるが如し。殆んど大部が成功せるものと認む」(宇垣纒『戦藻録』後編)との記録もあり、戦艦など数多くの敵艦船を撃沈破したと、当時、信じられた。なお、この夕、戦艦大和、巡洋艦矢矧、駆逐艦八隻からなる水上特攻隊が、沖縄をめざして豊後水道を出撃した。

私たちの街は焦土となり、残存する工場地帯や市街地も連日連夜敵襲を受け、路傍に死体の山を見るのも日常のこととなっている。すでに私たちは戦場に住んでいた。しかし、本土の一角である沖縄は、より本格的に戦場化し、あの甲飛総決起のときに起ちあがった級友たちの何人かが、沖縄周辺に蝟集する敵に反撃するため、このころ南九州の基地に、死を覚悟して待機していたのである。

翌七日、帝国海軍の象徴ともいえる戦艦大和は、矢矧および駆逐艦四隻とともに、徳之島西沖に沈んだ。この日も、爆装した零戦、彗星、銀河など多数の特攻機が、沖縄付近の敵艦船群に突入した。沖縄本島では、第三十二軍と県民とが、陸海空からの敵の重囲下に苦闘していた。

八日、天皇は、〝戦勝祈念〟のため、皇弟の高松宮を名代として、伊勢神宮に参籠させた。

十二日、「菊水二号作戦」が発令された。

汀朋平が、一枚の紙片に書き遺している。

「二十年二月一日、第五航空艦隊第七〇六海軍航空隊攻撃四〇五飛行隊に配属、木更津航空基地に転勤。三月二十日、本隊を松島航空基地に移動。四月十二日、鹿屋海軍航空基地にて神雷特別攻撃隊に配属」

神雷特攻隊とは、一式陸上攻撃機にロケット推進の人間爆弾桜花を吊り下げ、敵上空に近づいたときそれを放つ部隊のことだった。

決戦の日々

秒読みの遺書

昭和二十年四月十六日の消印のある速達郵便が、名古屋市西区江川端町の犬飼成二の生家に届いた。

「突然な不躾をお許し下さいませ。

御一統様、御達者にて御暮らしの事と、お喜び申し上げます。実は、今日、鹿児島神宮の祈願祭に参りまして、偶然にも成二様方外大勢の特攻隊の人と一緒になりまして、ほんとに身に余る光栄に浴した者でございます。成二様は神の姿その儘で御発ちになります。まだ年少の身で……。何と申し上げて良いやらその言葉さへ存じません。明朝六時出発との由。御両親様にも、せめて最後の成二様のお姿をお見せ致したい一心でございました。今でも、成二様の笑顔を思ひ出して居ります。とても朗らかに！　岐度、大空母陣に命中致しますことと信じて、晴れの御手柄を御祈りして、粗筆を止めさせて頂きます。さようなら。

鹿児島県始良郡溝辺村　松田ヒデ

犬飼鍵次郎様

外　御一同様

二伸

成二様の最後の御書と同封させて頂きました。鹿児島神宮にて頼まれたものです。どうぞ」

同封されていた犬飼成二の〝遺書〟は、粗末なザラ紙に走り書きされたものだった。特攻隊員たちが隊列を組み、〝必死必中〟を祈願のため鹿児島神宮を参拝した際、〝神国必勝〟の祈願祭でこの神宮に居合わせた国防婦人会のこの人に、隊列から離れて駆け寄った犬飼成二がこの手紙を託したという。

「父上様、母上様、祖母様、御機嫌よろしう。

魂のみは生きて陰乍ら幸なる生活をお祈り致します。どうぞ〳〵お体大切に元気で、いつまでもいつまでも、成二をお守り下さいませ。

笑ひて突入します。父上様、母上様、祖母様のお写真を胸に抱き緊めて……。

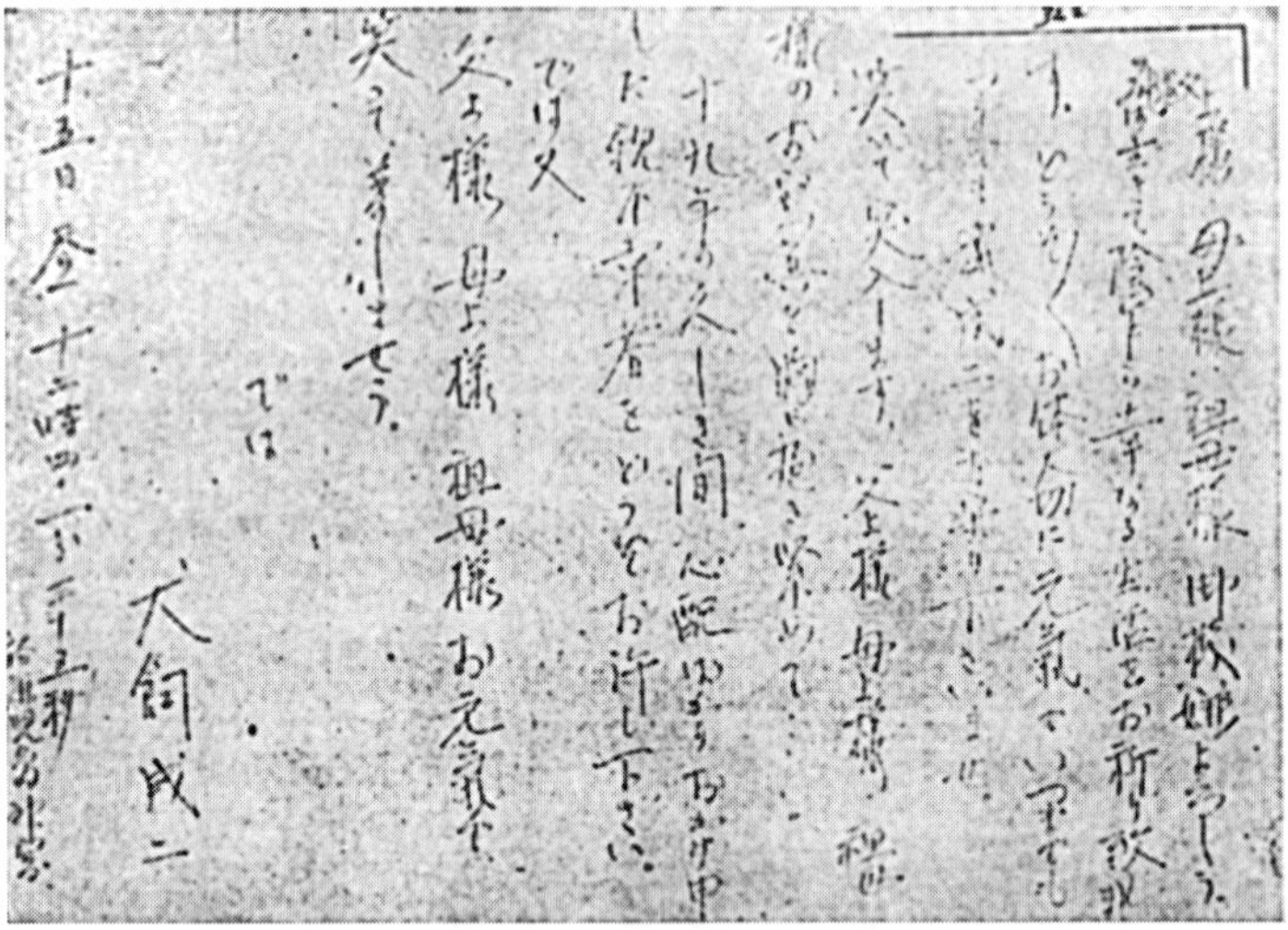

犬飼成二の“秒読み”の遺書

十九年〔筆者注・満十七歳〕の久しき間、心配ばかりおかけ申した親不幸《（ママ）》者を、どうぞお許し下さい。

では又。

父上様、母上様、祖母様。お元気で。笑って暮しませう。

では。

犬飼成二

十五日昼十二時四十一分三十五秒

於鹿児島神宮」

この手紙を受けとったとき、約二年前の七月六日、愛知一中の剣道場で〝甲飛勧奨〟についての学校側の説明を聞いた際の言葉のいくつかが、犬飼成二の父母の耳に蘇ったという。「わが子という観念は、もう払拭して頂きたい」「わが子にしてわが子にあらず」などの言葉である。

「天皇陛下のおんため、国家のために、うちの子は命を捨てたのだ」と父親は呟いたが、母親は、声もなく涙を流したという。「十五日昼十二時四十一分三十五秒」と細かに書き遺したところに、わが子の几帳面な性格が偲ばれ、自分の余命を分刻み秒刻みに読んでいた心情が胸に浸みた。

四月十六日、「菊水三号作戦」が発令され、海軍一七六機、陸軍五〇機が特攻出撃し、十七日には特攻機四五機が発進したが、どちらにも、犬飼成二の隊は選に洩れた。

練度の高い五航艦と三航艦の一部とが敵機動部隊を狙い、低練度の一〇航艦と三航艦の大部分とが、陸軍の第六航空軍とともに敵輸送船団を攻撃するように協定されていたが、敵空母は数十隻、敵航空兵力はいまや数千機にも及ぶ。しかも、敵が、最前線の警戒部署を強化し迎撃戦闘機を増強したため、わが特攻戦術の効果は減殺されていく。この日、一〇航艦の司令部は、次に予想される「決号作戦」に備えるとの名目で、南九州から撤収した。

十八日、B29約六〇機が九州、四国を空襲し、鹿屋、笠ノ原、串良、国分などの基地に被害があり、五航艦は五〇機を失った。

十九日、前夜来の雨のため、敵味方とも活動せず、二十日、敵機動部隊に対する特攻総攻撃の予定日だったが、敵を発見できず延期となった。二十一日朝、B29約一八〇機が南九州に来襲、出水、宇佐、笠ノ原などの基地が滑走路に被弾し、わが機の離着陸は不能となり、その影響で総攻撃はさらに延期された。

二十二日朝、B29約一〇〇機が南九州を襲ったため、総攻撃とはいえ、主力の神雷部隊は出動できず、彗星五機、爆装零戦八機が突入したが、戦果は上がらなかった。

二十三、二十四日と、天候が悪く、敵を捕捉できなかったものの、一応、「菊水四号作戦」が発令された。なお、二十四日には、ソ連軍のベルリン侵入が伝えられた。

二十五日も天候不良で、敵機動部隊の発見は不可能となり、翌二十六日は雨だった。ほどなく、この日のスタンプが押された封書の速達が、犬飼成二の父親宛に届いた。封筒の裏には、「鹿児島県始良郡日当山村東郷　犬飼成二」とあった。

「拝啓　前略　後略　敬具

父上様・母上様・祖母様　お健者《(ママ)》で、私も元気一ぱい張切ります、どうぞ〱御心配なく、いつまでも〱永遠に御幸福にお暮し下さいませ。私も、永劫に永久に永遠に生きて皆様の健康を祈って居ります。

四月二十五日夜

椿も咲き桜は散り今又夏が来ます。

お体大切に　御法様と父上・母上・祖母様の御写真は肌身離さず持って信仰します。

では又　さようなら

あゝ花散る日　古の道こそ開け

石川啄木

我が愛誦の句なり

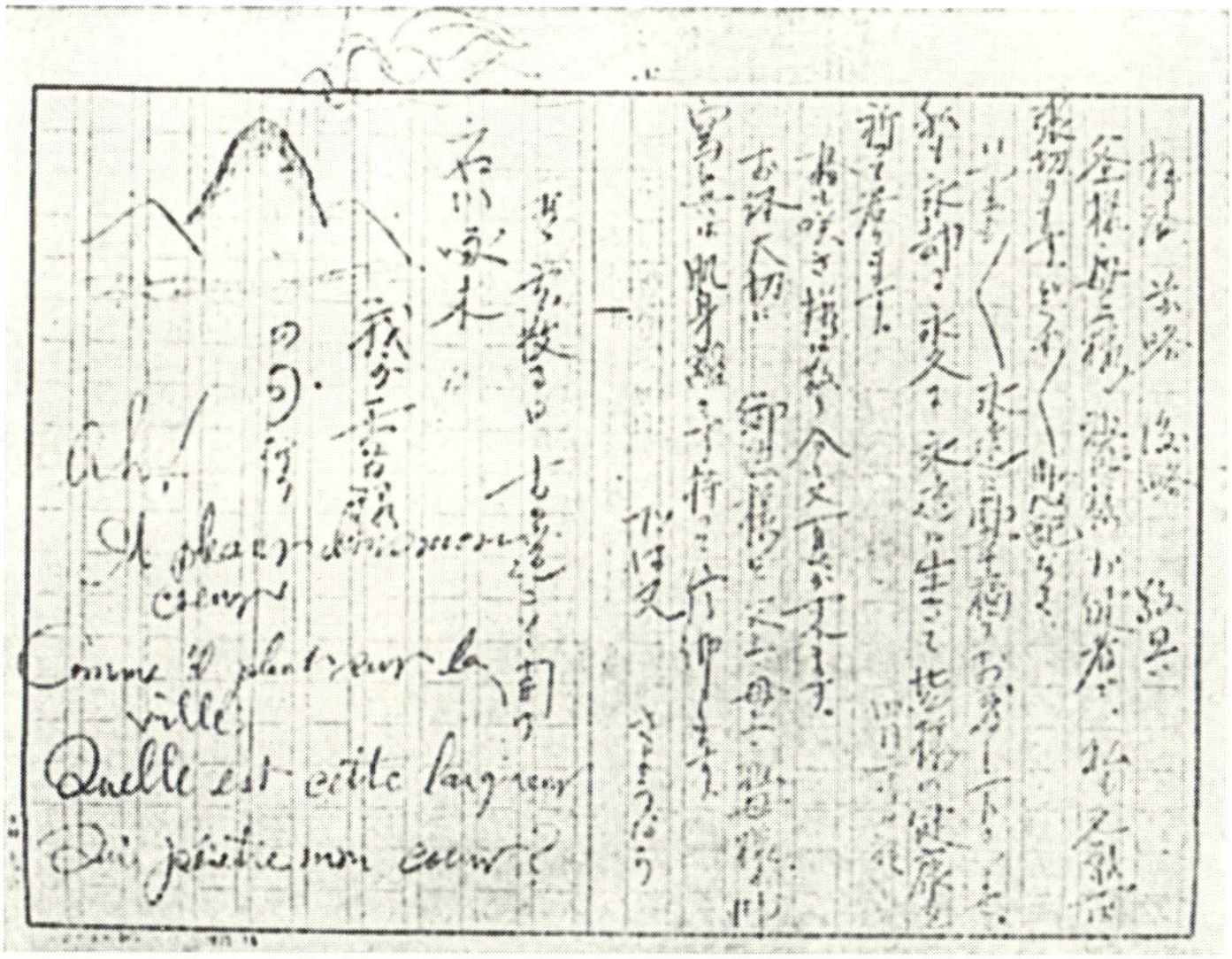
Ah!
Il pleure dans mon coeur
Comme il pleut sur la ville.
Quelle est cette langueur
Qui pénètre mon coeur ?

上　犬飼成二の“最後”の遺書
下　犬飼成二が沖縄に特攻突入した九九式艦上爆撃機

Ah!
Il pleure dans
　mon coeur
Comme il pleut
　sur la ville.
Quelle est cette
　langueur
Qui pénètre mon
　coeur ?」

四〇〇字詰の原稿用紙一枚である。左上に桜島噴煙の図が描かれ、左下にこのヴェルレーヌの詩が撲り書きされていた。桜島の絵は、両親たちに自分が死地に向かうときの出発点を暗示し、この詩は、「巷に雨の降るごとく、わが心にも涙ふる」と、自分の思いを伝えようとしたものと推定される。

二十七日夜、夜間戦闘機隊とともに、七〇六空すなわち汀朋平の部隊の陸攻九機が鹿屋基地を出発、沖縄周辺の敵制圧に当たった。

二十八日午後、沖縄に向かって零戦二九機が出撃したあと、九七式艦上攻撃機一二、九九式艦上爆撃機二二、桜花を抱いた陸攻四などが、南へと飛び立った。薄暮攻撃のためである。

第二国分基地から発進した九九式艦爆二二機は、〝神風特別攻撃隊第三草薙隊〟と名づけられていた。この隊に属していた犬飼成二は、〝九九式棺桶〟と俗によばれる固定脚で時速三八九キロメートルという低速の旧式爆撃機に搭乗し、沖縄沖の敵艦船群に突入した。この特攻攻撃について、「一八三〇―一九〇〇の間、(中略)敵電話は相当の混乱の情を呈し、三隻は撃沈破されたる事確実なり」と、五航艦長官の宇垣纒中将は、その日記に書いた。アメリカ側の記録によれば、駆逐艦五隻、輸送船一隻などが損傷を受けたという。

四月十五、二十五日と再度にわたり、犬飼成二が〝遺書〟を書いたのは、「明日発進」と幾度か令達されながら、作戦の都合、B29の基地来襲、天候の不良などにより、出撃が順延されたからだった。

なお、彼の最後の遺書にある「御法様」とは、正しくは「御坊様」であり、彼がいつも信仰し参詣を怠らなかった寺院のことである。いずれにせよ、犬飼成二が、このとき、亡友能登芳康の住む世界に旅立ったことは、疑いのない事実だった。

五月一日、ハンブルク放送は、「ヒットラー総統戦死」と伝え、七日、ドイツ全軍は連合国軍に無条件降伏した。

少年三人の戦死

前に述べた一式陸上攻撃機は、ふつう一式陸攻とよばれ、四発なみの性能をもつといわれた日本海軍独特の双発爆撃機である。そのすぐれた航続力が、主翼内を燃料槽にする特殊構造に依存していたため、被弾により容易に発火するという致命的な欠点をもち、敵から、ワンショット・ライターとよばれていた。

蒲勇美は、この一式陸攻の電信員であり、給油などのため立ち寄った各地の基地で、かつての級友たちと会っている。十四期甲飛生として入隊し、米子の基地で油まみれで働いていた浅野龍男の肩を叩いて驚かせたのは、その一例である。その後、浅野龍男は、鹿屋基地で、ふたたび蒲勇美と出会った。

「いま、どんなことをしてるんだ」

「夜、南の方へ偵察に出かけ、未明に帰る」

五月四日、「菊水五号作戦」が発令され、陸海軍の特攻機二一六機が出撃、以後、わが航空部隊は、連日、沖縄一帯の敵を襲撃する。十日夜、八〇一空の陸攻四機が、南西諸島の列島線東方海面を索敵し、沖縄本島東方約一〇〇カイリ（約一八五キロメートル）に敵機動部隊らしいものを発見、これを攻撃した。

蒲勇美の搭乗機から、基地に入電があった。

「ワレカタハイフノウニツキジバクス」〔筆者注・「我れ片肺不能につき自爆す」の意であり、平文で打たれた可能性がある〕

敵の夜間戦闘機の迎撃または敵艦隊の対空砲火によるのか、エンジンに故障を生じたのかは、明らかでない。確かなことは、この最後の無電を打ったのが蒲勇美自身だったことである。受信したある下士官が、浅野龍男にこの電文の内容を伝えた。

蒲勇美は、当時十七歳で、犬飼成二と同じように、ひとり息子だった。

翌十一日、「菊水六号作戦」が開始された。

本土中枢部への空襲はさらに頻繁となり、十四日には、四七二機のB29が名古屋を襲い、市街地を爆撃、名古屋城も焼け落ちた。

このころ、岡田巧は、第三岡崎航空隊から霞ヶ浦航空隊へ転属になった。新しく入隊した練習生の教員として三岡崎空から約三〇名が転出することになったといわれる。本土での主力決戦は関東平野で戦われることになろうし、関東周辺の海軍航空兵力は死力を尽して首都を守らねばならない。暇乞いを兼ねて、彼は帰省した。ひとりだけの兄は中国大陸の戦場にあり、家には両親しかいない。家といっても、名古屋の東北方、愛知県と岐阜県との境に近い草深い定光寺付近の疎開先である。その夜、彼は両親の間に挟まれて寝た。灯火管制の暗黒に閉ざされた部

蒲勇美・鈴木忠熙が搭乗していた一式陸上攻撃機

屋で、父母はともに寝つかれなかった。わが夜間戦闘機らしい一機の爆音が聞こえた。ラジオが、空襲警報を伝えた。西南の空が明るく、名古屋市街の阿鼻叫喚が聞こえるかのようである。爆撃は、十七日午前二時十分から二時間にわたって行われた。この夜の名古屋空襲に参加したB29は四五七機だった。

警報解除ののち、岡田巧は帰隊の途についた。中央西線定光寺駅の狭いプラットフォームで見送る母親に、彼は、車窓から帽子を振りつづけた。鉄道は、名古屋市街東北部の大曽根から先が不通だった。「おまえは軍人だから、行きずりの軍用トラックに便乗してでも岡崎へ行け」と、ここまで送ってきた父親は、彼をせき立てた。父親自身は、鉄道のレール伝いに彼を追った。靴が破れたので脱ぎ捨て、靴下も破れ、はだしとなって走った。名古屋の街は、炎と煙とに包まれ、市民が郊外へと避難の列をつくっていた。至るところに死体が横たわり、B29の残骸も少なからず見受けられた。B29撃墜破三三機と記録にあるが、市街地、工業地帯、交通施設はほとんど破壊されていた。「熱田神宮炎上」の噂を耳にした岡田巧の父親は、「生きて還れ」と叫び、ふたたびレール伝いに疎開先の家へ帰った。以後、両親は岡田巧と会っていない。

鈴木忠熙は、五月一日、小松から豊橋郊外の基地に飛来した際、遠縁のひとりと会った。

「どこへ行くんだ」

「九州へ戦闘協力にいくところです」

「どんなことをしてる」

「電探の仕事です」

彼は、電探装備の一式陸攻の搭乗員だった。

約三週間後の二十七日薄暮から二十八日の夜明けにわたり、「菊水八号作戦」が実施され、海軍特攻機五一機が発進した。そのなかには白菊三六機や水上機一五機も加わっていた。白菊というのは最大時速二二四キロメートルの機上作業練習機であり、いうまでもなく水上機は浮舟《フロート》をつけた低速機だった。三月以来の作戦でわが特攻兵力は底をつき、こうした飛行機までも動員せざるをえなかった。

二十七日午後十一時十五分から翌二十八日午前零時五分に至る間、八〇一空の一式陸攻三機が、この特攻作戦支援のため鹿屋基地を発進し、都井岬、南大東島、沖縄南端を結ぶ海面を索敵した。そのうちの一機が「ツセウ」〔筆者注・「敵戦闘機の追蹤を受く」の意〕と基地に打電し、消息を絶った。鈴木忠煕は、十六歳だった。

沖縄本島では、激闘がつづいていた。制海空権を奪われ、重火器を失ったわが守備隊と県民とは、斬り込み隊を編成して、戦車を先頭とする重装備の敵侵攻軍に立ち向かった。

当時、焦土となった私たちの街に、「斬込隊」の歌（『特別攻撃隊・斬込隊』詞・勝承夫）がラジオから流れていた。南太平洋の離島のことではなく、身近なことと感じられた。

「命ひとつとかけがへに　百人千人斬ってやる
日本刀と銃剣の斬れ味知れと　敵陣深く
今宵また征く　斬込隊」

六月六日、沖縄本島小禄に布陣して苦闘していた海軍根拠地隊大田実少将は、「県民ハ青少年ノ全部ヲ防衛召集ニ捧ゲ……若キ婦人ハ率先軍ニ身ヲ捧ゲ看護婦炊事婦ハモトヨリ砲弾運ビ挺身斬込隊スラ申出ルモノアリ……沖縄県民斯ク戦ヘリ。県民ニ対シ後世特別ノ配慮アランコトヲ」と打電し、やがて、「今十一日二三三〇玉砕ス」の無電を最後に、連絡を絶った。二十三日、摩文仁で第三十二軍司令官牛島満中将が自決し、沖縄本島での組織的戦闘はほぼ終わった。

「決号作戦」の準備が進んでいた。沖縄戦終結のこの日、『義勇兵役法』が施行され、男子十五～六十歳、女子十七～四十歳のすべてが、国民義勇戦闘隊員とされた。「一億特攻」「一億玉砕」と叫ばれ、黄色火薬を梱包して背負い、敵戦車のキャタピラの下に身を投げるための練習、竹槍、薙刀、野球のバット、出刃包丁を先につけた棒まで用いての白兵戦の訓練が、全国の国民学校や町内会などで行われた。

戦い終わる

大日本帝国の崩壊　すでに一月二十九日、トルコ対日断交。二月四日、ヤルタ協定の秘密条項で千島・樺太割譲と交換に対日参戦をソ連が密約。三月一日、インドおよびサウジアラビア対日宣戦。二日、ルーマニア対日宣戦。四月五日、ソ連、日ソ中立条約の不延長を通告。十一日、スペイン対日断交。十三日、チリ対日宣戦。五月十七日、デンマーク対日宣戦。六月二日、ギリシア対日宣戦。六日、ブラジル対日宣戦。七月六日、ノルウェー対日宣戦。そして、十四日、かつての盟邦イタリアも対日宣戦。(服部卓四郎『大東亜戦争全史』)

地球上で孤立した日本列島に、敵の砲爆弾が降り注ぐ。

三月から六月までに日本本土を襲った敵機は、マリアナ基地からのB29九二五二、硫黄島からのP51七四五、沖縄からの戦闘機や爆撃機五七〇、機動部隊の艦載機五七二二、計一万六二八九機に達した。このデータは大本営陸軍部の資料によるもので、実際の来襲敵機数はこれを大きく上回る。

沢田秀三は、霞ケ浦にいた。高々度からB29が爆撃し、低い角度からP51や艦載機グラマンF6Fが銃撃した。「敵襲のとき、零戦が舞いあがって迎撃したが、空戦の結果墜ちてくるのはほとんど味方機だった」と、戦後に回想し、また、次のように私に語った。

「敵の爆弾は、われわれの壕によく命中したが、銃撃もひどかった。昨日おれの右隣りの同輩が死んだかと思うと、今日は左隣りの友人が死んでいた。二、三日のうちに、おれの周囲の寝床がすっかり空っぽになったことを覚えている」

六月十日、B29約三〇〇機、P51約七〇機が関東・東海地方に来襲し、午前七時から九時までの間、霞ケ浦基地を攻撃した。

七月に入ると、敵の空襲は、さらに激しくなり、この月だけで来襲敵機約二万と、当時報道された。B29は、七月一日に約一八〇機で呉を、二日に約一六〇機で九州を、三日には約二五〇機で姫路・高松を爆撃。四、五の両日、P51延三二〇機が関東を襲い、六、七日には沖縄基地から延一八〇機が西日本に来襲した。九日にはB29一三〇機が岐阜を焼夷爆撃し、十日、敵艦載機約一二〇〇機が関東、P51約一〇〇機が阪神地方を襲撃した。

十四、十五日、敵機動部隊は、東北・北海道を襲って釜石、室蘭などに艦砲射撃を加える一方、十七、十八日には、その艦載機が関東一帯を攻撃し、敵艦は鹿島灘に面する日立などを砲撃した。

「連合艦隊が救援に来る」と信じ、あるいは信じようとして、サイパン、フィリピン、沖縄の守備隊は〝玉砕〟した。「連合艦隊は決戦に備えて瀬戸内海に温存されている」という情報もあった。しかし、私たちは、日本海空軍がその主兵力を使い果たし、陸軍も竹槍部隊でしかないことを知っていた。

七月十六日、アメリカの科学者と軍部とが、ニューメキシコの砂漠で、原子爆弾の実験に成功したことは、もちろん、私たちの耳に入らなかったが、二十六日、米英華のポツダム宣言のニュースは知った。この宣言を「黙殺ス」と発表した政府の声明も、私の記憶にある。

八月六日、B29が広島に原子爆弾を投下した。大本営は、その翌日、「新型爆弾」により広島市に「相当の被害」があったと発表したが、私たちは、それが〝原子爆弾〟であることを、即座に理解した。P51やグラマンの狙撃を避けるために「白い衣服で外に出るな」と指導していた軍部が、この日を境にして、「露出部少キ服装トシ厚着ヲシ出来得ル限リ白色ノ下着ヲ使用スヘシ」と指示した。日本帝国壊滅の日は近いと、私たちは予感した。

九日の深夜零時、ソ連軍は満州、南樺太に奇襲侵攻、北朝鮮、千島に攻撃を開始した。ソ連のマリク駐日大使から政府が正式に宣戦布告文書を受けとったのは、翌十日の午前十一時十五分である。

七つボタン姿の汀朋平

この九日、長崎に第二の原子爆弾が投下され、同日、東北地方に艦載機一六六〇機が来襲、またも釜石が艦砲射撃を受けた。敵航空兵力の本土空襲、敵潜水艦による海上封鎖、原子爆弾の投下、そしてソ連の参戦という事態に直面しながらも、若い航空隊員の士気は衰えていなかった。

沖縄戦のため南九州に出動した汀朋平は、美保基地を経て、このころ、宮城県の松島基地にいた。九日、金華山沖に敵機動部隊発見の情報で、汀朋平が搭乗する陸上爆撃機銀河も出撃しようとした。離陸直後の一瞬、夏空のなかからグラマンF6Fがかぶさってきた。硫黄島の戦いに加わり、沖縄作戦を支援し、近ごろは日本近海に敵を求めて飛ぶ新型爆撃機の機長として、いくたびも死線をくぐり抜けてきたが、ついに最後の瞬間を迎えたのかと、彼は覚悟した。一〇〇メートル上空から彼の乗機は墜落し、彼以外の搭乗員二人は即死したが、地上に激突して炎上する機内からはい出した彼は、もよりの遮蔽物をめがけて走った。敵の機銃弾が彼を追った。その遮蔽物のところまで駆けて、彼は昏倒した。

六日後の十五日朝、舘野守男放送員（アナウンサー）の声で次の報らせがあった。七時二十一分である。

「謹んでお伝えいたします。畏きあたりにおかせられましては、このたび詔書を喚発あらせられます」

やや間があった。

「畏くも天皇陛下におかせられましては、本日正午御自ら御放送遊ばされます。まことに畏れ多き極みでございます。国民は、ひとり残らず謹んで玉音を拝しますように」

汀朋平が搭乗していた陸上爆撃機銀河（酣燈社提供）

ふたたび間があった。

「なお、昼間送電のない地方にも、正午の報道〔ニュース〕の時間には特別に送電いたします。また、官公署、事務所、工場、停車場、郵便局などにおきましては、手持ち受信機をできるだけ活用して、国民洩れなく厳粛な態度で畏き御言葉を拝し得ますよう御手配願います。ありがたき放送は正午でございます。なお、今日の新聞は、都合により午後一時ごろ配達される所もあります」

正午になった。私は、岐阜県東濃地方の山奥の動員先で、この年入学した名古屋工業専門学校（現名古屋工業大学）の新しい級友たちとともに、埃にまみれたラジオの前に直立不動の姿勢で頭を垂れていた。正午の時報の直後、和田信賢放送員が、

「ただいまより重大なる放送があります。全国聴取者の皆さま、ご起立願います」と伝え、「君が代」の奏楽につづいて、下村宏情報局総裁が簡潔に放送の趣旨を述べたあと、すぐ「玉音放送」が始まった。はじめて耳にする〝神〟の声である。

「朕深ク世界ノ大勢ト帝国ノ現状トニ鑑ミ非常ノ措置ヲ以テ時局ヲ収拾セムト欲シ玆ニ忠良ナル爾臣民ニ告ク」と、ひどく雑音のはいるラジオのスピーカーから聞こえるのは、一般人とは異なる抑揚ではあったが、まぎれもなく〝人〟の声だった。ポツダム宣言の受諾を政府に命じたと述べたあと、天皇は「堪ヘ難キヲ堪ヘ忍ヒ難キヲ忍ヒ以テ万世ノ為ニ太平ヲ開カントス」とつづけた。無条件降伏である。

八月十五日ひるすぎ、灼熱の太陽が私たちの頭上にあった。

このとき、わが帝国は崩れ落ちた。

いくつかの基地で

水野清一は、大和空から転進して、このとき松山基地にいた。

彼は特攻隊員に指名され、〝赤トンボ〟と俗によばれる時速一二〇キロメートル、布張り複葉の九三式中間練習機に爆弾を積み、八月十六日特攻出撃する準備をせよと命令されていた。鈍速なので、低空から敵戦闘機の妨害や敵の弾幕をくぐり抜けて突入するつもりだった。宿舎に割り当てられた小学校の講堂で寝起きし、鹿屋基地への進出の日を待っていた十四日、無電傍受で終戦らしいと知り、本部へ連絡に走った。走りながら、どうしたらよいかと考えた。

翌十五日、仲間と語り合い、「やはり赤トンボで突入しよう」と心に決めた。飛行場へ行ってみると、プロペラが外されている。「もはやこれまで」と円座をつくり、所持していた軍刀で割腹しようとした。せめて愛機の翼の下でわが命を断ちたかったという。隊長が駆け寄り、「死ぬことはいつでもできる。生きて生き抜いて国家の再建に尽すのが、真の忠節というものだ」と諭した。烈日のもとで、水野清一たちは泣いた。

加藤泊美は、長野県の三重航空隊野辺山派遣隊で、結局は実用化できなかった〝幻のジェット戦闘機〟秋水によるB29への攻撃訓練を受けていた。七、八月ごろ、近くの寺の禅僧が毎日のように訪れ、次のように説教したという。

「あなたたちは、死に場所を与えられている。死ぬと決まっているのなら、土の上で死ぬより大空で華やかに散るほうがよい。あなたたちは幸せだ」

加藤泊美は、すでに「大空で散る」覚悟を決めていたが、終戦と知って、呆然とした。どこか放心状態になり、空を見上げていた。その基地で犬飼成二に会ったとき、「おれは死ぬが、きみは生きて還れ。母校へ行って後輩たちに〝海軍航空隊などには決して入隊する

上　赤トンボとよばれた九三式中間練習機
下　B29迎撃用に試作されたジェット戦闘機秋水

な〟と伝えてくれ」と彼がいったことも思い出した。何時間かののち、「もう死ぬ必要はない。犬飼成二たちの分まで生きてみせる」と心に決めた、「新しい時代が始まるかも知れない」と、加藤泊美は、同僚の下士官たちと酒盛りを始めた。やはり酒に酔っているらしい予備士官が抜刀して近づいてきた。

「きさまたち、そのざまは何だ。ぶった斬るぞ」

海軍二等飛行兵曹の加藤泊美は、予備学生出身のこの少尉に詰め寄ったという。

「斬れるものなら斬ってみろ。世の中が変わることがわからないのか」

田島正は、中国福建省の廈門《アモイ》にいた。

第一一三震洋特攻隊員である。震洋艇は、長さ五メートル、排水量一・四トンのベニヤ板製のボートに自動車のエンジンを取り付けたもので、爆薬二五〇キログラムを積み、敵艦船に体当たりする目的で造られた特攻兵器だった。彼によると、第一一三震洋特攻隊は、八月十四日、台湾海峡に敵船団出現の報を受けて出撃したという。敵が日本陸軍の大部隊の駐留する中国大陸、とくに福建省に侵攻する公算は大きかった。敵来襲は誤報と知り、基地に帰投すると、終戦のニュースが伝わっていた。十九歳で兵曹長だったという田島正は、家族のことを思い出し、死への決意が一転して生への執着となった。一刻も早く母国へ帰りたいと思った。

野々上烝《ひろし》は、山口県柳井で、特殊潜航艇蛟龍による特攻訓練を受けていた。彼の乗る蛟龍は、四五センチ魚雷発射管二基を備え、水中速力一六ノット、乗員五名の超小型潜水艦である。頭部に爆薬を詰め、魚雷二本を発射したのちは、艇体を敵艦船に体当たりさせるのである。終戦と知った彼は、空を仰いだ。「必死必中」のための猛訓練の日々は何のためだったのか、今後は何のために生きるのかと、野々上烝は考えこんだ。

田村教諭の胸中

岡田巧の両親は、息子の復員を待っていた。街には陸海軍の復員兵が溢れ、内地の海軍航空隊全員が帰還したとさえ聞いた。いたたまれなくなって、父親は上京した。霞ケ浦へ行き、直接わが子の安否を確かめようとしたのである。

ガラスが破れ、汚れ果てたどの車両にも、荷物を背負った復員兵が、椅子の間の通路や網棚の上に、また機関車にさえ鈴なりに乗っている。東京駅にも人が渦を巻き、その過半数は復員兵だった。父親は、左腕に包帯をした海軍の下士

上　爆装モーターボートの特攻艇震洋
下　終戦直前に量産された特殊潜航艇蛟龍

官にたずねた。

「霞ヶ浦へは、どう行ったらいいでしょう」

「霞ヶ浦といえば、航空隊のことですか」

「そうです」

「霞ヶ浦のどの隊のだれに会いに行くのですか」

「第一〇三分隊第六八班の岡田巧です。二等飛行兵曹です」

雑踏のなかでの会話だったが、下士官は息を呑むかのような表情で立ちどまった。

「岡田巧二飛曹は、自分たちの班にいました。六月十日の空襲のとき、自分たちの壕はP51の銃撃を受け、二〇名の班員のうち、自分だけが左腕を負傷して生き残り、ほかの一九名はすべて戦死しました」

偶然の出会いだった。下士官は、東京の海軍病院で加療し、快方に向かったので帰省するところだと語ったが、父親はめまいを感じて、その場にうずくまった。

七月のある日、愛知一中の田村慎作教諭が、岡田巧の両親の疎開先を訪れたときのことを、母親は鮮かに記憶している。田村教諭に、「先生、巧はがんばっています」と、一枚の葉書を見せた。六月十三日の消印があった。

「こちらでは、母校一中より決起した友達の多数とも一緒になり、私が名古屋の状況など話して愉快な日を過ごしてをります」とあり、「面会禁止」と赤鉛筆で書き入れてあった。

「岡田君が甲飛へ征ったことについて、母親としてどう思われますか」

と、母親の顔を凝視しつつ、教諭はたずねた。

「壮行会のとき、〝天皇陛下の赤子であるわが子を、いま陛下のもとにお返しする日が来た。名誉なことだ〟と伺いました。親としても、そのように信じています。面映ゆい感じもしますけれど、これをご覧ください」

母親は、もう一枚の葉書を見せた。三重空奈良分遣隊在隊中の上官からである。

「御芳翰拝誦仕り候
烈々たる徹忠の御精神ありありと文面に現れ申し軍国の母の亀鑑に御座候。小官目頭の熱くなるを覚え申し候。練習生一同並びに教員、分隊士及び小官の家内にも読み聞かせ申し候。一同感憤興起仕り一層の忠誠を誓ひ申し候。（後略）」

田村教諭は、これらの葉書を何度も読み返したのち、静かに敬礼して岡田家を辞去したが、戦後になってわが子の戦死を知った父親は、愛知一中に駆けつけた。

教諭は、涙を流しながら語った。

「お宅を訪れたとき、実は、この手紙をもっていたのですが、お見せすることができませんでした。以後、肌身離さずもっているのです」

霞ヶ浦にいた沢田秀三が教諭に宛てた手紙であり、「岡田巧君も霞ヶ浦の花と散り……」と、彼の戦死のことが書かれていた。教諭は、両親とも彼の死を承知しているものと思って弔問に訪れたのだが、そうでないと知り、黙って帰ったとのことだった。

甲飛総決起のとき沈黙を守った田村慎作教諭だが、甲飛へ征った教え子やその家族を励ましつづけていた。甲飛総決起を声高に説いた他の教諭たちが、その後そ知らぬ顔をしていたのと対照的だった。

なお、岡田巧の戒名は「尽忠院霞空日巧居士」という。

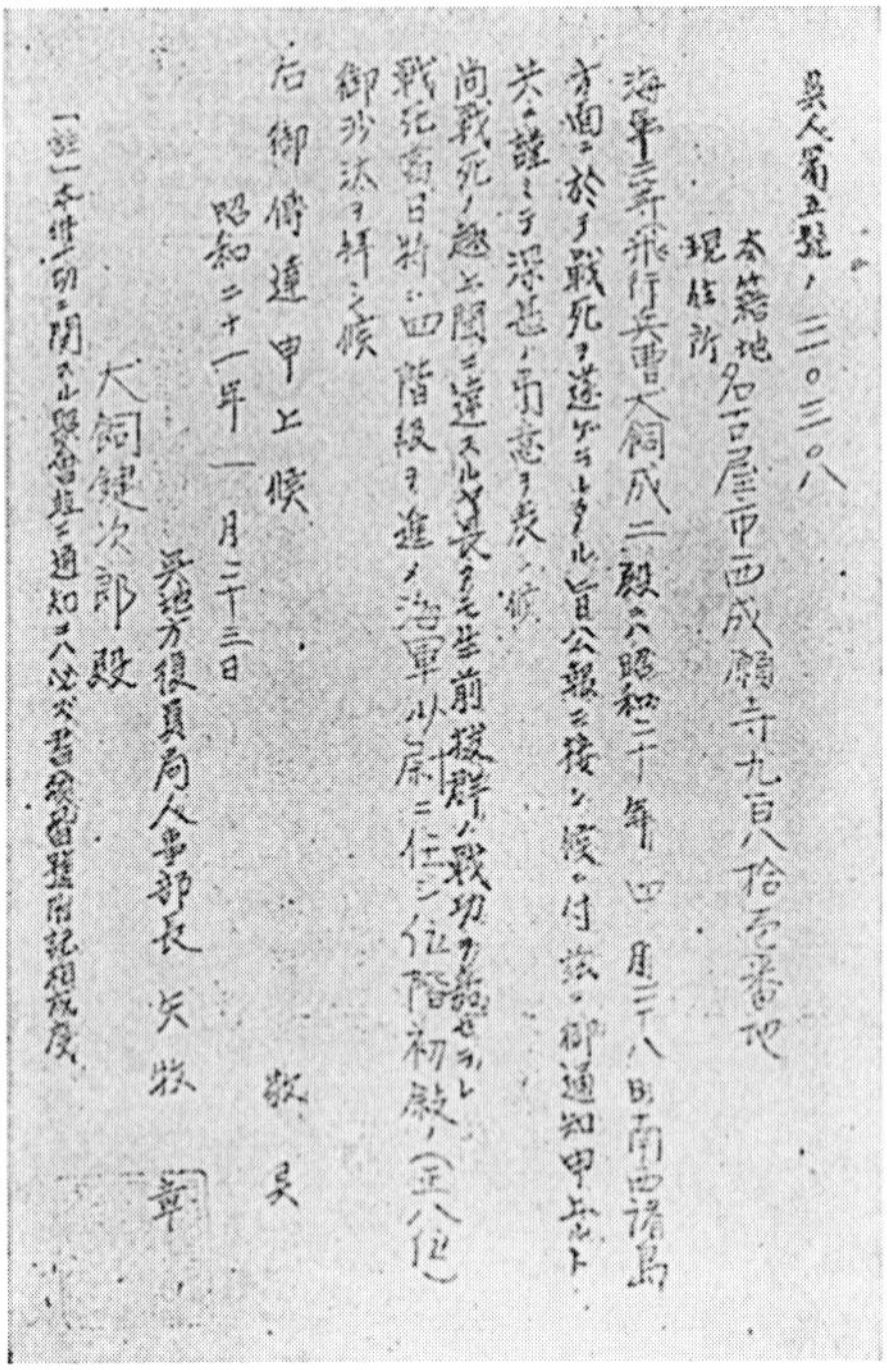
呉人第五號ノ三〇三〇八
本籍地 名古屋市西成願寺九百八拾壱番地
現住所
海軍上等飛行兵曹犬飼成二殿ハ昭和二十年四月二十八日南西諸島方面ニ於テ戦死ヲ遂ゲラレタル旨公報ニ接シ候ニ付茲ニ御通知申上ゲルト共ニ謹ミテ深甚ノ弔意ヲ表シ候
尚戦死ノ趣ヲ聞ニ達スルヤ生前抜群ノ戦功ヲ認メラレ戦死当日附ヲ以テ四階級ヲ進メ海軍少尉ニ任ジ位階初叙ノ(正八位)御沙汰ヲ拝シ候
右御傳達申上候　敬具
昭和二十一年一月二十三日
呉地方復員局人事部長　矢牧　章
犬飼鍵次郎殿
[註]本件ニ関スル照会ハ通知ノ公文書番号附記相成度

犬飼成二の四階級特進通知

戦死公報

九月二日、東京湾上に浮かぶアメリカ戦艦ミズーリの甲板で、日本は降伏文書に調印、二十七日には、天皇が連合国軍総司令部にマッカーサー将軍を訪問した。

年が明けて、昭和二十一年(一九四六年)の元旦、天皇は年頭詔書を発し、「朕ト爾等国民トノ間ノ紐帯ハ、終始相互ノ信頼ト敬愛トニ依リテ結バレ、単ナル神話ト伝説トニ依リテ生ゼルモノニ非ズ。天皇ヲ以テ現御神トシ、且日本国民ヲ以テ他ノ民族ニ優越セル民族ニシテ、延テ世界ヲ支配スベキ運命ヲ有ストノ架空ナル観念ニ基クモノニ非ズ」と述べた。

二月はじめ、犬飼成二の父親のもとに、彼の戦死が公式に伝えられた。

「呉人第五号ノ三〇三〇八

本籍地・現住所　名古屋市西成願《ママ》寺九百八拾壱番地

海軍二等飛行兵曹犬飼成二殿ニハ昭和二十年四月二十八日南西諸島方面ニ於テ戦死ヲ遂ゲラレタル旨公報ニ接シ候ニ付茲ニ御通知申上ルト共ニ謹ミテ深甚ノ弔意ヲ表シ候

尚戦死ノ趣上聞ニ達スルヤ畏クモ生前抜群ノ戦功ヲ嘉セラレ戦死当日特ニ四階級ヲ進メ海軍少尉ニ任シ位階初叙ノ（正八位）御沙汰ヲ拝シ候

右御伝達申上候　　敬具

昭和二十一年一月二十三日

呉地方復員局人事部長　矢牧　章㊞

犬飼鍵次郎殿

「註」本件一切ニ関スル照会並ニ通知ニハ必ズ書類番号附記相成度」

和紙に謄写印刷され、固有名詞や階級名の箇所だけがペン字で記入されていた。また、『遺品目録』も送られてきた。それには、

「　遺品目録

海軍二等飛行兵曹　犬飼成二

届先　名古屋市西区江川端町六ノ一番地　犬飼鍵次郎

品名	数量
冬襦袢	二
筆入	一
手袋	五
手拭	一
風呂敷	三
褌	一

」

とあった。遅れて届いた〝白木の箱〟には、新品の飛行帽だけが入っていた。二月十一日、犬飼成二の葬儀が行われた。戒名は「思想院忠烈日成居士」である。さらに幾日かを経て、次の「叙勲沙汰」が届けられた。

「　　海軍少尉　犬飼成二

今次戦争ニ於ケル功ニ依リ功四級金鵄勲章及勲六等単光旭日章ヲ授ケ賜フ

　昭和二十年四月二十八日

　　　賞勲局総裁正四位勲二等　瀬戸保次」

終戦前、すでに彼の死を知っていた祖母と母親とは、大きな衝撃を受け、心労からこの直後に逝った。

蒲勇美の父母が受けとった〝白木の箱〟すなわち遺骨箱には、一枚の紙片だけが入っていた。縦一八センチメートル、横六センチメートルのザラ紙に、インクで次のように書かれている。

「　戦死公報写

昭和二十年五月十日南西諸島方面ニ於テ戦死セラレタル旨公報アリ

海軍一等飛行兵曹　蒲　勇美」

彼の戒名は、「殉国院釈勇勲」という。戦後二〇年余りたってから、「叙勲」の知らせがあった。

「日本国天皇は　故蒲　勇美を勲七等に叙し青色桐葉章を贈る

昭和四十一年十二月二十八日璽をおさせる

大日本
国璽

昭和四十一年十二月二十八日

内閣総理大臣　佐藤栄作㊞

総理府賞勲局長　岩倉規夫㊞

第六八五九三一号」

鈴木忠煕も還らなかった。

先に述べた蒲勇美の場合と同じ文面の「戦死公報写」一片を入れただけの遺骨

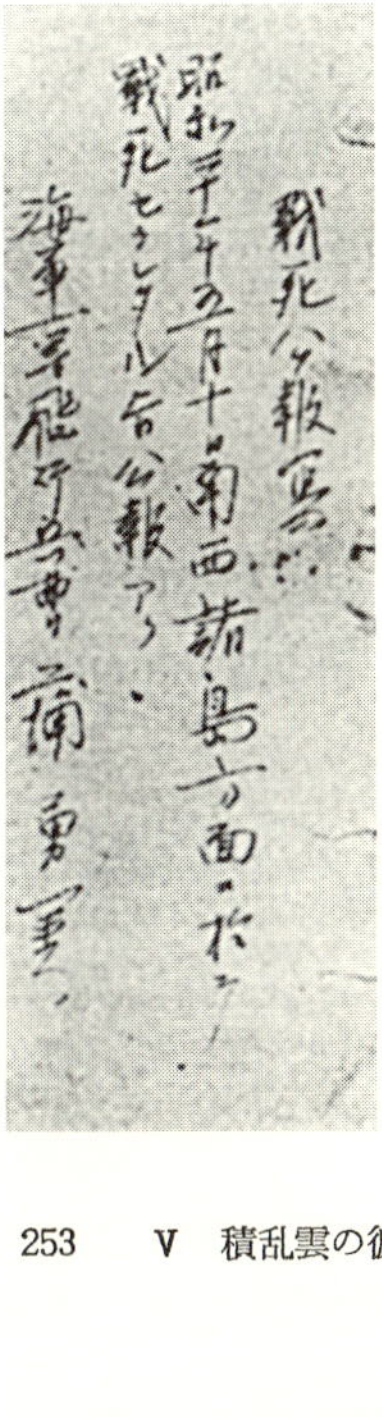
戦死公報写
昭和二十年五月十日南西諸島方面ニ於テ
戦死セラレタル旨公報アリ
海軍一等飛行兵曹　蒲　勇美

蒲勇美の戦死公報写

箱を、彼の両親は受けとった。「昭和二十年五月二十八日南西諸島方面ニ於テ戦死」と、その紙片には記されていた。

戦後、私が鈴木忠煕の遺族に会ったとき、

「遺骨は無論のこと、何ひとつ還りませんでしたし、息子の最後のことについては、誰からも何ひとつ聞いていません。こんなことがあっていいでしょうか。とにかく、滅多にないよい子をなくしました」

と母親は語り、家を出る際の彼の挨拶を思い出し、「わが子ながら神のようでした」と繰り返した。

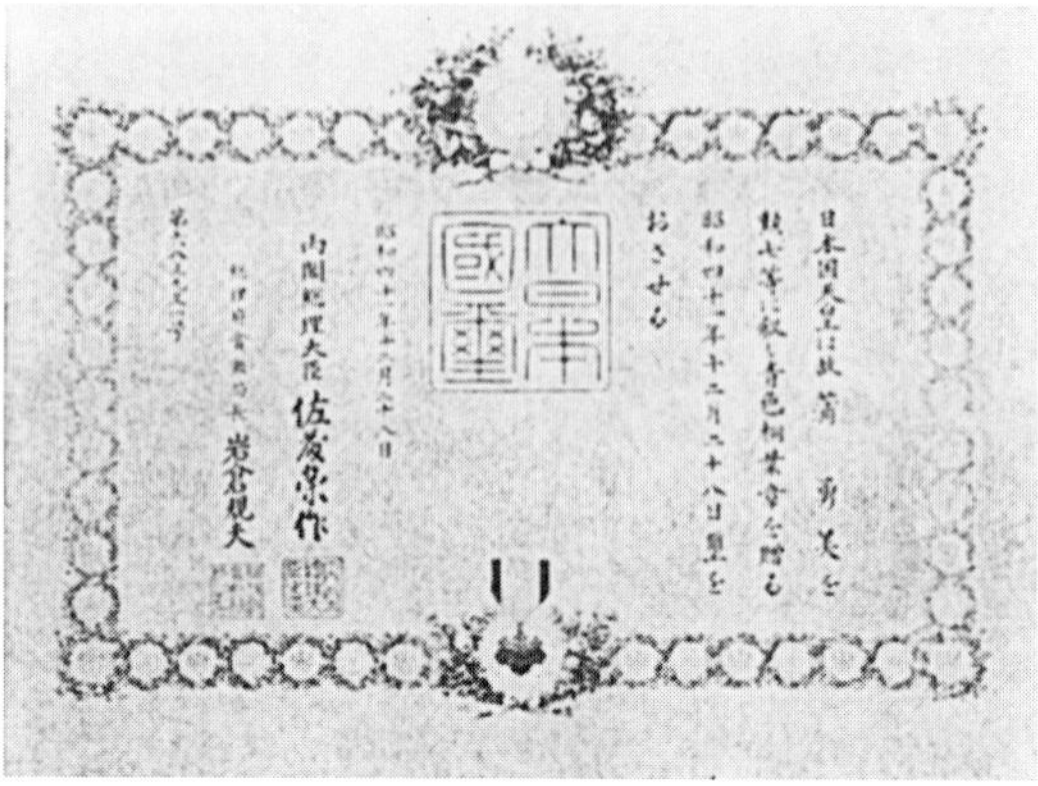

蒲勇美への叙勲

神への道

汀朋平の復員を待ちつづける家族は、毎日交替で名古屋駅の降車口へ迎えに出かけた。彼は、なかなか還らなかった。そのうちに、当局から電報があった。「負傷して入院中」という。入院先は、横須賀海軍病院青根分院とのことだった。宮城県の草深い僻地である。母親は、生後三カ月の末っ子を抱き、混雑する列車を乗り継いで、長い旅に出た。

「排尿・排便の意識全ク覚エズ、トモニ困難。排尿時ニハ導尿ヲ実施、排便時ニハ指ニテ掻キ出シヲ行フ。肛門括約筋麻痺ノタメ各種灌腸施行不能。強度ノ便秘ノタメ定量ノひまし油ニテハ排便困難。

て手紙を書いた。

二週間ナラズシテ尿道炎、膀胱炎ヲ併発ス。以後、導尿ノ際ニハ尿道洗滌ヲ施行」

汀朋平の当時のメモである。「右肩関節部擦過傷」が一カ月ほどで治癒したあと、彼は、母親に宛てて手紙を書いた。

「……帰ったならば、一心に勉強したいと思ってをります。……脊髄に内出血してゐるだけで外傷はなく、手当の方法がないため寝てゐるのが療法で、気長にやってをります……」

後日、私が彼を見舞ったとき、

「医学的にはもちろんのこと、単純に物理的な意味で、墜落した飛行機から走って逃げることはできなかったはずだ」

と、彼は語った。八月九日に彼の受けた傷は深かった。この母親宛ての手紙が、家族に心配をかけまいとする配慮によって書かれたことは明らかである。

彼の手紙には、さらに次の記述がある。

「根が明朗の方ですし、看護婦もなかなか心を配ってとても親切で、毎日温泉場で体を拭ってくれます。療法は毎日ビタミンB_1を2cc皮注です。食事は白米で、量も軍隊と同じですが、山奥ですから魚肉類はなく、野菜と昆布です。果物は高価ですよ。といっても、金には心配なくね。戦争終結に当って退職手当金が千円余り貰へるさうですが、家の方へはまだ行ってゐませんか。いずれ送られることと思ひます」

乳児を背負った母親が、超満員の列車と山間のバスとを乗り継いで青根の病院に着いたのは、この手紙が彼の留守宅に着いたころである。手紙の日付は、昭和二十年九月十二日だった。

母親は、一週間ほど看病したが、乳児を抱え、手持ちの食糧も尽き、家族のことも気になるので、いったん名古屋に帰った。

十月二十日、仙台赤十字病院に転院。

十二月二十日、国立久里浜病院東山分院に転院。

十二月三十日、国立福島療養所に転院。

翌年になると、院長の名で、「もう永くはない。連れて帰るならいまのうちだ」との通知があり、両親と叔父とが迎えに出かけた。

汀朋平のメモに、次の記録がある。

「受傷後二ケ月頃ヨリ、背部、腰部、両下肢ニ褥瘡《ジョクソウ》発生、漸次拡大。昭和二十一年二月、両下肢全面ニ発疹（水泡状ノモノ）ガ発生。発疹ガ崩レルヲ期ニ、褥瘡、両下肢下位全般ニ拡ガル。冬期ヲ迎ヘル頃ヨリ関節ロイマチス（左右両上肢関節部）、多発性神経痛（三叉神経痛、左右両肋間神経痛）ノ症状ヲ来タス。特ニ左関節、左肋間ノ疼痛ハ激シク、……マタ三叉神経痛ニヨル頭痛ハ、……時トシテ頭ノ割レルガ如キ激痛ヲ覚エルコトアリ」

彼の妹は、次のように回想する。

「腰か腿のあたりから、両脚がカマボコのようになっていました。ウジがわき、裏側は骨が見えたほどです。母が病院側に抗議しますと、〃ウジが菌をたべるのだ。それも療法のひとつだ〃と、医師が答えたそうです。骨と皮だけになって、兄は還ってきました」
汀朋平の両親は、「わが家で最期を看とりたい」と考え、焼け跡に小屋を立て仮の病室にしたが、彼の病状は悪化した。

三月二十一日、国立名古屋病院東分院に入院。

「負傷直後に適切な処置が加えられていたらと思います」と、同病院の医師は呟いた。

二年後の昭和二十三年（一九四八年）三月、国立岐阜病院に転送され、七月、国立名古屋病院に転院。

九月二十六日、左大腿部中央より切断。

十月二十六日、右大腿部中央より切断。

「みんなと一緒に暮らしたい」と彼は強く望んだ。入院費がかさみ、国庫補助もわずかであり、父母のことや弟妹の学費を心配してのことだったという。

長い闘病生活それ自体が、汀朋平にとって、戦後の〝もうひとつの戦い〟だった。昭和二十四年（一九四九年）四月、過労を重ねた母親が心臓麻痺で逝き、八年後の四月、父親も脳出血でそのあとを追った。五人の弟妹を養うため、彼は、さらに新しい戦いを挑む。病室を私塾とし、中学生たちを教えて家計を支えようとしたのである。

昭和三十四年（一九五九年）の一月九日午後三時三十分、汀朋平の魂は、天に向かった。心筋梗塞という診断だった。

あとがき

本文中に書いたように、私は六歳のとき父を失い、母も病いがちだった。昭和十九年（一九四四年）五月に始まった通年勤労動員の当時、兄は中国大陸の戦野にあり、私は、二つ年上の姉と、母を看病しながら、動員先の陸軍造兵廠に〝通勤〟した。この姉も、名古屋市立第一高等女学校（現名古屋市立菊里高等学校）を卒業すると同時に、女子挺身隊員として、私と同じ造兵廠に動員されていた。十五歳の少年と十七歳の少女とが、病母をかかえながら、〝生産戦士〟として工場に通うのである。当然、私の〝欠勤〟日数は少なくなかった。

昭和二十年（一九四五年）には、中等学校の四、五年生が同時に卒業した。第八高等学校に願書を出した私に、学科成績だけによる第一次選抜の合格通知が、一月十一日の日付の書類で届いた。第二次選抜では、きわめて簡単なペーパー・テストと身体検査とにつづいて、一月二十六日、口頭試問が行われた。面接した教官が中学校からの私の内申書をひらき、驚いた表情で隣席の同僚に、その書類を示した。彼も首を傾け、やはり驚いた表情を見せた。「きさまは、それでも日本人か。〝欠勤〟日数が多く、所見欄には〝コノ者仕事ニ不熱意ニシテ不真面目ナリ〟とある」「生産の第一線で、何をしていたのか」と、彼らは、昂奮して、私を怒鳴りつけた。

驚いたのは、むしろ私のほうだが、弁解などはしなかった。「帰れ」と一喝され、私は試験場を出た。ここで、二つのことを記しておく。第一に、私の全人生を貫いて「仕事に不熱意で不真面目」といわれたのは、このときだけである。第二に、この私の内申書を書いた学級担任の教師は、担当科目の物理・化学の授業に〝不熱意〟でありながら、教え子を甲飛など軍関係の進路へと勧めることに熱心な理科教師だった。

第二志望の名古屋工業専門学校で、第二次選抜が二月二十二日に行われた。面接の教官は、同じ内申書を見て絶句し、隣席の若い教官に見せた。二人とも腕を組んで考えたあと、はじめの教官が「帰りなさい」といった。が、三月一日、試験の発表があり、私は合格した。母は意識不明のままだった。

七月五日、入学式が行われたが、直後に勤労動員が下令され、工業化学科の学生数十人はいくつかの作業所に派遣された。私は、岐阜県の山奥にビタミンB_1を生産する工場を建てるため、一四人の新しい級友たちとともに旅立った。現地に到着すると、入試の面接のときの教官二人がいた。偶然だった。「おう、きみか」と私の肩を叩いたのは、古代金属文化史の化学的研究などで著名な道野鶴松教授だった。「ぼくは、きみの先輩だ」と私の手を握ったのは、愛知一中出身で分析化学専攻の青木稔助教授だった。

〝工場を建てる〟とはいえ、竹やぶを伐り開き、地ならしすることから始めなければならないが、中学校三、四年生当時の勤労作業、とくに四年生の〝通年動員〟の際と、決定的に異なる二点がある。ひとつは、道野教授も青木助教授も、私たちと同様に、泥まみれになって竹を切り、土を運んだことである。もうひとつは、道野教授らが、私たちと起居をともにし、「自然科学とは何か」「人間の〝自由〟とは何か」と問いかけて、幼い知識しかない私たちに、ものの考え方を教えこもうとしたことである。甲飛総決起のころの中学校教師たちとは、私たちへの対応の仕方が際立って違っていた。戦後、私がこの点について道野鶴松教授にたずねてみると、「われわれは、きみたちを紳士とみなしていただけのことだ」と、教授は答えた。「教育とは何か」と私が考え始めた原点は、この辺にある。

終戦直後の昭和二十三年（一九四八年）冬、中央線の列車内で、甲飛総決起のとき大きな影響を生徒たちに与えた柔道の教師と、私は出会った。「汀朋平が両脚切断の状態で入院しています」と私がいったとき、彼は、「汀？　そんな教え子は知らない」という。「汀は中学三年生で柔道三段でしたから、ご記憶にあるはずです。柔道班の顧問だった先生がご存知ないはずはありません」と重ねてたずねても、「まったく覚えがない」と繰り返す。当時、教育界でも、〝戦犯〟とか〝戦争責任〟といったことが問題になっていた。

一〇余年後、〝総決起〟事件についての証言を得るため、私は彼を訪れた。「汀君のことはよく覚えている。愛知一中入学のとき、小学生当時に健康優良児として表彰されたと聞いたことがあり、中学一年生で初段になったことが、とくに記憶にある」と彼は述べ、〝予科練総決起〟事件全般についても、用心深く言葉を選びながらも、数多くの事実を語った。

やはり戦後、甲飛総決起の際、最も大きな圧力を生徒たちに与えたといわれる英語教師と面談し、この事件についての証言を得る機会があった。「総決起のとき、生徒たちは〝われ後れじ〟と勇ましく美しい光景を見せ、おかげで学校側は志願者割り当てによる苦労を免れたが、やがて〝利にさとくエリート意識の強い〟愛知一中生らしい自我が目ざめて、脱落者が続出した」と彼は語り、「終戦の年の十一月から翌年三月ごろまで、日本軍の武器弾薬の処理、伊良湖岬の砲台爆破などに、進駐米軍に日本人としてただひとり加わった」と、得意気につづけた。

「教え子を戦場に送ったことへの責任感については、どうお考えですか」と私がたずねると、「広島の平和公園に〝安らかに眠って下さい　過ちは繰返しませぬから〟の碑がある。この文には主語がない。英文にしても subject は "error" になると思う。〝過ち〟を冒したのは日本とアメリカとのどちらの側を指すのか」と、彼は笑った。「戦没した教え子たちをどう思いますか」との私の問いには、「シェークスピアの『マクベス』に、"After life's fitful fever he sleeps well" とあるが、ぼくはこの言葉が好きだ。真向からぶつかってみて、その果て "he sleeps well" というところがいい」と答えた。私の教え子の法政大学講師牛木（旧姓渡会）博子が、「その先生は "life's fitful fever" の箇所について責任がありながら、"he sleeps well" に重点を置いている。教育者の姿勢として、理解に苦しむ」と述べていることを、付け加えておく。

こうして、私がこの一冊を書きあげようという決意は、次第に固くなっていった。

なお、本稿をまとめる上で、多くの人びとから証言を頂き、いろいろな機関の協力も得られた。参考にさせて頂いた図書、資料などとともに、次に列挙し、感謝の意を表したい。（五十音順・敬称略）

▼証言・協力を頂いた人

青木訓治、青木正博、青木稔、阿久根淳、浅井武、足立正夫、有吉春一、伊神貫二、石田実、五十鈴光夫、五十鈴好子、伊園浩一、市原祥次、伊藤鉀二、伊藤三郎、犬飼鍵次郎、犬飼志かえ、今枝重子、入谷（旧姓海部）美波留、岩田博、魚野博、宇佐美和男、牛木（旧姓渡会）博子、内田仁郎、江口真一、江崎信行、江藤春三、遠藤修平、大木浩、大島一郎、大塚仁志、大平稔、大見政雄、岡田八重、岡部久義、岡本善朗、沖脩、奥田五郎、奥田二恵、小倉千恵子、尾崎守男、小野静洋、加賀稔、影山（旧姓家田）進、片山五郎、加藤昭治、加藤忠義、加藤泊美、蒲きくい、蒲真二、河合昭、河合清、川瀬重典、川本猛、熊沢国彦、黒川晴次郎、小南和彦、近藤敦、佐々部文一、佐藤十人、沢田秀三、神野鉦吉、杉山健、汀久美子、汀朋平、鈴木志げ、鈴木靖一郎、鈴木隆充、鈴木宣明、鈴茂敏彦、祖父江昭仁、祖父江（旧姓谷口）武、高木いつ子、高木孝、高木久男、高塚篤、竹内弘行、武田栄夫、田島正、玉腰暁夫、田村道子、為清澄男、津地多嘉生、土屋和夫、道野鶴松、戸河里長康、徳永芳樹、中島かぎ、中村康夫、中山和正、西川（旧姓野山）美知子、能登こずえ、野々上烝、野々村卯太郎、野山秋子、則武修、蓮尾実利、羽澄英治、長谷川和憲、波多野市郎、波藤雅明、林光重、半田俊直、久田迪夫、平木公明、尾藤忠旦、藤高道也、藤本博之、牧保夫、増田一郎、松田洋三、松原幹彦、松村康生（旧名虎雄）、松本紀三夫、丸山龍男、水野吉典、水野清一、水野喬樹、武藤弘、村上正統、村松弘章、森栄吉、山内美典、山田垚、湯本高在、吉田高年、和田仙吉

▼協力して頂いた機関

愛知一中会、愛知県教育センター、愛知県立旭丘高等学校、朝日新聞社、金城学院大学、中日新聞社、名古屋工業大学、名古屋地方気象台、日本経済新聞社、日本放送協会、毎日新聞社

▼参考にさせて頂いた図書・資料

『朝日年鑑』昭17〜19（朝日新聞社）、『毎日年鑑』昭20（毎日新聞社）、『鯱光百年史』（愛知一中百年祭実行委員会）、『愛知県昭和史・上』（愛知県図書館県史資料室）、『明治以降愛知県史・略年表・文化編・産業経済編』（愛知県図書館県史資料室）、『総合名古屋史年表・昭和編(二)』（名古屋市会事務局）、板倉聖宣『日本理科教育史』（第一法規出版株式会社）、服部卓四郎『大東亜戦争全史』（原書房）、高木惣吉『太平洋海戦史』（岩波書店）、林三郎『太平洋戦争陸戦概史』（岩波書店）、遠山茂樹ほか二名『昭和史』（岩波書店）、児島襄『太平洋戦争』上・下（中央公論社）、新名丈夫『太平洋戦争』（新人物往来社）、高塚篤『予科練甲十三期生』（原書房）、ニミッツ&ポッター『ニミッツの太平洋海戦史』（恒文社）、カール・バーガー『B29』（サンケイ新聞出版局）、田村栄一郎『ナショナリズムと教育』（東洋館出版社）、小林一男ほか二名『近代日本教育の歩み』（理想社）、『朝日新聞』昭16〜20、『毎日新聞』昭16〜20、『中部日本新聞』昭16〜20、『団報』二〜八号（愛知一中報国団）、『学林』一一九号（愛知一中報国団）、『旭苑』一七号（旭丘高校生徒会）、満田巌『昭和風雲録』（新紀元社）、杉本五郎『大義』（平凡社）、宇垣纒『戦藻録』前後篇（日本出版協同株式会社）、航空情報編集部『日本軍用機の全貌』（酣燈社）、福井静夫『日

本の軍艦』(出版協同社)、東京天文台『理科年表』第五十四冊(丸善)、文部省教学局『臣民の道』(内閣印刷局)、高須芳次郎『註解臣民の道』(朝日新聞社)、文部省『国体の本義』(内閣印刷局)、文部省教学局『国体と修史』(同上)、飯田武郷『増補正訓 日本書紀通釈』第二冊(畝傍書房)、『日本古典文学大系』1古事記、祝詞(岩波書店)、『高村光太郎全集』第三巻(筑摩書房)、徳川夢声『夢声戦争日記』(中央公論社)、防衛庁防衛研修所戦史室『戦史叢書27関東軍〈1〉』(朝雲新聞社)、『同上12マリアナ沖海戦』(同上)、『同上6中部太平洋陸軍作戦〈1〉』(同上)、『同上56海軍捷号作戦〈2〉』(同上)、『同上17沖縄方面海軍作戦』(同上)、『同上11沖縄方面陸軍作戦』(同上)、『同上19本土防空作戦』(同上)、『同上51本土決戦準備〈1〉』(同上)、『愛知一中端艇部史』、『愛知一中柔道部史』、『愛知一中競走部史』、田村慎作『煙突物語・一中生活三十年』(一中生活三十年出版後援会)、「市村与市先生」編集委員会『市村与市先生』(金城学院)、猪口力平・中島正『神風特別攻撃隊』(日本出版協同株式会社)、『近代日本総合年表』(岩波書店)、『最新世界史年表』(三省堂)、永石正孝『海軍航空隊年史』(出版協同社)、大久保利謙ほか五名『日本百年の記録』(講談社)、文部省『学校保健統計調査報告書』(大蔵省印刷局)、『婦人新聞』昭27・9・18、『三重県の歴史と風土』(創土社)、『伊勢神宮』(旭屋出版)、『名工専週報』五五一号(名古屋工業専門学校)、『文部省制定・礼法要項』、日本放送協会放送史編集室『日本放送史』(日本放送出版協会)、日本放送協会『日本放送五十年史』(日本放送出版協会)、名古屋空襲を記録する会『名古屋空襲誌』(名古屋空襲を記録する会)、『犬飼成二日記』、『汀朋平海軍日記』、高田真治・後藤基巳訳『易経』下(岩波書店)、文部省『日本の教育統計』昭46(文部省)、文部省『学制百年史』資料編・昭47(帝国地方行政学会)、長岡省吾『HIROSHIMA』、原爆資料保存会『ひろしま』

著　者

江藤千秋（えとう　ちあき）

1928年名古屋市に生まれる．45年愛知県第一中学校（現・愛知県立旭丘高等学校）卒業．48年名古屋工業専門学校（現・名古屋工業大学）卒業．工業技術院東京工業試験所研究員を経て，54年より愛知県立惟信高等学校，56年より70年まで旭丘高等学校でそれぞれ化学を担当後，学校法人河合塾理事に就任．2003年死去．著書に，本書のほか『雪の山道――〈15年戦争〉の記憶に生きて』（2003年，法政大学出版局刊）などがある．

積乱雲の彼方に

愛知一中予科練総決起事件の記録

1981年7月7日　初版第1刷発行
2010年7月7日　新装版第1刷発行
2010年11月25日　第2刷発行

著　者　©江藤千秋

発行所　財団法人 法政大学出版局
〒102-0073 東京都千代田区九段北3-2-7
電話03（5214）5540／振替00160-6-95814

印刷：三和印刷，製本：誠製本

ISBN978-4-588-31620-3
Printed in Japan